Heinz-Peter Baecker • Kommissar Fuß
... und der tote Schängel

Kontrast verlag

Kontrast Verlag
D-56291 Pfalzfeld
www.kontrast-verlag.com

Titelgestaltung: Angelika Krikava
Foto: Hajo
ISBN 978-3-941200-25-8

Heinz-Peter Baecker

Kommissar Fuß
... und der tote Schängel

Kriminalroman

1.

Die mächtigen Glocken der päpstlichen Basilica Minor St. Kastor begannen, gemächlich zu schwingen. Zunächst erklangen nur vereinzelte und noch bedächtige Töne. Doch dann schwollen die kräftiger werdenden Schläge der Klöppel gegen die gegossene Bronze zu einem festlichen und überschwänglichen Geläut an.

Im großen Kirchenschiff hallten die Glocken noch so laut, dass der alte, grauhaarige Pfarrer, der in seinem reich bestickten Messgewand fast hünenhaft wirkte, ungeduldig stöhnte. Sein Gesicht war bluthochdruckgerötet, als er einen etwas verzweifelten Blick nach oben richtete. Dann wanderten seine wässrigen Augen wieder auf das vor ihm stehende Brautpaar und er zwinkerte ihnen aufmunternd zu. Halina und Hanspeter verstanden das Zeichen. Etwas verlegen fasste Hanspeter seine zierliche Braut um die Hüften. Halina, in einem schlichten weißen Brautkleid, schob, vor Aufregung leicht zitternd, den weißen Schleier beiseite, den ihr eine Freundin am frühen Morgen raffiniert in ihre schwarzen Locken drapiert hatte. Der schmale Goldring an ihrer linken Hand funkelte im Licht der Lampen, die über den Stufen vor dem Altar hingen. Als sich Hanspeter zu ihr hinüberneigte, entdeckte er ein paar Tränen in den Augen seiner jungen Frau. Rasch trafen sich ihre Lippen zu einem langen Kuss, dem erst das unüberhörbar künstliche Hüsteln der Brautmutter in der ersten Bankreihe ein Ende bereitete.

„Gehet hin in Frieden“, kämpfte des Pfarrers Stimme gegen die fünf Glocken an. Es folgte im gemischten und reichlich spärlichen Stimmenchor aus dem Kirchenraum ein sehr dürftiges „In Ewigkeit, Amen!“

Mit einem väterlich-gütigen Lächeln und zustimmenden Nicken entließ der Pfarrer das Brautpaar. Der Organist versuchte durch einen energischen Griff in die Tasten der Orgel, das immer noch währende Glockengeläut mit *Oh Happy Day* zu übertönen. Doch eine Melodie war aus dem Gemisch von Tönen und Klängen kaum noch zu erkennen.

Nur wenige Menschen hatten sich in der Kirche eingefunden, mit deren Bau bereits in den Dreißigerjahren des Neunten Jahrhunderts begonnen worden war und die damit die älteste Kirche der Stadt Koblenz ist. Außer Simone und Axel Hartmann, den Eltern von Hanspeter, saßen nur noch Ewa und Jerzy Sokolowski, Halinas Eltern, in der ersten Bankreihe. Die Brauteltern waren für zwei Tage aus Polen angereist. Einen längeren Aufenthalt konnten sie sich nicht leisten. Außerdem sprach Ewa kein Wort Deutsch und auch Jerzys Deutschkenntnisse waren äußerst gering.

Nachdem Halina ihren Brautstrauß in die Hand genommen hatte, drehte sich das junge Brautpaar zögernd um und schritt langsam zum Ausgang der Kirche. Es folgten die beiden Trauzeugen, Hans Rödler, Hanspeters semmelblonder Kommilitone an der Uni Koblenz-Landau, und Dorothea Hartmann, die noch recht junge und äußerst attraktive Patentante des Bräutigams. Sie wäre trotz ihrer dreiunddreißig Jahre durchaus auch als Mittzwanzigerin durchgegangen. Über die Bankreihen verteilt lächelte ein knappes Dutzend Zufallsbesucher der Kirche oder ältere, überwiegend weibliche Kirchgänger aus der Nachbarschaft dem Brautpaar beim Auszug aus der Kirche zu.

Die beiden hohen Westtürme von St. Kastor mit ihren lang gezogenen Dachspitzen ragten in einen regnerisch trüben Herbsthimmel, der über der Stadt hing.

Vor dem Kirchenportal gratulierten die Eltern, beide Trauzeugen sowie der sichtlich erleichterte Pfarrer, dem Brautpaar. Ein kleiner, überall etwas zu kurz geratener Mittvierziger mit schwarzer Hornbrille mit dicken Gläsern, kam überschwänglich, mit ausgestreckten Armen beschwingt tänzelnd, auf das Brautpaar zu und umarmte es. Halina und Hanspeter wirkten etwas überrascht und hilflos, nahmen aber die laute und herzlich klingende Bemerkung „Das war doch Ehrensache!“ lächelnd entgegen. Sie schienen aber erleichtert zu sein, als sich der Mann nach einer kurzen Verbeugung zu den Elternpaaren und Trauzeugen wieder abwandte und in Richtung Parkplatz eilte. Ihm schlossen sich zwei neugierige Kirchenbesucherinnen an, vielleicht in der

Hoffnung eingeladen zu werden oder wenigstens zu erspähen, ob sich das Bäuchlein der Braut bereits leicht wölbte.

„Hier ist das Licht recht ungünstig und es gibt keinen vernünftigen Hintergrund“, entschied der Vater des Bräutigams mit einem kurzen Blick in die Runde und winkte hastig den drei wartenden Taxifahrern auf dem Vorplatz der Kirche mit ausgestrecktem linken Arm. Dabei deutete er mit dem Zeigefinger der rechten Hand auf seine *Botta-Design*-Armbanduhr, um ihnen so eine Verzögerung der Abfahrt zu signalisieren.

„Los, wir gehen alle schnell rüber in den Blumenhof!“, befahl er, drehte sich im gleichen Moment um und marschierte mit großen Schritten in Richtung der Gartenanlage. Hanspeter zog eine Grimasse, schaute dabei kopfschüttelnd seine Mutter an, die genervt mit einer ruckartigen Kopfbewegung den anderen signalisierte, ihrem Mann zu folgen. Etwas irritiert schaute ihnen der Pfarrer hinterher. Dann zuckte er mit den Schultern und kehrte in die Kirche zurück.

So eilte die kleine Hochzeitsgesellschaft zum nahe gelegenen Eingang des Blumenhofs, allen voran Axel Hartmann in einem eleganten dunkelblauen Zweireiher. Dabei geriet seine Fönfrisur durch den Fallwind, der von der Moselseite her wehte, außer Kontrolle, was ihn sehr nervös machte, denn er strich sich immer wieder hastig über die Haare, während er hektisch Ausschau nach einem geeigneten Hintergrundmotiv für das Hochzeitsfoto hielt.

„Dort!“, entschied er schließlich und dirigierte das Brautpaar und die anderen vorbei an für die Jahreszeit immer noch prächtigen Blumenbeeten, die er aber nicht beachtete. Er steuerte auf *Le Pouce* zu, einen mannshohen Bronzedaumen des französischen Bildhauers César Baldaccini, der unübersehbar am Ende der Beete aus dem Boden ragte.

Halina hatte große Schwierigkeiten in den ungewohnten Pumps *City Walk*, die sie für knapp zwanzig Euro, ebenso wie das *Laura Scott Wedding* Satinkleid im Empire-Stil, beim Versandhaus *Otto* gekauft hatte, ihrem davoneilenden Schwiegervater zu folgen. Als Hanspeter ihren leisen Fluch auf Polnisch mitbekam, ließ er die Hand seiner Frau los und ergriff stattdessen ihren linken Oberarm, um sie besser führen zu können. Gequält lächelte sie ihm dankbar zu, was er aber nicht sah.

„Erst nur das Brautpaar“, folgte ein erneutes Kommando von Axel, nachdem alle außer Atem an dem von ihm ausgesuchten Ziel angekommen waren. Hastig zog der 56-Jährige das Jackett seines *Hugo Boss Black Glencheck*-Anzugs aus und hielt es wortlos seiner Frau hin. Dann packte er die Braut fest am Oberarm und zerrte sie recht unsanft näher an die Daumen-Skulptur. Halina schaute ihn wütend an und versuchte, sich aus seinem Griff zu befreien, aber es gelang ihr nicht. Hanspeter folgte den beiden etwas irritiert und wurde dann ebenfalls durch die kräftige Hand des Vaters an seiner Schulter in die von diesem gewollte Position gebracht. Nach einem „Besser wird‘s nicht!“, mehr Fluch als Seufzer, machte Hartmann einige Schritte rückwärts und ging für sein Alter erstaunlich locker in die Hocke.

Seit Jahren besuchte er auf Anraten seines Arztes einmal in der Woche ein Fitnessstudio und legte sich anschließend immer zusätzlich auf die Sonnenbank, um sich sein vermeintlich attraktives Aussehen erhalten zu können. Während er immer wieder lautstark „Lächeln!“ befahl, schoss er mehrere Fotos hintereinander, mal mit, mal ohne Blitz, mal Quer- und mal Hochformat.

„Doro, jetzt du!“ Hartmann sprang auf, hielt seiner jüngeren Stiefschwester die *Nikon Coolpix P 500* entgegen und deutete den Brauteltern mit unmissverständlicher Gestik an, sich neben ihre Tochter zu stellen. Schließlich zerrte er auch noch seine Frau mit einem knurrigen „Beeil dich, die Taxis warten und kosten!“ neben seinen Sohn, zog sein Jackett rasch wieder an und vollendete so das Gruppenbild.

„Bitte freundlich lächeln!“, amüsierte sich Dorothea über die nicht unbedingt glücklich und feierlich dreinblickenden Gesichter. Sie schoss einige Fotos, allerdings recht lustlos und nur mit Blitz.

„Reicht!“, stieß Axel bereits nach wenigen Sekunden gereizt hervor und löste sich aus der Gruppe, um Dorothea die Kamera wieder abzunehmen.

„Und ich? Von mir und Herrn Rödler mit dem Brautpaar soll es wohl keine Fotos geben?“, empörte sich seine Stiefschwester mit unüberhörbar spöttischem Unterton.

„Dann aber schnell“, murrte Axel, riss ihr förmlich die *Nikon* aus der Hand und wartete ungeduldig, bis seine Frau, Ewa und Jerzy aus dem Bild gegangen und sich Dorothea neben ihrem Patenkind und Hans Rödler auf der Seite der Braut in Positur gebracht hatten.

„Lächeln!“

Bereits nach dem zweiten Foto steckte Axel die Kamera in die Ledertasche zurück und forderte mit weitausholender Gestik alle wortlos auf, ihm zum Ausgang und den wartenden Taxis zu folgen.

Die Jungvermählten fuhren im ersten Taxi allein. Halina hatte den Brautstrauß aus roten Rosen und weißen Lilien behutsam auf den Beifahrersitz und ihren Kopf an die Schulter ihres frisch angetrauten Mannes gelegt. Im zweiten Wagen folgten die Eltern des Bräutigams mit Axels Stiefschwester Dorothea. Im dritten Taxi schließlich saßen die polnischen Brauteltern mit dem Trauzeugen Hans Rödler.

Die Fahrt hinaus zum *Fährhaus am Stausee*, direkt am Moselufer gelegen, dauerte eine knappe Viertelstunde. In keinem der Fahrzeuge wurde viel gesprochen. Halina betrachtete gedankenversunken den glänzenden Ehering, den sie seit einer guten halben Stunde an der linken Hand trug. Hanspeter reckte seinen Kopf etwas vor und versuchte, von seinem Platz aus einen Blick in den Rückspiegel zu werfen, um zu sehen, ob ihnen die beiden anderen Taxis auch folgten.

„Es ist heute noch recht kühl, für eine Hochzeitsfeier nicht sehr angenehm, soll aber am Nachmittag besser werden“, bemerkte der kahlköpfige und reichlich nach süßlichem Deodorant riechende Taxifahrer, dem das schweigende Brautpaar irgendwie merkwürdig erschien. Eher hätte man annehmen können, es handele sich um eine Trauergesellschaft. Sein Versuch, ein Gespräch anzufachen, konnte das Schweigen auf den Rücksitzen nicht brechen. Er schaltete die Klimaanlage eine Stufe höher und meinte: „Wenn's Ihnen zieht, müssen Sie es sagen!"

Aber keiner der beiden Fahrgäste sagte etwas. Stattdessen richtete sich Halina auf, überprüfte die Befestigung ihres Schleiers im Haar und rückte dabei etwas von Hanspeter ab. Der Fahrer beobachtete dies und beschleunigte deshalb in der nächsten Rechtskurve abrupt den Wagen. Dabei grinste er vor sich hin, denn Halina wurde durch sein Manöver wieder näher an ihren Bräutigam gedrückt. Der starrte aber weiter unbewegt geradeaus auf die Straße.

Der Taxifahrer warf während der Weiterfahrt immer wieder einen kurzen Blick über den Rückspiegel auf das Brautpaar. Die Braut wirkte auf ihn nicht sehr glücklich und auch der Bräutigam machte für ihn einen sehr angespannten und nervösen Eindruck. Der Chauffeur erinnerte sich an seine eigene Hochzeit. Auch sie waren damals mit einem Taxi von der Kirche zum Hochzeitsessen gefahren. Allerdings hatten seine Frau und er vor lauter Turteln und Knutschen von der Fahrt kaum etwas mitbekommen.

Auch im zweiten Taxi schwiegen sich Simone und Axel an. Während er die im Blumenhof geschossenen Fotos auf dem kleinen Drei-Zoll-Farbdisplay seiner Kamera nervös vor- und zurückspielte, wischte sich seine Frau verschämt mit einem Taschentuch ein paar dicke Tränen aus den Augen. Sie trug ein türkisfarbenes Kostüm, von dem sie glaubte, dass es ihr besonders gut stand. Neben der fülligen und Kaugummi kauenden blondierten Taxifahrerin saß Dorothea, die sich die Sonnenblende des Beifahrersitzes heruntergeklappt hatte und mithilfe des kleinen rückseitig angebrachten Spiegels ihr Make-up auffrischte. Danach richtete sie die Sonnenblende so ein, dass sie Stiefbruder und Schwägerin beobachten konnte. Ihr tat Simone mal wieder leid. Schon lange wunderte sie sich, dass diese intelligente und sonst so selbstsichere Frau sich nicht längst hatte scheiden lassen. Was hielt sie eigentlich in der Ehe? Schon oft hatte Dorothea sich darüber Gedanken gemacht, aber nie eine Antwort gefunden. Sie klappte die Sonnenblende wieder hoch und betrachtete die Taxifahrerin von der Seite, die wütend auf dem Kaugummi herumbiss.

fing eine elegant gekleidete Frau mittleren Alters das Brautpaar mit Handschlag und grüßte die Hochzeitsgäste mit einem Lächeln und leichtem Kopfnicken. „Wir haben für Sie in der *Moselstube* eingedeckt, wenn Sie mir bitte folgen wollen.“

Hanspeter zögerte einen Augenblick und warf seinem Vater einen fragenden Blick zu. Doch Halina hatte sich bei ihm eingehängt und folgte der Dame, sodass Hanspeter nichts anderes übrig blieb, als mitzugehen.

Durch das bereits gut besuchte Restaurant marschierte die Gruppe unter den neugierigen Blicken der Gäste zur *Moselstub*e. Einige erhoben sogar ihr Weinglas und prosteten dem Brautpaar zu. Andere begannen, verhalten zu klatschen.

Der Tisch in der *Moselstube* war festlich mit Blumen und zwei sechsarmigen, silbernen Kerzenleuchtern geschmückt und für zehn Personen eingedeckt.

„Zwei Gedecke können Sie abräumen, mehr werden wir nicht“, informierte Axel die Dame des Hauses und wies gleichzeitig die Brauteltern mit einem aufgesetzten Lächeln und einer flüchtigen Handbewegung an, auf der linken Tischseite Platz zu nehmen.

Hanspeter führte Halina ebenfalls auf diese Tischseite und half ihr beim Setzen den Schleier zusammenzuraffen.

Axel blickte mit einem leichten Zucken um den Mund Rödler an. „Sie sitzen hier!“ Er deutete auf den Stuhl neben sich. Damit war automatisch auch die Platzordnung für seine Frau und seine Stiefschwester geregelt. Simone setzte sich wie ein gehorsames Schulmädchen auf den Stuhl neben ihrem Mann und Dorothea rückte sich den verbliebenen letzten Stuhl auf dieser Tischseite zurecht, während ein herbeieilender Kellner laut- und wortlos zwei Gedecke am Ende des Tisches entfernte.

Ewa und Jerzy Sokolowski waren zunächst etwas unschlüssig rechts und links neben dem Brautpaar stehen geblieben. Die Brautmutter trug ein schlichtes bordeauxfarbenes Kleid, das sie schon zur Taufe ihrer Tochter getragen hatte. Voll Stolz hatte sie festgestellt, dass es ihr immer noch passte, was man von dem Anzug Jerzys aus der gleichen Zeit nicht unbedingt sagen konnte. Er hatte sich deshalb einen schwarzen Anzug von seinem älteren Bruder Krzysztof geliehen. Als Maurer verdiente er nicht genug, um sich extra für die Hochzeit einen neuen Anzug zu kaufen. Er und Ewa, die nebenher in einer großen Wäscherei an einer Bügelmaschine arbeitete, waren froh, dass sie mithelfen konnten, das Studium ihrer Tochter in Deutschland zu finanzieren. Nachdem sich außer Axel alle gesetzt hatten, nahmen auch Ewa und Jerzy Platz und blickten unsicher und verloren zu den ihnen fremden Schwiegereltern ihrer Tochter hinüber, denen sie heute das erste Mal begegnet waren.

Hanspeter, der darauf bestanden hatte, ihre Reise- und Hotelkosten zu übernehmen, hatte sie gestern am Flughafen in Frankfurt abgeholt. Halina hatte sie mit einem selbstgebackenen Kuchen und einer großen Kanne Kaffee in der neuen Wohnung des Brautpaares erwartet. Die Stimmung der vier war bestens, zumal die Brauteltern von der für ihre Verhältnisse modern eingerichteten Wohnung begeistert und froh waren, dass ihre Tochter und der Schwiegersohn es so schön hatten.

Unbemerkt hatte eine junge, äußerst hübsche Bedienung mit einem Tablett bereits vorbereiteter Sektgläser den kleinen Raum betreten. Während Axel sofort ihre wohlgeformte Figur ungeniert mit großen Augen verschlang, machte er eine kurze Handbewegung in die Runde, worauf das junge Mädchen begann, die Sektgläser an die Gäste jeweils mit einem freundlichen „Bitte sehr!“ zu verteilen.

„Also dann!“ Axel warf einen letzten Blick hinter der Bedienung her und anschließend in die Tischrunde. Er nahm sein Sektglas in die rechte Hand, an deren kleinem Finger ein Ring mit einem Brillanten glitzerte. „Trinken wir auf das Brautpaar. Ich wünsche den beiden alles Gute. Möge euch das Glück begleiten und sich all eure Wünsche erfüllen.“ Er erhob das volle Sektglas, schaute Halina mit einem kleinen, kaum erkennbaren Augenzwinkern an und deutete mit dem Kopf zu Familie Sokolowski hin. „Halina, los, übersetz!“

Halina, deren Gesicht alles andere als entspannt und fröhlich wirkte und sich plötzlich leicht gerötet hatte, übersetzte mit leiser Stimme, worauf der Brautvater aufstand, sich zu seiner Tochter drehte, sie in die Arme nahm und rechts und links auf die Wangen küsste. Dann umarmte er auch Hanspeter und gratulierte ihm auf Polnisch. Ewa folgte mit Tränen in den Augen dem Beispiel ihres Mannes, gratulierte aber zunächst Hanspeter und fiel dann ihrer Tochter leise schluchzend in die Arme.

Als ihre Mutter sie schließlich wieder losließ, übersetzte Halina. „Mama und Papa gratulieren uns und wünschen uns Gottes Segen auf allen Wegen. Sie sind stolz auf mich, dass ich so einen netten Mann gefunden habe und du, Hanspeter, so ein feiner Kerl bist."

Hans Rödler fiel sofort auf, dass Halinas Übersetzung wesentlich kürzer war, als die Glückwünsche auf Polnisch. Vor allem störten ihn eine gewisse innere Distanz und die Nüchternheit in der Stimme der Braut. Vielleicht hatte Halina auch einiges weggelassen, was ihr zu überschwänglich, peinlich oder in diesem Kreis unpassend erschien. Er wusste es nicht ...

Simone, Dorothea und er standen auf, folgten dem Beispiel der Polen und gratulierten nochmals dem Brautpaar. Nur Axel blieb nach seinem kurzen Toast sitzen und beobachtete mit grimmig versteinerter Miene, wie die drei seinen Sohn und die frischgebackene Schwiegertochter beglückwünschten, umarmten und mit ihnen anstießen.

Während alle wieder auf ihre Plätze zurückkehrten, blieb Hanspeter stehen. „Liebe Ewa, lieber Jerzy, liebe Eltern ... Doro, Hans", begann er ebenfalls mit recht nüchtern klingender Stimme. „Heute ist sicherlich ein wichtiger Tag in meinem Leben und dem von Halina. Wir haben uns heute auch vor Gott das Ja-Wort gegeben und freuen uns, dass ihr gekommen seid und mit uns feiert, auch wenn es nur in einem ganz kleinen Rahmen geschieht. Aber bekanntlich ist nicht die Größe einer Hochzeitsgesellschaft ausschlaggebend, sondern die Liebe, die Braut und Bräutigam miteinander verbindet."

Er richtete den Blick auf seine junge Frau und beugte sich ein wenig zu ihr hinab.

„Ich bin sicher, dass meine Entscheidung die richtige war und hoffe, dass auch Halina gleicher Überzeugung ist."

Zum ersten Mal seit dem Verlassen der Kastor Kirche erhellte ein Lächeln sein Gesicht, als er Halina beim Aufstehen half. Er zog die Braut, die plötzlich anfing zu weinen, zu sich heran und küsste sie zärtlich.

Dorothea begann zu klatschen und wurde spontan von den Brauteltern, die zwar nichts verstanden hatten, und Hans dabei unterstützt. Simone zögerte einen Moment, wobei sie einen kurzen Blick zur linken Seite warf, wo ihr Mann saß. Dann klatschte auch sie und versuchte, ein Lächeln auf ihr Gesicht zu zaubern.

Als Nächste ergriff Halina, immer noch mit Tränen in den Augen, das Wort und formulierte auf Polnisch Ähnliches wie vorher Hanspeter, wobei sie ausschließlich ihre Eltern anschaute. Wieder folgte ein kurzer Applaus, diesmal von Familie Sokolowski ausgehend. Halina verzichtete auf eine Übersetzung und nahm, leicht errötet, rasch wieder Platz, offensichtlich froh, ihre kleine Rede hinter sich gebracht zu haben.

Axel nutzte die Gelegenheit und winkte die junge Bedienung zu sich, die unbemerkt zurückgekehrt und etwas befremdet vom merkwürdigen Verlauf der Hochzeitsfeier abwartend an der Tür stehen geblieben war.

„Wir können mit dem Essen beginnen", meinte Axel und ließ dabei sofort erneut ungeniert seine Blicke über Dekolleté, Po und die schlanken Beine der Kellnerin gleiten.

„Smacznego!" Ewa Sokolowski hatte sich etwas vorgebeugt, um mit einem kurzen Rundumblick alle am Tisch erfassen zu können.

„Ja, guten Appetit!", übersetzte Halina und erhob gleichzeitig ihr Sektglas.

„Na zdrowie!", erwiderte ihr Vater und ergriff ebenfalls sein Glas.

Das Fünf-Gänge-Menü bestand aus einem Blattsalat in Tomaten-Pinienkerndressing mit Croutons und Nüssen, einem Cremesüppchen von Pfifferlingen, gefolgt von Spaghettini mit Thunfischwürfeln und gehobeltem Parmesan und einem marinierten Schweinerückensteak mit Schmorzwiebeln und Röstkartoffeln. Als Nachtisch gab es ein Erdbeer-Tiramisu.

Das Zusammenstellen des Menüs hatte im Vorfeld der Hochzeit zu einer heftigen Auseinandersetzung zwischen Axel und Simone geführt, nachdem klar war, dass Hartmanns die Kosten der Hochzeit tragen mussten. „Wenn man sich das nicht leisten kann, dann sollte man gleich zu Hause bleiben. Es wird doch wohl auch in Polen üblich sein, dass die Brauteltern die Hochzeit ausrichten und bezahlen", hatte Axel argumentiert. Nur mit dem Zugeständnis, jeweils nach Möglichkeit die preisgünstigsten Speisen auszuwählen, hatte Simone ihren Mann überreden können, mit ihr ins *Fährhaus* zu fahren, um das Hochzeitsessen auszusuchen. Eigentlich hätte sie die ganze Hochzeitsfeier von ihrem eigenen Geld bezahlen können. Das aber hätte wieder zu tagelangen Streitigkeiten geführt, denen sie sich nicht aussetzen wollte.

Während des Essens war Halina bemüht, mit ihren Eltern auf Polnisch Konversation zu betreiben und vermied es dabei, einen Blick auf die andere Tischseite zu werfen. So erkundigte sie sich nach den Nachbarn in Bialystok, wo sie aufgewachsen war und ihre Eltern immer noch wohnten, und nach einigen ehemaligen Schulkameradinnen. Von Zeit zu Zeit übersetzte sie Hanspeter sowohl ihre Fragen als auch die Antworten ihrer Eltern, die in dieser fast grotesk anmutenden Runde eine scheinbar völlig überflüssige Rolle zu spielen schienen.

Die Einzige, die sich während des Essens köstlich amüsierte, war Dorothea. Belustigt betrachtete sie von der anderen Tischseite aus, wie sich die zierliche Halina bemühte, ihre Eltern zu unterhalten und sich ausschließlich auf sie konzentrierte, während Hanspeter recht hilflos wirkend nicht nur als optische, sondern auch akustische Hürde zwischen Halina und deren Mutter saß. Ein Blick zur eigenen Tischseite rief eine Gesichtsregung zwischen Lächeln und Grinsen bei Dorothea hervor, als sie sah, wie Simone mit verbissenem, blassen Gesicht das Essen hinunterwürgte oder sie hörte, mit welchen banalen Themen Hans immer wieder versuchte, mit ihrem Stiefbruder ins Gespräch zu kommen.

Axel war ein Kotzbrocken, das war ihr immer schon bewusst gewesen. Sie war damals als Zwölfjährige heilfroh, als der „Herr Doktor", wie er von ihrer Mutter immer nur genannt wurde, obwohl er durch die Prüfungen gefallen war und sein Jura-Studium abgebrochen hatte, endlich das Haus verließ. Sie hatte es ihrer Mutter bis zu deren Tod nicht verziehen, dass sie durch eine Adoption denselben Namen trug wie dieses Ekel und deswegen oft für seine leibliche Schwester gehalten wurde. Schon damals, als sich Axel und Simone kennenlernten, tat ihr Simone leid, die wesentlich intelligenter war und im Gegensatz zu Axel, der sich schließlich in der Stadtverwaltung nur mäßig „hochgedienert" hatte, auf einen glänzenden Universitätsabschluss als Wirtschaftsingenieurin zurückblicken konnte. Simone hatte nur einen Fehler, sie war keine Schönheit, um es höflich zu umschreiben. Ihre Haut war großporig, dazu ein recht grobschlächtiges Gesicht, das eher zu einem Mann gepasst hätte. Das Gleiche galt auch für ihren restlichen Körperbau und ihre Beine. Vielen war es deshalb immer ein Rätsel geblieben, warum der auf Frauen anziehend wirkende Axel sie geheiratet hatte. Dafür war es allen aber umso verständlicher, warum Simone sich von dem Ekel trotz vieler erlebter Erniedrigungen nicht hatte scheiden lassen.

Hanspeter sah rein äußerlich ihrem Stiefbruder ähnlich. Zum Glück hatte er die schnelle Auffassungsgabe und Intelligenz von seiner Mutter geerbt. Zuerst war er gegen eine überstürzte Heirat, als er von Halinas Schwangerschaft erfuhr. Er wollte unbelastet sein Studium beenden, wie er sich oft ihr gegenüber geäußert hatte. Und er wollte auch Halina ermöglichen, ihr Studium ohne Unterbrechung abzuschließen. Deshalb hatte er bereits entsprechende Adressen für eine Abtreibung besorgt. Zu Dorotheas Erstaunen schien auch Halina dazu entschlossen. Doch es war vor allem ihr Stiefbruder gewesen, der Hanspeter zur Heirat riet, was sogar seine Frau sehr verwundert hatte.

„Man muss zu dem stehen, was man angerichtet hat!", war Axels spontane Reaktion, der die Bemerkung „Ein Kind braucht einen Vater" folgte.

Simone Hartmann, die als Wirtschaftsexpertin eine glänzende Karriere gemacht hatte und für den weitaus größeren Teil der Familieneinkünfte sorgte, erklärte sich sofort bereit, die künftige Familie finanziell so lange zu unterstützen, bis sie auf sicheren eigenen Beinen stand. Damit hing alles nur noch von der Frage ab, wie schnell und reibungslos der amtliche Weg eines deutsch-polnischen Hochzeitsaufgebots beschritten werden konnte. Hierbei ließ Axel als städtischer Angestellter seine Beziehungen zu Kollegen bei den entsprechenden Ämtern spielen. So war es nicht verwunderlich, dass Halina im Weiß der Unschuld und ohne sichtbare Hinweise auf die bevorstehende Niederkunft vor den Standesbeamten und den Traualtar treten konnte.

Dorothea hätte zu gern gewusst, ob die streng katholischen Brauteltern überhaupt etwas von der Schwangerschaft ihrer Tochter wussten. Leider sprach sie kein Wort Polnisch, hatte sich aber fest vorgenommen, sich noch vor deren Abreise in dieser Richtung unauffällig Klarheit zu verschaffen.

„Na, waren alle mit dem Fraß zufrieden und sind satt geworden?", erkundigte sich Axel nach dem Essen mit einem spöttischen Blick zu seiner Frau.

Halina übersetzte die Frage offensichtlich etwas anders, da sie ein höfliches Lächeln und gleichzeitig emsiges Kopfnicken bei Familie Sokolowski auslöste.

„Das Essen war ausgezeichnet, hätte eigentlich auch etwas zur Verbesserung der Stimmung beitragen können", stellte Dorothea spitz fest und erntete daraufhin einen Schwall unterschiedlicher Blicke, die sie aber bewusst mit ihrer Äußerung provoziert hatte.

Auch Sokolowskis hatten bemerkt, dass Dorotheas Äußerung eine merkwürdige Reaktion unter den Deutschen hervorrief, und blickten sich irritiert an. Da ihre Tochter aber keine Anstalten machte, zu übersetzen und Axel der Bedienung ein Zeichen gab, ihm nochmals sein Weinglas zu füllen, schenkten sie der nicht verstandenen Bemerkung keine weitere Aufmerksamkeit.

„Noch ein Verdauerling?“, erkundigte sich Axel gönnerhaft und blickte dabei erst dreist der Bedienung in den Ausschnitt, die sich beim Einschenken des Weines zwangsläufig zu ihm vorbeugen musste, und dann grinsend in die Runde. Nachdem er nur in unentschlossene Gesichter schaute, fasste er die Bedienung am Arm, verwehrte ihr dadurch die Möglichkeit sich zu entfernen. „Acht Kräuter!“

Man sah dem Gesicht der jungen Frau an, dass ihr die Situation unangenehm war und sie nicht so recht wusste, was mit dieser Bemerkung gemeint war.

„Herr Hartmann hätte gerne acht *Underberg* oder *Fernet*!“, erklärte Dorothea rasch, denn sie ahnte was geschehen würde, wenn ihr Stiefbruder jetzt nicht das bekam, was er sich vorstellte. Zu oft hatte sie in den letzten Jahren seine Wutausbrüche wegen solcher Kleinigkeiten erlebt, die auch schon manchmal seinen beruflichen Aufstieg behindert hatten. Sicherlich mit ein Grund, warum er immer noch nur im mittleren Dienst schwamm und häufiger die Abteilung wechseln musste. Außerdem war er überall für seine Arroganz und Überheblichkeit verschrien.

Bis zur Rückkehr der Bedienung herrschte eisiges Schweigen im Raum. Simone wischte sich nur hin und wieder, wie bereits im Taxi, ein paar Tränen aus den Augen. Halina hatte ihre Hand auf die ihres Mannes gelegt und strich ihm zärtlich mit dem Daumen über die äußere Handwurzel. Hanspeter blickte mit angespannter Miene lauernd auf die Tür und hoffte, dass diese quälende Stille so schnell wie möglich durch die Rückkehr der Bedienung beendet werden würde.

Der Einzige, der diese Situation genoss, war Axel. Er saß mit zufriedenem Gesichtsausdruck und vor dem Bauch gefalteten Händen auf seinem Stuhl und studierte seinerseits die Gesichter auf der anderen Tischseite. Diesem Blick konnten die Brauteltern nur ausweichen, indem sie vor sich auf den Tisch starrten, wo noch das Geschirr des Nachtischs stand.

„Fantastisch!", rief Dorothea plötzlich aus und begann herzhaft zu lachen. Sechs Augenpaare blickten sie erschrocken an. Nur Axel warf seiner Stiefschwester einen vernichtenden Blick zu. „Einfach fantastisch!", wiederholte Dorothea und hielt sich vor lauter Lachen die Stoffserviette vor das Gesicht.

Jerzy flüsterte seiner Tochter etwas zu, die jedoch nur mit einem kurzen Kopfschütteln reagierte. In diesem Moment betrat Gott sei Dank die Bedienung mit den acht Gläsern *Fernet Branca* den Raum und reichte diese den Gästen.

„Zum Wohl!", meinte sie diskret leise und begann bei Dorothea das restliche Geschirr abzuräumen.

„Zum Wohl!", echote Axel gönnerhaft laut und kippte mit einem Zug den *Fernet Branca* hinunter, während alle anderen nur an ihren Gläsern nippten. Halina schob und drehte unschlüssig ihr Glas mit ihren schlanken Fingern auf der weißen Tischdecke scheinbar gedankenverloren hin und her, bis sie es schließlich ihrem Mann hinhielt. „Magst du? Ich kann das Zeug nicht ausstehen."

Hanspeter nahm das Glas, drückte seiner Braut einen flüchtigen Kuss auf die Wange und trank den Kräuterlikör, wobei er seinem Vater einen genervten Blick zuwarf.

„Ich weiß, ich weiß!", polterte dieser sofort los. „Es passt einigen wieder mal nicht, was ich bestellt habe. Aber dann muss man das vorher sagen. Da zeigt man sich spendabel und dann ..."

„Das wusstest du!", unterbrach ihn Hanspeter in äußerst barschem Ton. Dann blickte er seine neben ihm sitzende Schwiegermutter an, die nur mit einem verständnislosen Lächeln reagierte. „Przepraszam! Entschuldigung!", sagte er, stand auf und streckte Halina seine rechte Hand entgegen. „Es wird besser sein, wenn wir jetzt aufbrechen", meinte er. „Ich werde deine Eltern mit einem Taxi ins Hotel bringen lassen." Er zuckte etwas verlegen mit den Schultern. „Wenn du ihnen das bitte erklärst. Oder hat einer von euch eine andere Idee?", drehte sich Hanspeter zur gegenüberliegenden Tischseite hin.

Dorothea sprang mit hochrotem Kopf so erregt auf, dass ihr Stuhl beinahe nach hinten gefallen wäre. „Das ist ja nicht auszuhalten!“, stieß sie empört hervor. „Ich werde mich selbstverständlich um deine Schwiegereltern kümmern.“ Wütend fuhr sie gleichzeitig mit den gespreizten Fingern beider Hände durch ihre dunkelbraunen Locken. Sie schaute Hans an. „Kommen Sie mit?“

Hans saß blass auf seinem Stuhl und wusste nicht so recht, wie er sich verhalten sollte. Er war zwar von Hanspeter vorgewarnt worden, doch so schlimm hatte er sich das alles nicht vorgestellt. Er blickte Hilfe suchend zu seinem Studienkollegen hinüber, der seiner Frau von hinten beruhigend die Hände auf die Schultern gelegt hatte, während diese ihrem Vater die entstandene Situation erklärte. Daraufhin warf Jerzy einen kurzen und deutlich verächtlichen Blick zu Axel, nickte und ging hinter dem Brautpaar vorbei zu seiner Frau, der er etwas ins Ohr flüsterte. Ewas Gesicht verlor im gleichen Moment einiges an Farbe, in ihrer Miene mischten sich Enttäuschung und Ärger.

„Also, was ist?“, schaute Dorothea Hans an. „Kommen Sie nun mit oder nicht?“

„Natürlich komme ich mit!“, kam etwas gequält die Antwort. Auch er stand auf, ging um den Tisch und wollte sich von Halina und Hanspeter verabschieden.

„Tut mir leid“, murmelte Hanspeter verlegen. „Bringt mir die Quittungen mit und sorgt dafür, dass meine Schwiegereltern noch einen schönen Resttag und Abend erleben. Dorothea und du, ihr macht das doch schon ... bitte!“

Das „Bitte“ war so flehentlich, dass Hans ungewollt Hanspeter verständnisvoll auf die Schulter klopfte, sich dann aber schnell Familie Sokolowski und Dorothea zuwandte.

„Verstehen deine Eltern überhaupt kein Deutsch?“, wollte diese wissen.

Halina zögerte etwas. „Papa versteht ein wenig Deutsch, wenn man langsam spricht und erklärende Bewegungen dazu macht. Aber richtig Deutsch sprechen tut keiner von ihnen.“ Sie zuckte etwas verzweifelt mit den Schultern.

Simone hielt mit gesenktem Kopf ein Taschentuch vor Mund und Nase und weinte leise vor sich hin. Ihr Mann saß unbeteiligt neben ihr, hatte sich gerade selbst den Rest aus der Weinflasche eingeschenkt und kippte auch dieses Glas in einem Zug in sich hinein.

„Also dann, meine Liebe“, tönte er, „ist die Gesellschaft ja versorgt. Zahlen!“, fügte er laut hinzu.

Die Bedienung, die gerade die letzten Reste an Geschirr und leeren Gläsern abräumte, blickte verunsichert Axel Hartmann an. „Der Raum ist für den ganzen Tag reserviert. Kommen Sie nachher noch einmal wieder?“

Mit einem kaum unterdrückten Rülpser verließ ein kurzes „Nein!“ den Mund von Axel, der, gestützt auf Tisch und Stuhllehne, aufstand und sein Portemonnaie aus der Gesäßtasche zog.

In einem merkwürdigen Laufschritt, als müsse sie dringend Hilfe holen, verließ die Bedienung den Raum. Das Brautpaar, Familie Sokolowski, Hans und Dorothea warteten unschlüssig, in welcher Reihenfolge man nun das *Fährhaus* verlassen sollte. Hanspeter flüsterte Halina etwas ins Ohr, wonach er sich an seine Patentante wandte. „Wir lassen ein Taxi kommen, das euch in die Innenstadt bringt“, sagte er. „Ich werde aber nur zwei Taxis bestellen, eins für euch und eins für meine Eltern und uns.“ Er ließ die Hand seiner Frau los, um nach einem Telefon Ausschau zu halten. In der Tür stieß er mit der Dame zusammen, die sie bei der Ankunft im *Fährhaus* so freundlich begrüßt hatte.

„Was ist passiert? Sie wollen schon gehen? Waren Sie nicht zufrieden?“

„Alles in bester Ordnung“, beruhigte Hanspeter sie und verdrehte für die anderen nicht sichtbar die Augen. „Kleines Missverständnis bei der Zeitplanung!“ Dann ließ er die Frau stehen und setzte seinen Weg in Richtung Theke fort, wo er das Telefon vermutete.

„Haben Sie die Rechnung?“, ertönte Axels Stimme laut und ungeduldig.

Wortlos und reichlich irritiert ging die Dame auf ihn zu und hielt ihm auf einem kleinen Tablett den Kassenausdruck entgegen. Fast peinlich exakt ging Axel jeden Posten der Abrechnung durch, zog dann eine elegante Brieftasche aus dem Jackett und entnahm ihr einige Geldscheine, die er auf das Tablett legte und dann der Dame reichte. „Stimmt so!“, meinte er von oben herab.

Beim Durchqueren des inzwischen fast leeren Restaurants kam ihnen Hanspeter entgegen.

„Ich habe die Taxis bestellt, sie müssten jeden Moment zum Parkplatz oberhalb vom Restaurant kommen, hat man mir versichert.“

Dorothea dirigierte ihren Neffen mit den Augen beiseite. „Lass deine Eltern allein mit dem ersten Taxi fahren!“, raunte sie ihm zu.

Hanspeter nickte und legte seinen Arm um die Hüfte seiner Frau. „Wir überlassen das erste Taxi meinen Eltern“, flüsterte er ihr ins Ohr. Halina übersetzte ins Polnische, worauf Familie Sokolowski, die bereits an der Tür stand, sofort Familie Hartmann den Vortritt ließ und ihnen den Weg nach draußen frei machte.

„Also dann!“ Axel streckte Ewa grinsend seine Hand entgegen und sagte zu seiner Schwiegertochter: “Halina, übersetze: Kommen Sie wieder gut nach Hause!“

Halina sagte etwas auf Polnisch, doch wer die Gesichter der Polen beobachtete, musste ahnen, dass Halina mit Sicherheit etwas anderes zu ihren Eltern gesagt hatte. Denn Ewa schaute sofort an Axel vorbei, ging auf Simone zu und umarmte sie zum Abschied. Auch Jerzy folgte dem Beispiel seiner Frau und meinte: „Bardo dziekuje, Dank. Do widzenia!“ Dabei drückte er Simone überschwänglich die Hand.

„Simone komm! Das Taxi ist da!“, tönte Axels laute Stimme. Er stand bereits in der Tür und sah es offenbar als selbstverständlich an, in das erste Taxi zu steigen.

Simone war allerdings nicht davon abzuhalten, sich noch von den anderen zu verabschieden und Familie Sokolowski einen guten Rückflug zu wünschen. „Er ist halt so!“, meinte sie verlegen und hilflos mit den Schultern zuckend. Dann eilte sie ihrem Mann hinterher. Auf dem Parkplatz drehte sie sich noch einmal kurz um und winkte.

„Den hätte ich längst umgebracht!“, kommentierte Dorothea das Verhalten ihres Stiefbruders. Dann wandte sie sich dem Brautpaar zu. „Darf ich einen Vorschlag machen, damit der Tag doch noch etwas festlich oder zumindest lockerer wird? Ich schlage vor, wir schicken das zweite Taxi, wenn es kommt, wieder weg. Das übernehme ich und wir bleiben noch etwas hier, trinken einen Kaffee und später essen wir auch noch ein Stück Kuchen. Ihr seid meine Gäste.“

Halina übersetzte ihren Eltern das Angebot von Dorothea, worauf sich die Gesichter der Polen aufhellten und Jerzy fast erleichtert ausrief: „Tak, to jest dobrze. Bardzo chetnie!“

„Mein Vater findet das sehr gut“, übersetzte Halina und umarmte zuerst Dorothea, dann Hanspeter. „Du bist doch damit einverstanden, oder?“

„Und wie! Bisher war alles mehr als peinlich und grotesk!“

Draußen hupte ein Taxi. Dorothea eilte zum Parkplatz, um die unangenehme Aufgabe zu erledigen, das gerufene Taxi wieder fortzuschicken.

Der Himmel zeigte sich inzwischen von einer freundlicheren Seite und durch die in den letzten Tagen seltene Sonne war sogar in kurzer Zeit eine erstaunliche Temperatur erreicht worden. Man hatte es deshalb vorgezogen, auf der Terrasse Platz zu nehmen, mit Blick auf die Mosel und den kleinen Hafen.

Dorothea entwickelte sich zur Managerin der Minihochzeitsgesellschaft. Sie arrangierte in kurzer Zeit und mit etwas Trinkgeld, dass ein paar hübsche Blumen auf dem Tisch standen, jeder nochmals ein kühles Glas Sekt in der Hand hielt und eine dekorative Platte mit verschiedenen Kuchenstücken in der Mitte des Tisches stand.

„Es wäre doch gelacht, wenn wir uns von diesem Ekel die Hochzeitsfeier verderben lassen würden“, lachte sie übermütig und erhob ihr Glas, um noch einmal auf das Wohl des Brautpaares anzustoßen.

„Das ist sehr lieb von dir“, bedankte sich Halina und prostete zurück. „Schade, dass meine Eltern kein Deutsch verstehen. Jetzt wollen wir einfach feiern.“

Dorothea stand auf und ließ sich nach und nach die Teller reichen und servierte jedem den Kuchen, den er sich wünschte. Übrig blieben, nachdem sie alle bedient hatte, zwei Stücke Frankfurter Kranz, die keinen Abnehmer gefunden hatten.

„Ich hole noch etwas anderen Kuchen, wer möchte noch ein Stück?“, fragte sie in die Runde und bat Halina, die Frage zu übersetzen. Doch ihre Eltern lehnten dankend ab.

„Diese Torte hier ist köstlich“, lobte Hanspeter.

„Lass probieren!“, forderte Dorothea ihn sofort auf und ließ sich von ihrem Neffen ein kleines Stück mit der Gabel in den Mund schieben.

„Toll!“, bestätigte sie kauend und verschwand wieder im Haus.

Hans Rödler schaute ihr hinterher. „So eine Tante habe ich mir auch immer gewünscht. Da könnte ich sogar eine Frau heiraten, die älter ist als ich.“

„Dreiunddreißig ist doch kein Alter!“, widersprach Halina. „Es gibt Ehen, wo die Frauen wesentlich älter sind als ihre Männer. Und die funktionieren auch.“

„Manchesmal sogar viel besser!“, bestätigte Hanspeter. „Ich könnte mir sehr gut vorstellen, mit einer älteren Frau verheiratet zu sein.“

Nur im letzten Moment entging Hanspeter einem gezielten Faustschlag seiner Frau gegen die Brust. „Du wirst dich hüten. Seit heute gehörst du mir!“, lachte sie und warf ihm einen Kuss zu.

Dorothea kehrte gleich mit drei Tellern zurück. „Ich habe die letzten drei Stücke ergattert, die noch da waren!“, rief sie ausgelassen und reichte nach einem kurzen abschätzenden Blick den ersten Teller Hanspeter. „Das größte Stück ist für dich, du brauchst für heute Nacht etwas Kräftiges, das kleinste ist für Halina, damit sie weiterhin so schön schlank bleibt und das letzte ist für die verfressene Doro“, lachte sie und ließ sich in den Terrassensessel fallen.

Auf einmal waren alle gelöst. Zwar kam auch in dieser Runde keine richtige Hochzeitsstimmung auf, aber alles deutete darauf hin, dass der Tag wenigstens einen fröhlichen und vor allem harmonischen Abschluss nehmen würde.

„Jetzt dürft ihr es aber nicht ablehnen, wenn auch ich noch etwas zum Gelingen des Tages beitragen möchte“, meldete sich Rödler zu Wort, als jeder seinen Kuchen aufgegessen hatte. „Trinken deine Eltern einen Cognac?“

Halina wiederholte die Frage auf Polnisch und erhielt nach einigem Wortwechsel Zustimmung, nachdem sich zunächst Ewa und Jerzy, fast wie zwei kleine Kinder, vor einer Antwort geziert hatten.

Da keine Bedienung zu sehen war, stand Rödler auf, um die Bestellung aufzugeben. Währenddessen beratschlagte Dorothea sich mit Halina und Hanspeter, wohin man abends mit den Brauteltern ausgehen sollte.

„Meine Eltern lieben die einfache Küche. Sie sind es nicht gewohnt, in edlen Lokalen zu verkehren“, verriet Halina.

„Also gut, dann fahren wir rüber ins *Brauhaus Maximilian*“, entschied Doro. „Auf jeden Fall müsst ihr euch keine Sorgen machen. Hans und ich werden das schon schaffen.“

Halina erklärte ihren Eltern, was sie am Abend erwartete. Diese bedankten sich bei Doro mit einem freundlichem Lächeln und ließen ihr mitteilen, dass man auf keinen Fall große Umstände wegen ihnen machen solle.

Nach einer Weile kehrte Rödler zurück. Auf einem Tablett die Cognacs, die er selbst servierte.

„Tut mir leid, dass es so lange gedauert hat“, entschuldigte er sich. „Aber dafür sind die Gläser besonders gut eingeschenkt!“ Er verteilte sie, blieb stehen und machte eine kurze Verbeugung. „Liebe Halina, lieber Hanspeter. Ich möchte auf euer ganz spezielles Wohl anstoßen. Ich hoffe, dass ihr beide sehr glücklich miteinander werdet, mit mir zusammen das Studium beendet und unser Kontakt nicht nur wegen meiner Funktion als Trauzeuge, sondern aus noch vielen anderen beruflichen und privaten Gründen über das Studium hinaus bestehen bleibt."

Er stieß nach den etwas ungeübten Worten mit Halina und Hanspeter an und prostete den anderen zu. Halina nippte nur ganz kurz an ihrem Glas, dann flüsterte sie Hanspeter zu: „Ich glaube, es ist nicht gut, wenn ich so viel Alkohol trinke." Dabei schob sie ihm ihr Glas hin und blickte zu Rödler, der wieder Platz genommen hatte. „Bitte nicht böse sein, aber es ist wegen ihm", meinte sie und strich sich vielsagend über den Bauch.

Da Dorothea sah, dass Familie Sokolowski bei Halinas Geste nickte, war ihr klar, dass auch die Eltern von der Schwangerschaft wussten. Allerdings ließ ihr Gesichtsausdruck nicht erkennen, ob sie darüber sehr glücklich waren.

2.

Hauptkommissar Fuß drehte sich im Bett zu seinem Nachttisch um und versuchte im Dunkeln möglichst rasch das piepsende Handy zu ertasten. Neben ihm stöhnte Erika, seine Frau, nur „Scheiß Bereitschaft!", drehte sich zur anderen Seite und vergrub ihre Ohren im Kopfkissen.

Fuß hasste es, vor allem, wenn er ausnahmsweise einmal recht früh ins Bett gekommen war, im ersten Schlaf gestört zu werden. Denn er wusste in diesen Momenten, dass damit für ihn in der Regel die Nacht bereits wieder zu Ende war.

Als er sich, noch halb im Schlaf, reichlich knurrig meldete, huschte trotz allem ein kurzes Lächeln über sein Gesicht. Ihm fiel ein, dass die Tankfüllung seines Wagens gerade noch bis zur nächsten Tankstelle reichte. Und die war bis morgen früh um sechs Uhr geschlossen.

„Ihr müsst mir aber einen Wagen schicken, mein Tank ist leer. Ich steh in zehn Minuten unten vor dem Haus." Er drehte sich behutsam zu seiner Frau um, doch die schien schon wieder eingeschlafen zu sein. Leise stieg er aus dem Bett, raffte seine

Kleider von der Stuhllehne und schlich ins Badezimmer. Zeit zum ausgiebigen Duschen blieb ihm nicht, dass wusste er, aber Zähne putzen und ein kleiner Duft um den Hals, darauf legte er großen Wert. Rasieren musste er sich als Bartträger nicht.

Jetzt bloß kein Klingeln an der Haustür! Wenn Erika ein zweites Mal geweckt wurde, hing der Haussegen für einige Tage schief. Hastig nahm er seine beige Jacke von der Garderobe, löschte das Dielenlicht und machte sich auf den Weg nach unten. Die Küche und die Schankräume seiner Straußwirtschaft lagen im gespenstisch fahlen Licht der Straßenlaterne, das durch die Fenster in die Räume fiel. Noch standen für Putzarbeiten die Stühle auf den Tischen. Das würde sich in einer Woche ändern, wenn die Herbstsaison wieder begann. Vorsichtig öffnete er die Tür zur Straußwirtschaft, die gleichzeitig die Haustür war.

Draußen herrschte hohe Luftfeuchtigkeit, nachdem es am Abend geregnet hatte. Da kein Streifenwagen in der schmalen Gasse zu sehen war, marschierte er hinunter zur Moseluferstraße. Aber auch hier war weit und breit nichts von seinem Abholer zu sehen. Zum ersten Mal nach dem Wecken durch sein Handy warf er einen Blick auf seine Armbanduhr. Es war kurz vor eins. Am Verkehr konnte es um diese Uhrzeit kaum liegen. Nervös fühlte er nach seinem Handy. Entweder hatte sich der Kollege verfahren oder ...

In diesem Moment tauchte in der Ferne ein Blaulicht auf. Hauptkommissar Fuß atmete erleichtert auf. Es war in den dreißig Dienstjahren immer sein Bestreben gewesen, möglichst schnell am Tatort zu sein. Zu oft hatte er erlebt, dass irgendein Depp aus Unwissenheit oder Unüberlegtheit Dinge tat, die seine Arbeit erheblich erschwerten. Oft genug waren es sogar seine uniformierten Kollegen, die als Erste am Tatort gewesen waren und wichtige Spuren verwischt hatten.

Mürrisch nahm Fuß auf dem Rücksitz des Streifenwagens Platz, denn hinten konnte der knapp Zweimetermann besser seine Beine seitlich ausstrecken.

„Hat aber ziemlich lange gedauert“, brummte er, gähnte und strich sich dabei über seinen Bart.

„Sorry!“, entschuldigte sich der junge Polizist hinter dem Lenkrad und stellte sich als Polizeiobermeister Dittmar Weirich vor, während er mit quietschen Reifen den Wagen wendete. „Aber wir waren bei einem Unfall drüben in Metternich im Einsatz. Da muss ich auch gleich wieder hin, meinen Kollegen abholen.“

Die Fahrt ging von dem Moselort Alken, wo der Hauptkommissar als Nebenerwerb etliche Weinberge und mit seiner Frau die Straußwirtschaft besaß, über die Moseluferstraße an einigen Dörfern vorbei in Richtung Koblenz. Vor roten Ampeln schaltete Weirich kurzfristig das Martinshorn ein. Fuß bemerkte, dass er sich in der Eile nicht angeschnallt hatte, und holte schnell Vergessenes nach.

„Weiß man schon Genaueres?“, wollte er wissen.

„Die Meldung kam, soweit ich das mitbekommen habe, von einem herbeigerufenen Notarzt. Ich weiß nur, dass es sich um eine männliche Leiche handeln soll und ich Sie abholen müsse. Mehr wurde mir nicht gesagt.“

Nach knapp fünfzehn Minuten hatten sie Koblenz erreicht.

Als sie in die Devorastraße einbogen, mussten sie nicht lange nach der Hausnummer suchen. Gleich auf der linken Seite standen recht willkürlich am und auf dem Bürgersteig geparkt ein Notarzt-, ein Rettungs- und ein Streifenwagen. Außerdem hatten sich, trotz der nächtlichen Stunde, eine Reihe von Neugierigen eingefunden. Einige waren nur mit Schlafanzügen oder Nachthemden bekleidet, über die sie schnell einen Mantel oder eine Jacke angezogen hatten. Weirich schaltete das Blaulicht aus und fuhr halb auf den Bürgersteig, um die Straße nicht noch mehr zu blockieren als bereits geschehen.

„Bleiben Sie einen Moment hier, bis ich die Kollegen runterschicke, damit hier ordentlich abgesperrt wird, sonst geschieht noch ein Unfall“, ordnete der Hauptkommissar an und stieg aus dem Wagen.

Der Eingangsbereich des Mehrfamilienhauses war ebenso wie das Treppenhaus hell erleuchtet und wurde von einem uniformierten Kollegen bewacht. Als der Beamte den Hauptkommissar auf das Haus zueilen sah, machte er ihm den Weg frei.

„Sie sollten schnellstens irgendetwas unternehmen, damit die Leute nicht im Dunkeln mitten auf der Straße herumlaufen oder hat man Ihnen das nicht beigebracht", knurrte Fuß und ließ seinen Blick an der Hauswand nach oben wandern.

„Ich werde mich sofort darum kümmern. Zweiter Stock, links!"

„Aufzug?"

„Leider nicht."

Leicht schnaufend kam Fuß im zweiten Stock an. Die Wohnungstür stand weit offen. In der Diele warteten zwei Rettungssanitäter auf Anweisungen. Liane Esser, die junge Assistentin von Fuß, die in Koblenz wohnte und deshalb bereits vor einer Viertelstunde am Tatort eingetroffen war, unterhielt sich mit dem zweiten uniformierten Kollegen, der an den Einsatzort gerufen worden war. Sie hatte sich bereits vorschriftsgemäß Einmalhandschuhe angezogen und reichte auch dem Hauptkommissar sofort ein Paar.

„Der Notarzt, ein Doktor Pfeiffer, ist bei der jungen Frau im Wohnzimmer. Die ist völlig daneben. Die Leiche, wahrscheinlich ihr Mann, liegt auf dem Bett im Schlafzimmer, dort!" Liane deutete auf eine leicht angelehnte Tür auf der rechten Dielenseite. Das Erste, was der Hauptkommissar beim Betreten des Zimmers erblickte, war ein weißes Brautkleid, das lieblos auf dem Boden lag. Weitere Kleidungsstücke und ein Paar Pumps waren auf dem Teppichboden verteilt.

„Liane!", rief er halblaut in die Diele zurück und wandte sich dem Bett zu, auf dem ein nackter Mann in merkwürdig verkrampfter Haltung auf dem Rücken lag. Er mochte Mitte zwanzig sein. Er hatte die Augen geschlossen und fast sah es aus, als schliefe er. Doch bei näherer Betrachtung konnte man erkennen, dass es sich um einen toten Körper handelte.

Fuß stieß einen leisen Pfiff aus. „Da hat sich wohl in der Hochzeitsnacht gleich einer überanstrengt!“, lästerte er trocken.

„Chef! Sind Sie nicht so pietätlos!“, empörte sich Liane kopfschüttelnd, die die Bemerkung mitbekommen hatte.

„Ist doch eine Hochzeitsnacht, oder nicht?“

„Noch keine Ahnung, sieht aber ganz danach aus.“

Der Hauptkommissar streifte sich die Latexhandschuhe über und begann, den nackten Körper nach Anzeichen auf Fremdeinwirkungen abzusuchen.

„Der Notarzt soll, wenn er mit der Frau fertig ist, gleich mal bei mir vorbeikommen.“

Liane machte sich etwas enttäuscht auf den Weg zum Wohnzimmer, das sich am Ende der Diele befand. Sie hatte gehofft, dass Sie endlich einmal stärker in einen Fall integriert würde und nicht immer nur die Assistentinnenrolle spielen musste. Immerhin arbeitete sie jetzt im vierten Jahr mit dem Hauptkommissar zusammen. Die 25-Jährige hatte sich bei Hauptkommissar Fuß erst einarbeiten und an seine Eigenheiten gewöhnen müssen. Von Anfang an hatte sie gewusst, dass es nicht leicht werden würde, ihren Vorgänger, Kriminalhauptmeister Wagner, der bei einem Einsatz erschossen worden war, zu ersetzen,. Aber jetzt schien es ihr doch an der Zeit, wichtigere Aufgaben zu übernehmen, als nur Telefondienst im Büro zu machen oder den Laufburschen zu spielen.

Auf der Couch lag eine junge Frau. Ihre schwarzen Locken hingen ihr ins Gesicht. Sie hatte die Augen geschlossen und war vom Notarzt mit einer bunten Wolldecke zugedeckt worden.

Als Dr. Roland Pfeiffer Liane Esser erblickte, legte der schlanke Arzt mit tiefschwarzen Haaren und einer spitzen Nase rasch den Finger auf den Mund, packte die Kriminalhauptmeisterin vorsichtig am Arm und schob sie vor sich her aus dem Zimmer.

„Frau Hartmann hat einen schweren Schock, wir werden sie ins Krankenhaus bringen müssen. Ich bin froh, dass sie jetzt transportfähig ist“, sagte er leise und machte den beiden Rettungssanitätern ein Zeichen. „Sie können die Frau jetzt mitnehmen. Ich habe ihr sieben Komma fünf Milligramm *Lorazepam* verabreicht. Sagen Sie das unbedingt meinen Kollegen, denn die Frau hat mir gesagt, sie sei schwanger."

Liane deutete in Richtung Schlafzimmer. „Mein Chef, Hauptkommissar Fuß, wartet dort auf Sie."

Dr. Pfeiffer nickte. Liane folgte ihm ins Schlafzimmer.

Dort stand Fuß gedankenversunken neben dem kleinen Nachttisch am Bett und hatte die Arme vor dem Oberkörper verschränkt.

„Vermutliche Todesursache ... Herzversagen?", fragte er, während ihm Dr. Pfeiffer zur Begrüßung die Hand reichte.

„Ich bin mir da nicht ganz sicher", gestand der Notarzt. „Ich würde eher auf Vergiftung tippen. Denn es gibt verschiedene Merkwürdigkeiten. Außerdem habe ich Sie aus einem noch ganz anderen Grund rufen lassen."

Fuß und Liane schauten Dr. Pfeiffer erstaunt an.

„Der Notruf ging bei uns um dreiundzwanzig Uhr dreizehn ein. Ich war bereits etwa gegen dreiundzwanzig Uhr zwanzig hier, also kaum mehr als fünf Minuten später. Zuerst war es gar nicht möglich, mit der Frau zu sprechen. Erst nach einer Weile, sagen wir kurz vor Mitternacht, hatte ich sie soweit, dass wenigstens etwas Vernünftiges von ihr zu erfahren war. Sie sei kurz eingeschlafen, habe aber mit ihrem Mann zuvor einen sehr emotionsgeladenen Geschlechtsverkehr gehabt. Das hat sie natürlich nicht wörtlich so gesagt."

„Ist Vögeln denn in der Hochzeitsnacht ungewöhnlich?", platzte Fuß trocken heraus und erntete sofort erneut einen missbilligenden Blick von seiner Mitarbeiterin.

„Das nicht", Dr. Pfeiffer versuchte ein Lachen zu unterdrücken und fuhr rasch fort. „Aber ich behaupte, der Mann ist, nach allem was ich bisher feststellen konnte, schon längere Zeit tot, als es sich aus der Aussage der Frau ableiten lässt. Die Leichenstarre ist bereits fortgeschritten." Als Beweis für seine Behauptung versuchte der Notarzt, den Arm des Toten anzuheben.

„Das heißt, die Frau lügt?!", folgerte der Hauptkommissar und begann, wie üblich, wenn er nachdachte, sein Gesicht zu kneten.

„So würde ich das nicht sagen", relativierte der Notarzt seine Aussage. „Die Ehefrau steht unter schwerem Schock. Da geht das Gefühl für Zeit schnell verloren. Vielleicht hat sie ja zunächst geglaubt, er sei eingeschlafen. Auf jeden Fall würde ich eine Obduktion empfehlen, um absolute Gewissheit zu haben, dass es sich um einen natürlichen Tod handelt. Es ist möglich, dass sich alles völlig harmlos darstellt. Aber sicher ist sicher. Ich kann im Totenschein keinen natürlichen Tod attestieren. Einiges spricht dagegen. Es könnte sich, wie bereits gesagt, um eine Vergiftung handeln. Aber das muss die Obduktion ergeben.

Ob sich der noch recht junge Notarzt nur wichtigtat?, ging es dem Hauptkommissar durch den Kopf. Solche und ähnliche Fälle waren ihm schon bekannt geworden. Allerdings, Dr. Pfeiffer machte nicht gerade den Eindruck eines Profilneurotikers oder wirkte wie jemand, der sich wichtig vorkam.

Durch die offene Zimmertür konnten die drei beobachten, wie die Ehefrau des Toten in diesem Moment von den Rettungssanitätern auf einer Trage aus der Wohnung gebracht wurde. Liane eilte hinterher. „Einen Augenblick noch!" Sie warf einen raschen Blick auf die Schlafende und betrachtete ihr Gesicht. Ihre Hautfarbe sah der ihres toten Mannes erschreckend ähnlich. „Wo bringen Sie die Frau hin?"

„Rüber in den *Marienhof*."

Liane löste sich wieder vom Anblick der Frau, nickte und kehrte nachdenklich ins Schlafzimmer zurück.

„Gut, dann lassen wir den Mann obduzieren", beschloss Fuß und machte Liane ein Zeichen. „Veranlassen Sie alles Notwendige, damit er gleich in die Rechtsmedizin nach Mainz kommt. Außerdem sollten sich morgen die Kollegen der SpuSi in der Wohnung an die Arbeit machen. Bis dahin wird sie versiegelt."

Liane nickte zustimmend und war froh, dass sie so schnell wieder nach Hause und in ihr Bett konnte.

„Dann kann ich mich jetzt wohl zurückziehen?", erkundigte sich Dr. Pfeiffer. „Sie erreichen mich jederzeit über die Notrufzentrale. Mein Bericht geht Ihnen sowieso automatisch zu."

„Auch wenn Sie mir jetzt böse sind, ich würde schon gern noch etwas mehr darüber erfahren, was sie vorfanden, als Sie hier ankamen. Lassen Sie uns aber nach nebenan gehen."

Liane stöhnte innerlich. Offenbar hatte sie sich zu früh gefreut. Sie und Dr. Pfeiffer folgten dem Hauptkommissar ins Wohnzimmer. Fuß verschaffte sich wie üblich zunächst einmal mit einem Rundumblick einen ersten Eindruck vom Ort des Geschehens. Der Raum wirkte freundlich, teilweise offenbar mit älteren, möglicherweise geerbten Möbeln, teilweise mit Möbeln eines Discounters bestückt.

Dr. Pfeiffer wartete geduldig, bis sich der Hauptkommissar ihm zuwandte. „Die Frau hat hysterisch geschriehen und am ganzen Körper gezittert. Zwei Nachbarinnen waren bei ihr und haben sie praktisch festgehalten und versucht zu beruhigen."

„Haben Sie sich die Namen der Nachbarinnen gemerkt?"

„Neee, ich habe mich zunächst um den Mann und dann um die hysterische Frau gekümmert. Kurz nachdem ich kam, sind die beiden Frauen auch verschwunden. Es waren wohl Bewohnerinnen hier aus dem Haus."

„Tut mir leid, Liane, dann machen Sie sich mal auf den Weg zu den Nachbarn."

„Wecken?"

„Die werden noch wach sein, vermute ich", grinste Fuß.

Liane verließ leicht schnaubend das Wohnzimmer. Einerseits hatte sie sich darauf gefreut, wieder ins Bett zu kommen, andererseits war sie froh, dass ihr Fuß die Befragung der Mitbewohner überlassen hatte. Ein Zeichen, dass er ihr diese Aufgabe zutraute.

Als Erstes läutete die Kriminalhauptmeisterin mit den kurzen, dunkelbraunen Haaren an der gegenüberliegenden Wohnungstür, die auch sofort geöffnet wurde. Ihr Chef hatte mal wieder recht. Die weißhaarige Frau mit einem runden Mondgesicht und auffallend kleinen, runden Augen hatte sich einen etwas abgetragenen Morgenmantel übergeworfen und schien praktisch vor lauter Redensdrang zu platzen, das soeben Erlebte loszuwerden.

„Ich habe mir schon gedacht, dass Sie mich brauchen, deshalb bin ich auch noch nicht ins Bett gegangen“, begann sie sofort aufgeregt. „Sie sind doch von der Polizei, oder nicht?“

Liane, die kaum größer als die Bewohnerin war, stellte sich ihr vor und folgte der Geste der Frau, die hinter sich auf eine offene Zimmertür wies. Es war die spiegelverkehrte Ausgabe der Hartmannschen Wohnung gegenüber.

„Also, die junge Frau tut mir ja so leid. Die hat doch heute erst geheiratet und erwartet zudem ein Kindchen. Und dann schon Witwe. Ist das Leben nicht manchmal grausam?“ Sie schob sich an Liane vorbei und schaltete das Licht in dem Raum ein. „Kommen Sie nur. Ich kann jetzt sowieso nicht mehr schlafen. Mein Gott, hat die Frau geschrien.“ Sie ließ sich in einen der Sessel fallen, hielt sich die Hand ans Herz und rang nach Luft.

Das mäßig erhellte Wohnzimmer war nach Lianes Meinung überfrachtet von hässlichen Ölgemälden und unüberschaubarem Souvenirkitsch. Dazu eine Sammlung von kleinen Plüschhunden, die nebeneinander auf der Rückenlehne eines Sofas aufgereiht waren.

Liane blieb abwartend im Türrahmen stehen. Irgendwie hatte sie das Gefühl, Platzangst zu bekommen, wenn sie den Raum betreten würde. „Hat Frau ...“

„... Hartmann!“

„Hat Frau Hartmann den Notarzt gerufen oder jemand aus dem Haus?“

„Nein, nein. Der Notarzt war schon unterwegs, den muss sie schon selbst angerufen haben. Ich bin auf den Flur, weil ich ihr Schreien hörte, und hab drüben an der Tür geklingelt. Als diese geöffnet wurde, fiel mir die junge Frau förmlich in die Arme. Nur mühsam konnte ich ihrem Schreien und Stottern entnehmen, worum es eigentlich ging. Dann kam noch die Hilde hinzu. Die wohnt hier unter mir ...“

„Ihr Name ist ...“, Liane zog einen kleinen Block aus der Innentasche ihres Anoraks.

„Katharina Klose. Ich bin Witwe und wohne seit Jahren alleine hier in der Wohnung. Mein Mann ist schon über zehn Jahre tot. Er war früher ...“

Liane unterbrach den Redeschwall der Frau. „Und wie heißt diese Nachbarin unter Ihnen?“

Etwas irritiert, aus ihrem Gedankenfluss gerissen worden zu sein, musste Frau Klose einen kurzen Moment nachdenken, bevor sie antwortete. „Hilde Specht, wie der Vogel, Specht. Ihr Mann, Oskar, ist auf Nachtschicht und gegenüber wohnt Familie Hansen, aber die sind in Urlaub, ich glaube auf Mallorca.“

Liane notierte sich alles. „Was ist dann passiert?“

„Wir haben gemeinsam versucht, Frau Hartmann zu beruhigen. Ihr Mann lag auf dem Bett … regungslos. Hilde hat die Fenster aufgerissen, um frische Luft ins Zimmer zu lassen. Wir ahnten doch nicht, dass er schon ...“ Sie brach ab und begann nervös den Gürtel ihres Morgenmantels zu drehen.

„Dann kam der Notarzt ...?“

„Neee, erst kam der Krankenwagen. Aber während die Sanitäter ihre Koffer öffneten, kam auch schon der Arzt. Der hat dann sofort versucht, den Herrn Hartmann zu reami... wiederzubeleben. Aber naja, den Rest wissen Sie ja.“

„Seit wann wohnt denn Familie Hartmann hier im Haus?“

„Wohnen?“ Frau Klose stieß einen kurzen Seufzer aus. „Gewohnt haben die praktisch noch gar nicht hier. Ihm seine Eltern haben den beiden die Wohnung eingerichtet, soweit ich das mitbekommen habe. Die beiden jungen Leute waren zwar abends ab und zu hier, aber richtig gewohnt haben die erst die letzten zwei oder drei Tage hier.“

„Sie kennen also die Eltern?“

„Auch nur flüchtig, vom Sehen. Er ist ... man würde, glaube ich, sagen, so ein dürrer Lackaffe oder Paradiesvogel. Seine Frau ist eher gediegen und stattlich, hat aber offenbar nicht viel zu melden. Ich habe immer nur seine Stimme gehört, um nicht zu sagen, seine Kommandos.“

Liane blickte von ihrem Block auf und sah das mitleidige Lächeln im Gesicht der Frau. „Haben Sie eine Adresse von den Eltern?"

„Adresse ist zu viel gesagt, die wohnen, glaube ich, in der Mainzer Straße. Wo genau, das weiß ich nicht."

„Und die Eltern der Frau?"

Frau Klose schüttelte den Kopf. „Tut mir leid, die kenne ich nicht. Aber Frau Hartmann ist, glaube ich, Tschechin oder Polin. Ihre Eltern habe ich noch nie gesehen. Vielleicht wohnen die auch gar nicht hier in Koblenz."

„Glauben Sie, dass mir Ihre Nachbarin, Frau Specht, noch andere Dinge erzählen kann?"

Wieder schüttelte Frau Klose den Kopf. „Eher weniger. Hilde arbeitet noch tagsüber und geht meistens früh ins Bett, wenn ihr Mann Nachtschicht hat. Heute ist sie allerdings auch durch das Schreien der jungen Frau aufgewacht und raufgekommen."

Liane bedankte sich bei Frau Klose und begab sich wieder in die gegenüberliegende Wohnung. Fuß saß inzwischen alleine im Wohnzimmer. Der Notarzt war längst gegangen und der Hauptkommissar hatte sich inzwischen ausgiebig mit der Wohnung vertraut gemacht. Liane berichtete kurz, was sie bei der Nachbarin in Erfahrung gebracht hatte.

„Dann hoffen wir, dass alles ganz harmlos ist. Ich werde unabhängig davon morgen im *Marienhof* vorbeischauen und mich mit der Witwe unterhalten, sofern sie bereits ansprechbar ist."

„Sollten wir nicht noch heute Nacht seine Eltern informieren?"

Der Hauptkommissar zögerte einen Moment, gähnte und knetete dabei sein Gesicht. Dann sagte er: „Das bringt nichts. Es reicht, wenn wir morgen früh gleich dort vorbeischauen. Das mache ich auf dem Weg in die Klinik oder wollen Sie denen die Nachricht überbringen?"

Liane blickte ihren Vorgesetzten erschrocken an. „Sie wissen, das ist nicht mein Ding", murmelte sie.

„Daran sollten Sie sich aber allmählich gewöhnen. Das gehört nun mal leider auch zu unserem Job. Deshalb kommen Sie auf jeden Fall mit! Einverstanden? Ich hole Sie gegen zehn Uhr im Präsidium ab."

Liane nickte kaum wahrnehmbar. So hatte sie sich eine engere Zusammenarbeit auch wieder nicht vorgestellt.

Er hatte die beiden Streifenbeamten kurz vor der Haustür warten lassen und jedem eine Flasche Wein gebracht, weil sie ihn nach Hause gefahren hatten. „Aber nicht im Dienst saufen", ermahnte er sie lachend. „Wein muss man in Ruhe genießen!"

Erika schlief noch tief und fest, als Fuß vorsichtig die Tür zum Schlafzimmer öffnete. Dann machte er sich auf den Weg zur Küche. Jetzt noch einmal ins Bett zu gehen, hatte keinen Zweck. Inzwischen war es fast fünf Uhr geworden. Er füllte Kaffee in die Maschine und schaltete sie ein. Dann schnitt er sich zwei Scheiben Brot, holte Butter und die Dose mit Aufschnitt aus dem Kühlschrank und begann, als der Kaffee fertig war, zu frühstücken. Danach lehnte er sich zurück und schloss die Augen. Kurze Zeit später sank langsam sein Kopf auf die Brust. Er war im Sitzen eingeschlafen.

„Was machst du denn hier?"

Fuß schreckte auf. Seine Frau war kurz nach sechs Uhr aufgewacht, hatte auf dem Weg zur Toilette Licht in der Küche gesehen und stand jetzt kopfschüttelnd vor ihrem Mann.

„Was soll ich hier schon groß machen?", brummte er, fuhr sich über sein Gesicht und warf einen Blick auf die Armbanduhr. „Leg dich wieder hin. Ich muss gleich zum Tanken fahren. Es hat heute Nacht wieder eine Leiche gegeben."

„Wer?"

„Kennst du nicht." Fuß war, zum zweiten Mal in dieser Nacht, aus dem Schlaf gerissen, nicht zu einem ausführlicheren Gespräch bereit. Etwas mühsam erhob er sich und trank den letzten, inzwischen kalt gewordenen Schluck Kaffee aus der Tasse, während sich Erika wieder auf den Rückweg zum Schlafzimmer machte. Er reckte sich, stellte Teller und Tasse ins Spülbecken und machte sich auf den Weg nach unten.

Wenn er gedacht hatte, im Klinikum *Marienhof* ginge es um diese Uhrzeit noch etwas ruhiger zu als während der üblichen Besuchszeiten, dann hatte sich der Hauptkommissar reichlich geirrt. Nicht nur, dass auf den Stationen gerade das Bettenmachen, Zimmerlüften und die tägliche Hygienepflege bettlägeriger Patienten das Personal voll in Anspruch nahm, auch das Austeilen des Frühstücks und die Morgenvisite wurden bereits vorbereitet. Dementsprechend stieß Fuß auch nicht auf einen besonders fröhlichen Empfang. Die Stationsschwester schüttelte mit einer deutlich missbilligenden Miene den Kopf, als sie den Wunsch des Kripobeamten vernahm, die Patientin Hartmann um diese Zeit sprechen zu wollen.

„Die wurde doch erst heute Nacht eingeliefert“, protestierte sie. „Ich glaube nicht, dass das jetzt geht. Warten Sie hier.“

Fuß blieb vor der Tür des Stationszimmers stehen und beobachtete, wie Schwester Thekla zum Hörer griff und ein kurzes Telefonat führte. Triumphierend wandte sie sich wieder dem Hauptkommissar zu.

„Sie werden noch mal wiederkommen müssen. Der Stationsarzt will erst die Patientin sehen und untersuchen, so wie das allgemein üblich ist. Lassen Sie uns Ihre Visitenkarte hier. Der Stationsarzt wird Sie am Nachmittag anrufen und Ihnen mitteilen, wann die Patientin vernehmungsfähig ist.“

Fuß blieb nichts anderes übrig, als Schwester Thekla seine Karte zu überreichen. Er hatte bereits auf dem Weg zum Stationszimmer auf den Fluren vergeblich versucht, bei anderen Schwestern und Pflegern die Zimmernummer der Patientin zu erfahren. Achselzuckend hatten alle nur gelächelt und waren weiter ihrer Arbeit nachgegangen. Er würde also tatsächlich nochmals wiederkommen müssen, da es keinen triftigen Grund gab, auf einen Besuch bei der Patientin zu bestehen. So machte er sich auf den Weg zum Präsidium und rief von unterwegs Liane Esser an. Von ihr erfuhr er, dass sie bereits die genaue Adresse der Eltern des Toten ausfindig gemacht hatte. Deshalb bat er, sie möge doch nach unten kommen, damit man sofort zu Familie Hartmann fahren könne.

Liane Esser läutete zwar an der Haustür des Vier-Familien-Hauses in der Mainzer Straße, machte dann aber einen deutlichen Schritt zur Seite, um nicht in die Verlegenheit zu kommen, als Erste reden zu müssen. Das Haus gehörte zu den wenigen in Koblenz, die den Zweiten Weltkrieg einigermaßen unbeschädigt überstanden hatten, und man sah ihm deutlich an, dass auch schon lange keine Schönheitsreparaturen durchgeführt worden waren. Nach einer Weile surrte der Türöffner und die beiden betraten ein äußerst gepflegtes Treppenhaus. Von der Schellentafel ausgehend, wohnte Familie Hartmann im ersten Stock. Die alte Holztreppe schien frisch gebohnert zu sein, denn es roch im ganzen Treppenhaus stark nach Bohnerwachs. Einige Stufen knarrten selbst unter dem Federgewicht von Liane bedenklich.

In der Wohnungstür rechter Hand blickte ihnen eine Frau um die fünfzig neugierig entgegen. Liane ahnte sofort, dass es sich um die Mutter des Toten handeln musste, denn sie war das, was Frau Klose mit „stattlich" bezeichnet hatte.

Simone Hartmann war, wie immer, elegant gekleidet und bestens frisiert. Sie trug ein graues, figurbetonendes Kostüm, darunter ein dunkelrotes Top mit leichten Rüschen, farblich zu ihren Schuhen passend. Die Frau schaute etwas verwundert drein, als Hauptkommissar Fuß ihr seinen Ausweis entgegenhielt. „Kriminalpolizei, dürfen wir reinkommen?"

Frau Hartmann machte mit einem einladenden Lächeln den Weg in die Wohnung frei. „Wenn es nichts Ernstes ist ...", meinte sie amüsiert und schloss hinter den beiden die Wohnungstür. „Kommen Sie, ich hoffe, ich kann Ihnen helfen. Worum geht es denn überhaupt?"

Sie ging durch die Diele voran und die beiden Polizeibeamten folgten ihr in ein sehr modern eingerichtetes Wohn-Esszimmer, dessen Boden reichlich mit wertvollen Teppichen ausgelegt war.

Trauzeuge Hans Rödler konnte das teilweise sehr erregt geführte Gespräch im Fond des dritten Taxis nicht verfolgen, da es auf Polnisch geführt wurde. Stattdessen hatte er sich mit dem stark nach Zigarettenrauch riechenden Fahrer in ein unverfängliches Gespräch über den ständig zunehmenden Verkehr und die immer wieder zum Jahresende auftauchenden Straßenbaustellen eingelassen.

„Jetzt, um diese Uhrzeit, da geht es ja noch so gerade eben", meinte der Fahrer mit rauer Stimme. „Aber fahren Sie mal die Strecke während der Rushhour!"

„Da geht es Ihnen hier aber noch gut. Ich habe früher in Köln gewohnt und musste jeden Abend ein Stück über den Habsburger- und Hohenstaufen-Ring fahren … keine Chance!", toppte Hans die Schilderung des Fahrers und wischte sich mit einem Taschentuch den Schweiß von der Stirn. „Oftmals habe ich für einen läppischen Kilometer fast eine halbe Stunde gebraucht." Einen kurzen Moment tauchten in ihm noch einmal die Bilder des verstopften Kölner Rings auf. Dagegen war das, was er bisher in Koblenz erlebt und gesehen hatte, für ihn wie "freie Fahrt".

Beim Befahren der Kurt-Schumacher-Brücke über die Mosel bremste der Fahrer plötzlich abrupt ab, sodass Hans hart in den Sicherheitsgurt fiel. Ein *ADAC*-Hubschrauber, dessen seitlichen Anflug keiner bemerkt hatte, flog beängstigend dicht über das Fahrzeug. Der Taxifahrer versuchte leise fluchend dem knatternden gelben Ungetüm hinterherzublicken, verlor es aber sofort aus den Augen, da der Hubschrauber nach hinten abdrehte.

„Die fliegen hier immer so tief, wenn sie drüben beim Klinikum landen", meinte er, als er im Rückspiegel die erschrockenen Gesichter seiner Fahrgäste sah, und trat das Gaspedal wieder durch, um den verlorenen Abstand zu der vor ihm fahrenden Kollegin aufzuholen. „Vor allem hört man die Hubschrauber nicht kommen und plötzlich hast du sie dicht vor der Frontscheibe", sagte er quasi als Entschuldigung für sein unsanftes Abbremsen.

„Herzlich Willkommen im Fährhaus am Stausee und dem Brautpaar unsere besten Wünsche für die gemeinsame Zukunft!", emp-

Fuß hatte im Laufe der Jahre einen Blick dafür bekommen. Ihm war sofort klar, hier lebten nicht die Ärmsten.

„Also, was kann ich für Sie tun?“ Simone Hartmann bot den Besuchern zwei Stühle am Tisch an und setzte sich dann selbst den beiden gegenüber.

„Ihr Mann ist nicht zufällig auch hier?“, fragte der Hauptkommissar.

„Geht es um ihn? Nein, er ist bereits zur Arbeit. Aber vielleicht kann ich Ihnen ...“

Fuß biss sich nachdenklich auf die Lippen, dann schaute er der Frau, die ihn immer noch erwartungsvoll anlächelte, direkt in die Augen. „Wir müssen Ihnen leider eine traurige Nachricht überbringen. Es geht um Ihren Sohn.“

„Hanspeter? Hatten die Kinder einen Unfall?“, stieß Simone Hartmann sofort hervor und wurde blass.

„Es geht nur um Ihren Sohn. Er ist heute Nacht ... verstorben.“

Frau Hartmann sprang auf. „Ver...?!!“ Sie starrte Fuß mit weit aufgerissenen Augen an und rang nach Luft.

Fuß eilte um den Tisch herum, damit er die Frau notfalls auffangen konnte. „Der herbeigerufene Notarzt konnte ihm nicht mehr helfen“, erklärte er und legte vorsorglich seinen Arm um die Frau.

Auch Liane glaubte ein Schwanken von Frau Hartmann zu erkennen, war ebenfalls um den Tisch geeilt und versuchte zusammen mit ihrem Chef, so gut es ging die Frau zu bewegen, sich wieder hinzusetzen, was ihnen schließlich auch gelang.

„Und Halina?“

Für einen Moment machten die Gedanken von Fuß einen Sprung in eine andere Welt. Eine Halina, ebenfalls Polin, war seit einigen Jahren während der Saison bei seiner Frau und ihm in der Küche der Straußwirtschaft tätig. Plötzlich hatte er ihr Bild vor sich. Sie hatte ganz anders ausgeschaut als die junge Frau Hartmann ... und vor nicht allzu langer Zeit war ihre Schwester, die ebenfalls jahrelang bei ihnen in der Küche geholfen hatte, in Polen bei einem Autounfall ums Leben gekommen. Er erinnerte sich plötzlich an Halinas Gesicht, als er ihr das erste Mal nach dem Tod ihrer Schwester wieder gegenübergestanden hatte.

Erst als er wieder in das Gesicht von Frau Hartmann blickte, tauchte er ins Jetzt zurück. „Ihre Schwiegertochter liegt mit einem schweren Schock im Klinikum *Marienhof.* Sie ist also bestens versorgt."

„Aber ..., aber wieso die Polizei?", stotterte Frau Hartmann und blickte verwirrt zwischen dem Hauptkommissar und Liane hin und her. „Was hat die Polizei damit zu tun?"

„Wir werden automatisch hinzugezogen, wenn die Todesursache unklar ist. Das hat vorerst nichts zu bedeuten. Die Staatsanwaltschaft wird eine Obduktion beantragen, dann wissen wir mehr."

„Obduktion? Warum ...?" Frau Hartmann begann zunehmend am ganzen Körper zu zittern. „Hanspeter und Halina haben doch erst gestern geheiratet. Mein Gott – Halinas Eltern sind noch hier ..."

„Wo können wir die Eltern Ihrer Schwiegertochter erreichen?", erkundigte sich Liane sofort und ließ Frau Hartmann wieder los.

„Sie wohnen im *Etap*-Hotel, glaube ich, aber reisen heute ab."

„Das Hotel ist draußen Richtung Mülheim-Kärlich, Hinter der Jungenstraße!" Liane warf ihrem Chef einen fragenden Blick zu. „Soll ich gleich hinfahren?"

Fuß stimmte mit einem Kopfnicken zu.

Nachdem Liane das Zimmer verlassen hatte, richtete Frau Hartmann ihren Blick wieder auf den Hauptkommissar, der Tränen in ihren Augen entdeckte.

„Sagen Sie mir bitte, dass das alles nicht wahr ist, nur ein böser Traum." Ihre Stimme versagte und aus den Tränen in den Augen wurde ein nicht enden wollender Weinkrampf.

Fuß zog einen Stuhl heran, setzte sich und ließ Frau Hartmann Zeit, sich erst einmal wieder zu beruhigen. Er hatte schon oft im Leben die Nachricht vom Tod eines geliebten Menschen überbringen müssen und wusste, dass man den Betroffenen viel Zeit lassen musste. Der richtige Schock kam sowieso meist erst deutlich später.

Nach zwei oder drei Minuten richtete Frau Hartmann sich plötzlich auf. „Ich muss meinen Mann anrufen“, flüsterte sie und versuchte aufzustehen. Doch ihre Kräfte versagten. Der Hauptkommissar nahm sein Handy aus der Jackentasche und reichte es Frau Hartmann. „Können Sie selbst wählen?

Simone Hartmann nickte, obwohl sie am ganzen Körper wie Espenlaub zitterte. Ihr Gesicht war bleich, von ihrem Lächeln und der Fröhlichkeit war nichts mehr zu sehen. Mit der zitternden rechten Hand hielt sie das Handy, so gut es ging, an ihr Ohr, nachdem sie die Rufnummer ihres Mannes eingetippt hatte. Es sah aus, als fiele ihr das kleine Gerät jeden Moment aus der Hand. Mit der flachen linken Hand strich sie unentwegt über die weiße Tischdecke. Es dauerte eine Weile, bis sich am anderen Ende jemand meldete. Im gleichen Moment zuckte Frau Hartmann zusammen und bevor sie zu sprechen begann, schnappte sie tief nach Luft. Trotzdem konnte sie nur drei Worte herauspressen: „Hanspeter ist tot!“ Dann riss sie förmlich das Handy vom Ohr und hielt es dem Hauptkommissar mit einem flehenden Blick entgegen.

Fuß ergriff das Handy rasch mit seiner großen Hand, in der es fast völlig verschwand. „Hallo?!“

„Was soll denn der Unsinn?“, kam es aufgebracht aus dem Minihörer. „Und wer sind Sie? Das war doch wohl eben die Stimme meiner Frau, oder?“

Fuß begegnete dieser unwirschen Reaktion mit einer klaren und nüchternen Antwort. „Kriminalhauptkommissar Fuß, Mordkommission Koblenz. Mit wem spreche ich bitte?“

„Hartmann“, ertönte wieder die barsche Stimme am anderen Ende. „Was soll der Quatsch?“

„Es trifft zu, was Ihnen Ihre Frau gesagt hat. Ihr Sohn Hanspeter ist tot!“

Jetzt reagierte Herr Hartmann am anderen Ende mit offenbar betroffenem Schweigen.

„Sind Sie noch dran?“, fragte Fuß schließlich.

„Ich komme!“, stieß Axel Hartmann hervor und beendete das Gespräch.

Als Liane im *Etap*-Hotel ankam, waren Ewa und Jerzy Sokolowski bereits mit dem Frühstück fertig und warteten auf ihrem Zimmer darauf, von irgendwem nach Frankfurt zum Flughafen gefahren zu werden, wie Liane von der jungen Dame an der Rezeption erfuhr.

„Da bin ich ja gerade rechtzeitig gekommen", meinte Liane mehr zu sich. „Welche Zimmernummer hat Familie Sokolowski, bitte?"

„Zimmer einundzwanzig."

„Ich gehe zu den beiden und wenn jemand kommt, um das Ehepaar abzuholen, soll der- oder diejenige hier unten warten, bis ich wiederkomme."

Sie stieg die Treppe hinauf und suchte die Zimmernummer. Zu ihrem Erstaunen stand die Zimmertür offen und das Zimmer war leer. Hastig drehte sie sich wieder auf dem Absatz um. Was war schneller, der Aufzug oder die Treppe? Sie entschied sich wieder für die Treppe und rannte die Stufen hinab.

„Das Ehepaar ist im gleichen Moment mit dem Aufzug gekommen, als sie nach oben gingen. Sie ließen sich von mir auch nicht aufhalten, verstehen kein Wort Deutsch", entschuldigte sich die Dame an der Rezeption. „Eine Frau hat die beiden abgeholt. Aber sie können eigentlich noch nicht weg sein."

Liane hechtete zum Ausgang und sah gerade noch, wie sich ein blauer Golf in Bewegung setzte. Es hatte keinen Zweck hinterherzulaufen. Kurz entschlossen rannte sie zu ihrem Wagen, startete den Motor und nahm die Verfolgung des Golfs auf.

„Was erzählen Sie da meiner Frau?", stürzte Axel Hartmann aufgebracht ins Zimmer und baute sich herausfordernd vor dem Hauptkommissar auf. „Wieso ist Hanspeter tot?"

Fuß hätte bei einem solchen Auftritt normalerweise laut losgelacht. Aber das verbot ihm der Grund seiner Anwesenheit. Doch was war das für ein Mann?

Hartmann ging, nachdem Fuß keine Anstalten machte auf seine Frage einzugehen, zwei Schritte auf den Sessel zu, in dem seine Frau zusammengesunken und schluchzend saß.

„Jetzt erzähl schon, verdammt noch mal, was soll passiert sein?"

Nun war die Geduld des Hauptkommissars am Ende. Genervt sprang er auf und packte Hartmann energisch am Arm. „Jetzt bleiben Sie mal bei allem Schock, unter dem Sie möglicherweise stehen, auf dem Boden. Ihr Sohn Hanspeter wurde heute Nacht von einem Notarzt tot in seiner Wohnung vorgefunden, dafür kann weder Ihre Frau etwas noch ich. Setzen Sie sich also bitte hin, wenn Sie Näheres erfahren wollen."

Hartmann drehte sich ruckartig um und fast hatte Fuß den Eindruck, als wolle ihm der Mann eine Ohrfeige geben.

„Was ich mache, bestimme immer noch ich. Also, erklären Sie mir, was geschehen ist", brüllte er los.

Fuß schob mit seinem kräftigen Arm den Mann beiseite, vorbereitet darauf, dass es zu einer körperlichen Auseinandersetzung kommen könnte. Deshalb wartete er bewusst einen Moment und blickte dabei Frau Hartmann an, die unbeteiligt vor sich auf den Teppich starrte. Dann drehte er sich langsam um und richtete seinen Blick auf ihren Mann.

„Ich habe bereits versucht, es Ihnen zu erklären. Kurz vor Mitternacht wurde von Ihrer Schwiegertochter über Notruf ein Arzt zu Hilfe gerufen."

„Typisch, dieses Polenvolk!", stieß Hartmann aus. „Gut ficken und faulenzen ja, aber sonst völlig daneben!" Hartmanns Gesicht war knallrot angelaufen und seine Augen waren starr auf den Hauptkommissar gerichtet.

Fuß überhörte diese menschenverachtende Bemerkung und schwieg. Er wollte die Situation nicht weiter eskalieren lassen.

„Und dann, was war dann?!", brüllte Hartmann erneut los.

Fuß schaute den Mann mitleidig an und fuhr mit bemüht ruhiger Stimme fort. „Der Notarzt konnte nur noch den Tod Ihres Sohnes feststellen und hat uns benachrichtigt, weil die Todesursache unklar ist."

„Die hat sich doch das Kind machen lassen und geheiratet, damit sie hier in Deutschland bleiben kann, und gleich bei erstbester Gelegenheit hat sie Hanspeter umgebracht, in der Hoffnung, nun auch noch zu erben!"

„Axel!", schrie Simone Hartmann entsetzt auf. Sie hatte sich ruckartig in ihrem Sessel aufgerichtet und starrte ihren Mann entgeistert an. „Wie kannst du so etwas sagen?"

„Lassen Sie nur, Frau Hartmann", mischte sich Fuß mit einem ironischen Unterton ein. „Ich habe mir schon Schlimmeres anhören müssen. Das Beste ist, ihr Mann kommt gleich mit aufs Präsidium, um uns schon mal ein paar Fragen zu beantworten."

Frau Hartmann nickte erleichtert, erhob sich mühsam aus dem Sessel und verließ leise vor sich hin schluchzend den Raum.

„Und Sie benehmen sich jetzt, sonst muss ich leider ..."

„Was müssen Sie?", brüllte Hartmann erneut los. Seine Gesichtsfarbe kam dem Rot einer reifen Tomate sehr nahe.

Der Hauptkommissar grinste ihn kopfschüttelnd an, machte nur eine abwehrende Handbewegung und drehte sich zur Tür hin. „Ich erwarte Sie in einer halben Stunde auf dem Präsidium! Wenn Sie dann nicht da sind, lasse ich Sie von den uniformierten Kollegen abholen."

„Warum soll der Kerl ins Präsidium kommen?", erkundigte sich Liane etwas irritiert, als Fuß ihr von seinem Besuch bei Hartmanns berichtete. „Der kann uns doch höchstwahrscheinlich nichts zu dem Vorfall sagen."

Fuß grinste. „Mir fiel so schnell nichts Blöderes ein, um die arme Frau nicht zu lange mit dem aufgebrachten Psychopathen alleine lassen zu müssen. So habe ich ihn wenigstens noch eine Weile unter Kontrolle. Wie der sich aufgeführt hat ..." Es schüttelte ihn regelrecht bei dem Gedanken, als Frau mit einem solchen Mann verheiratet zu sein. „Das ist ein Tyrann, ein Rassist und insgesamt ein Kotzbrocken, kurz gesagt: ein großes Arschloch."

Liane schaute ihren Chef erstaunt an. „So viele überschwängliche Bezeichnungen für einen Menschen bin ich bei Ihnen bisher nicht gewohnt."

Fuß zog eine Grimasse, streckte die Zunge heraus und ging zu seinem Schreibtisch. Er hatte sich ein paar Notizen zu den bisherigen Ermittlungen gemacht und überflog kurz seine Aufzeichnungen. „Also bevor die Rechtsmediziner nichts Konkretes über die Todesursache sagen können, brauchen wir nicht groß aktiv zu werden. Das wäre Arbeit für den Mülleimer. Bis wir diesbezüglich Genaues wissen, sollten die Eltern von Frau Hartmann aber nicht abreisen“, überlegte er.

„Das wird schwer zu machen sein“, befürchtete Liane, der es im letzten Moment gelungen war, den Golf mit Dorothea Hartmann am Steuer, die Familie Sokolowski zum Flughafen nach Frankfurt bringen wollte, noch innerhalb des Koblenzer Stadtgebietes zu stoppen. Nicht ahnend, dass die Fahrerin die Patentante des Toten war, hatte sie ihren Ausweis vorgezeigt und den Grund genannt, warum sie das Fahrzeug auf einer langen Geraden überholt und dabei die Fahrerin durch Handzeichen zum Anhalten veranlasst hatte. Dorothea, die Einzige im Wagen, die sofort verstand, was Liane berichtete, war sichtlich geschockt aus ihrem Golf gestiegen und hatte mit bleichem Gesicht die völlig überraschte und gut einen Kopf kleinere Liane an den Schultern gepackt und geschüttelt.

„Sagen Sie, dass das nicht wahr ist!“, hatte sie geschrien. So laut, dass etliche Passanten neugierig stehen geblieben waren. Jerzy, der bruchstückhaft mitbekommen hatte, was Liane zu Dorothea gesagt hatte, war hastig ausgestiegen und versuchte, zunächst Liane aus dem Griff von Dorothea zu befreien und dann die völlig aufgelöst heulende Frau zu beruhigen. Ewa hatte bis dahin nur verständnislos das Geschehen beobachtet, war dann aber auch ausgestiegen und wollte von ihrem Mann wissen, was geschehen war. Die Folge konnte nicht anders sein. Ewa stieß einen markerschütternden Schrei aus, klammerte sich verzweifelt an ihren Mann und begann, ebenfalls hemmungslos zu weinen. Inzwischen waren einige Passanten, die die Situation völlig falsch einschätzten, herbeigeeilt und Liane hatte große Mühe, diese zurückzudrängen und die Situation zu erklären. Dies gelang ihr nur, indem sie mehrfach ihren Dienstausweis in die Höhe hielt. Schließlich blieb ihr nichts anderes übrig, als über Handy einen Streifenwagen anzufordern, der zum Glück nach weniger als drei Minuten am Ort des Geschehens eintraf.

Nachdem es Liane mit Unterstützung ihrer uniformierten Kollegen gelungen war, die Ruhe und Ordnung wieder herzustellen, hatte man rasch eine Parklücke für Dorotheas Golf gefunden. Denn die immer noch völlig aufgelöste und hemmungslos weinende Frau weiterfahren zu lassen, schien Liane und auch den beiden Streifenbeamten viel zu riskant. Die Kriminalhauptmeisterin bat ihre Kollegen, das polnische Ehepaar mit seinem Gepäck vorerst in Dorotheas Wohnung zu bringen. Dort sollten sie auf einen Anruf aus dem Polizeipräsidium warten. Liane war sich nicht sicher, ob Dorothea mit dieser Regelung einverstanden war, aber sie sah spontan keine andere Lösung. Und auch Familie Sokolowski fügte sich ihrer Entscheidung.

„Im Moment ist das bei den Polen ein Goodwill, dass sie noch hier sind", überlegte Liane laut. Sie saß, von den Geschehnissen mitgenommen, recht ratlos an ihrem Schreibtisch und schaute ihren Chef an, der sich auch erst einmal in die nicht alltägliche Situation einfinden musste. „Und wie lange die Polen bei Dorothea Hartmann bleiben können, kann ich auch nicht abschätzen. Das sollten wir schnellstens klären. Wenn die Polen nicht mehr hier bleiben wollen, bekommen wir ein echtes Problem. Ich glaube nicht, dass wir sie gegen ihren Willen hier festhalten können. Es sei denn, es gibt den Anfangsverdacht, dass sie etwas mit dem Tod des neuen Schwiegersohnes zu tun haben."

„Das halte ich für sehr unwahrscheinlich. Aber wer weiß? Lassen wir es erst einmal drauf ankommen. Uns wird schon etwas einfallen. Heidemarie hat außerdem gute Beziehungen zur Ausländerbehörde."

„Heidemarie?"

„Kollegin Ronassi vom K 13!"

„Aaaha!"

„Nichts, aaaha! Ich habe früher bei einem Fall mit den Kollegen für organisierte Kriminalität zusammenarbeiten müssen. Was Sie immer so denken?! Heidemarie ist seit vielen Jahren glücklich mit einem Italiener verheiratet und Mutter zweier Kinder."

„Alter schützt vor Torheit nicht!"

Liane duckte sich rasch, denn der Hauptkommissar hatte nach dem dicken Telefonbuch vor sich auf dem Schreibtisch gegriffen und machte Anstalten, es nach ihr zu werfen.

„Das ist unser einziges, noch vollständiges Telefonbuch!", schrie Liane entsetzt auf.

„Macht nichts. Heute sucht man sowieso alles im Internet." Fuß legte das Buch wieder auf den Schreibtisch zurück und widmete sich seinen Notizen.

Liane tauchte langsam wieder hinter ihrem Schreibtisch auf und begann auch, ihre Notizen durchzuschauen. „Wir werden in jedem Fall einen Dolmetscher benötigen. Familie Sokolowski spricht kein Deutsch. Zum Glück stammte der Fahrer des Streifenwagens aus Dresden und konnte sich mit etwas Russisch und Händen und Füßen verständlich machen. Aber sicher, ob die beiden Polen alles richtig verstanden haben, bin ich mir nicht."

„Fürs Erste haben wir auch ihre Tochter, wenn sie inzwischen wieder ansprechbar ist. Allerdings sieht es anders aus, wenn irgendein möglicher Zusammenhang zwischen Hartmanns Tod und den Schwiegereltern besteht. Dann kann man natürlich eine Verwandte nicht mehr als Dolmetscherin einsetzen. Aber das hat vorerst Zeit. Der Klinikarzt will heute Nachmittag anrufen und sagen, wann wir mit Frau Hartmann sprechen können. Das werden wir so schnell wie möglich tun, auch wenn wir bis dahin noch kein Ergebnis der Obduktion vorliegen haben."

„Sollten wir nicht zwei Fliegen mit einer Klappe schlagen und die Eltern gleich mitnehmen?"

Der Hauptkommissar überlegte einen Moment. „Aber erst sprechen wir getrennt mit der jungen Frau!"

3.

Zur Verwunderung von Fuß tauchte kurze Zeit später Axel Hartmann tatsächlich im Polizeipräsidium auf. Ein junger Polizeibeamter der Wache brachte den Besucher ins Büro des Hauptkommissars. Offenbar hatte Hartmann doch das Gefühl, der Hauptkommissar säße am längeren Hebel und würde ihn tatsächlich von einer Polizeistreife abholen lassen, wenn er nicht freiwillig erschien. Diesen Triumph wollte er keinem Polizisten gönnen.

„Da bin ich! Und nun?“ Hartmann setzte sich unaufgefordert auf einen der beiden Stühle vor dem Schreibtisch von Fuß, schlug die Beine gekonnt lässig übereinander und zog ein silbernes Zigarettenetui aus seiner Jackentasche.

„Rauchen verboten!“, befahl Fuß mit energischer Stimme. Er wollte erst gar keine Diskussion aufkommen lassen, wer hier das Sagen hatte. Das schien ihm aufgrund seiner bisher gemachten Erfahrung mit dem Mann unbedingt erforderlich. „Sie müssen sich noch etwas gedulden“, fügte er mit einem kurzen Seitenblick zu Liane hinzu. „Ich habe im Moment noch einen anderen wichtigen Termin.“

Fuß stand auf, ging auf den Schreibtisch von Liane zu, wobei er Hartmann den Rücken zudrehte, sodass dieser sein Grinsen und Zwinkern nicht sehen konnte. „Rufen Sie Kommissarin Ronassi an und sagen Sie ihr, dass ich auf dem Weg zu ihr bin.“

Weder erfuhr Fuß später, ob Liane tatsächlich Ronassi angerufen hatte, noch erfuhr Liane, ob ihr Chef wirklich bei seiner Kollegin gewesen war. Auf jeden Fall kehrte Fuß erst nach einer guten Viertelstunde bestens gelaunt ins Büro zurück. Noch bevor er die Tür hinter sich geschlossen hatte, sprang Hartmann mit hochrotem Kopf von seinem Stuhl auf und starrte den Hauptkommissar vor Wut schäumend an.

„Behalten Sie doch bitte Platz“, lächelte Fuß freundlich und ging in einem leichten Bogen an Hartmann vorbei zu seinem

Schreibtisch. Hartmann setzte sich schnaubend und, wie Fuß sehen konnte, mit geballten Fäusten wieder auf den Stuhl.

Der Hauptkommissar machte seiner Mitarbeiterin ein kurzes Zeichen. „Nehmen Sie bitte erst einmal die Personalien von Herrn Hartmann für das Protokoll ...“

„Soll das hier ein Verhör werden?“, polterte Hartmann sofort dazwischen.

„Eine Befragung!“, korrigierte Fuß ihn mit einem gekonnt verbindlichen Lächeln.

Da Hartmann den feinen Unterschied offenbar nicht kannte, überging er den Hinweis. „Was wollen Sie also wissen?“, fauchte er wie ein angegriffener Kater.

„Die Personalien ...“, antwortete Liane mit einem ebenso höflichen Lächeln wie ihr Chef.

Widerwillig machte Hartmann die gewünschten Angaben, die Liane gleich in den Computer eingab. Danach wandte er sich wieder dem Hauptkommissar zu, der sich in seinem Bürosessel gemütlich zurückgelehnt hatte und sich heimlich über die Mimik von Hartmann amüsierte.

„Wie war eigentlich Ihr Verhältnis zu Ihrem Sohn? Gab es da oft Meinungsverschiedenheiten oder Streit?“

Hartmann holte deutlich hörbar tief Luft und es sah aus, als würde er jeden Moment vor Wut platzen. Doch dann entschloss er sich, die Frage zu beantworten. „Das Verhältnis zu meinem Sohn war so wie zwischen vielen Vätern und Söhnen. Zumal wenn die Mutter einen erwachsenen Sohn immer noch wie ein Kind behandelt ...“

„Das heißt?“, versuchte Fuß, die sich anbahnenden Umwege der Beantwortung seiner Frage zu verkürzen.

„Das heißt, es gab des Öfteren Diskussionen ... aber keinen Streit, wie Sie das nennen.“

„Die sich worauf bezogen?“

„In letzter Zeit nur noch auf sein Studium und natürlich diese ... Polin.“

„Mit Polin meinen Sie offenbar Ihre Schwiegertochter?" Fuß konnte sich die Frage nicht verkneifen, nachdem die Äußerung Hartmanns durchaus eindeutig war und das Verhältnis von Schwiegervater zur Schwiegertochter klarstellte.

„Dieses Luder hat meinen Sohn doch nur rumgekriegt ..."

Abermals unterbrach Fuß sein Gegenüber, da ihm diese Meinung über Halina bereits hinreichend bekannt war. „Wie sieht das Ihre Frau?"

Hartmann überging mit hochrotem Gesicht die Frage. „Natürlich musste ich dieser Heirat zustimmen, gezwungenermaßen. Es hätte sowieso nichts genützt, wenn ich dagegen gewesen wäre. Außerdem kann doch der Balg nichts dafür."

Fuß erhob sich langsam, ging gemächlich um seinen Schreibtisch herum, setzte sich direkt vor Hartmann mit dem halben Hintern auf die Schreibtischplatte und schaute dem Mann in die Augen. „Die Polin ... der Balg ... Woher kommt dieser Widerwille, um nicht zu sagen: der Hass?"

Hartmann irritierte die Frage und sie schien ihm unangenehm zu sein, denn er begann, an seinem Hemdkragen zu fummeln, und blickte an Fuß vorbei.

„Wieso Hass?", stieß er schließlich hervor. „Ich sage immer das, was ich denke. Mehr nicht."

„Was hat Ihnen Ihre Schwiegertochter eigentlich getan, dass Sie ihr so ablehnend gegenüberstehen? Gibt es irgendeinen Hinweis oder sogar Beweis, der diese Ablehnung rechtfertigen würde? Wie und wo hat Ihr Sohn seine Frau kennengelernt und was wissen Sie über ihre Vergangenheit?"

Fuß konnte die Nervosität deutlich in der Mimik von Hartmann wachsen sehen. Er hatte die Lippen fest aufeinandergepresst und seine Augen wurden zu Schlitzen, während sich die Stirnhaut spannte. Dabei tasteten seine Fingerkuppen die Knopfleiste seines Hemdes hinauf und hinunter.

„Wenn es dieses ... diese Frau nicht gäbe, wäre mein Sohn noch am Leben!", sagte Hartmann stockend und Fuß hatte das

Gefühl, als bekäme der Mann plötzlich feuchte Augen. Zeigte er in diesem Moment echte Gefühle?

Der Hauptkommissar erhob sich wieder und kehrte nachdenklich zu seinem Schreibtischsessel zurück. „Sie haben meine Frage immer noch nicht beantwortet. Also, was wissen Sie eigentlich über Ihre Schwiegertochter?"

„Sie ist ein Flitt..."

Die flache Hand von Fuß donnerte so laut auf die Schreibtischplatte, dass sowohl Hartmann als auch Liane erschrocken zusammenzuckten und beide den Hauptkommissar anstarrten. „Was Sie wissen, will ich wissen!", brüllte dieser. „Und nicht wieder diese ewigen, willkürlichen Hasstiraden. Ich frage Sie jetzt ein letztes Mal: Was wissen Sie über Ihre Schwiegertochter?"

Hartmann merkte, dass er in seiner gewohnten Art aus dieser Nummer nicht herauskommen würde. Er hob beschwichtigend beide Arme in die Luft und lehnte sich mit einem leisen Seufzer auf dem Besucherstuhl zurück, der dabei bedenklich knarrte.

„Sie müssten mal sehen, wie aufreizend die immer herumläuft und den Studenten den Kopf verdreht. Wer weiß, ob Hanspeter überhaupt der Vater von dem Ba... Kind ist?"

Fuß beugte sich vor und blickte Hartmann wieder eindringlich in die Augen. „Das sind doch schon wieder alles nur Behauptungen und Vermutungen. Glauben Sie, Ihr Sohn war nicht alt genug, um seine Entscheidungen selbst zu treffen und auch zu verantworten. Könnten die Schwangerschaft und die Hochzeit nicht ganz einfach Ergebnis ihrer Liebe sein?"

Hartmann blähte die Backen und schüttelte energisch den Kopf. „So etwas spürt ein Vater. Nein, er ist auf sie reingefallen, glauben Sie mir und sie hat ihn umgebracht", presste er hervor.

„Weshalb?"

Es dauerte eine Weile bis Hartmann sich wieder gefasst hatte. Dann sagte er in einem spöttischen Ton: „Der geht's doch nur um's Geld ... das Erbe. Und wenn's dann soweit ist, verschwindet sie wieder nach Polen und macht sich dort ein schönes Leben.

Jung genug dafür ist sie ja. Jetzt muss sie nur noch meine Frau und mich loswerden. Ich wer..."

„Nanana, jetzt wird es aber heftig, was Sie da Ihrer Schwiegertochter unterstellen", unterbrach der Hauptkommissar den Mann und konnte ein Lachen nicht zurückhalten. „Wie kommen Sie überhaupt auf die Idee, dass Ihr Sohn umgebracht worden ist? Der Obduktionsbericht liegt doch noch gar nicht vor. Oder wissen Sie etwas, was wir noch nicht wissen? Herr Hartmann, so kommen wir doch nicht weiter." Fuß sah auf seine Uhr. Es gab keinen Grund, den Mann länger im Präsidium zu behalten. Simone Hartmann hatte inzwischen genügend Zeit, sich zu beruhigen. Mehr konnte er für die Frau im Moment nicht tun. „Sobald wir etwas über die Todesursache wissen, werden wir uns wieder bei Ihnen und Ihrer Frau melden. Frau Esser wird Ihnen ausdrucken, was sie protokolliert hat. Lesen Sie es in Ruhe durch und unterschreiben Sie dann bitte."

Fuß erhob sich, zwinkerte im Gehen wieder Liane zu und verließ rasch das Büro.

Aus zeitlichen Gründen hatten sie sich die Aufgabe geteilt, nachdem Stationsarzt Dr. Heinsen am frühen Nachmittag angerufen und mitgeteilt hatte, dass man Halina Sokolowski für eine kurze Zeit befragen dürfe. Liane holte Halinas Eltern bei Dorothea Hartmann ab, während Fuß direkt in die Klinik fuhr.

Es bedurfte einer längeren Diskussion bis es Liane gelang, Dorothea davon abzubringen, mit ins Klinikum zu kommen. Die junge Kriminalhauptmeisterin war ungemein stolz auf sich, dass es ihr letztendlich doch gelungen war. Solche Erfolge bekam Fuß nie mit, bedauerte sie sich selbst, als sie mit dem Ehepaar Sokolowski endlich im Auto und auf dem Weg zum *Marienhof* war.

Halina lag alleine in einem Zweibettzimmer. Auf ihren Wunsch hin hatte man das Zimmer etwas abgedunkelt. Ihr schönes schmales Gesicht war immer noch bleich, ihre Augen rot umrändert und ihr linker Arm an eine Infusion angeschlossen. Sie sah dem Hauptkommissar müde entgegen, als dieser leise das Zimmer betrat.

Fuß nahm sich einen Stuhl, stellte ihn neben das Bett und ergriff vorsichtig die freie Hand der Patientin. „Wie fühlen Sie sich?"

Statt einer Antwort presste Halina die Lippen aufeinander und schloss rasch die Augenlider, unter denen sofort ein paar dicke Tränen hervortraten und ihr seitlich über die blassen Wangen liefen. Unwillkürlich streichelte Fuß tröstend ihren Handrücken. Es war wieder einmal einer jener Momente, in denen er seinen Beruf hasste. Wie so oft nach solchen Situationen würde er am Abend, bevor er nach Hause ging, in seinen Weinberg fahren, obwohl dieser nach der Lese recht kahl und kalt wirkte. Trotzdem würde Fuß versuchen, dort erst einmal die Geschehnisse des Tages von sich zu streifen. Das stand für ihn jetzt bereits fest.

Aber zunächst musste er diese für Halina quälende Befragung durchführen. Er entdeckte auf dem Nachttisch ein Päckchen Papiertaschentücher, ließ Halinas Hand los, entnahm eines der Tücher und tupfte behutsam die Wangen der Frau ab, die daraufhin die Augen wieder öffnete und ihn dankbar anschaute.

„Ich möchte Sie nicht unnötig mit den Ereignissen des gestrigen Abends belasten, aber ein paar Fragen müssen sein. Verstehen Sie das?" Fuß konnte ein leichtes Kopfnicken erkennen und fuhr leise fort. „Wann sind Sie und Ihr Mann gestern nach Hause gekommen?"

Halina schloss abermals für einige Sekunden die Augen, dann antwortete sie mit schwacher Stimme: „Es muss so gegen sechs Uhr gewesen sein. Doro hat uns das Taxi bestellt, sie müsste es genau wissen."

„Sie meinen Dorothea Hartmann?" Fuß glaubte wieder ein leichtes Nicken wahrzunehmen, das durch ein kaum hörbares „Doro" unterstrichen wurde. „Und was haben Sie und Ihr Mann dann gemacht?"

Halina fiel es schwer, sich auf die Fragen zu konzentrieren und auch das Sprechen bereitete ihr große Anstrengungen, wie

Fuß sehen konnte. Sie hob den freien Arm und legte den Handrücken auf ihre Stirn.

„Wir haben eine Flasche Sekt aufgemacht und gemeinsam die Post angeschaut. Ein paar Briefe waren gekommen, Gratulationen von Freunden und Bekannten."

„Haben Sie etwas dazu gegessen?"

Wieder schloss Halina vorübergehend die Augen. „Wir waren noch satt vom Mittagessen und dem Kuchen. Wir haben die Flasche *Soyuz* aufgemacht, den uns meine Eltern mitgebracht hatten. Aber er war mir zu süß. Außerdem hatte ich am Nachmittag schon einiges an Alkohol getrunken."

„Was ist So...jus?"

„Sekt, von der Krim."

„Wie viel von dem Sekt hat denn Ihr Mann getrunken?"

„Ich glaube ein oder zwei Gläser, mehr nicht, bestimmt nicht."

„Und dann?"

„Jolanta kam noch kurz vorbei, mit einer selbstgebackenen Hochzeitstorte und einer Thermoskanne mit Kaffee. Typisch Jolanta!"

„Wer ist Jolanta?" Der Hauptkommissar zog unauffällig sein kleines Diktiergerät aus der Jackentasche.

„Jolanta ist eine Freundin von mir. Sie arbeitet im Hotel *Mercure* und ist ... war im selben Semester wie Hanspeter."

„Wie heißt Ihre Freundin mit vollem Namen?"

„Król, Jolanta Król."

„Wie lange war Ihre Freundin bei Ihnen zu Hause?"

Es entstand erneut eine längere Pause. Offenbar musste sich Halina erst einmal in den vergangenen Tag hineindenken.

„Vielleicht eine halbe Stunde oder so. Sie war ja nicht zur Feier eingeladen worden, aber wollte uns unbedingt gratulieren."

„Und was haben Sie danach gemacht?" Fuß sah, dass Halinas Augen feucht geworden waren, je mehr sie sich in der Erinnerung den entscheidenden Minuten des gestrigen Abends näherte.

„Wir haben natürlich sofort die Torte angeschnitten und eine Tasse Kaffee miteinander getrunken. Natürlich nur jeder ein ganz kleines Stück, denn Hanspeter und ich waren doch so satt vom Nachmittag. Wir sind ins Bett gegangen, nachdem Jolanta wieder gegangen war und haben ... nun, was man so in einer Hochzeitsnacht ..." Weiter kam Halina nicht. Sie riss ihre Hand von der Stirn und hielt sie sich laut aufheulend vor ihr Gesicht. „Bitte ...", stotterte sie, „lassen Sie mich, bitte!"

Fuß, der sich zu ihr vorgebeugt hatte, richtete sich auf und wartete. Vielleicht war es wirklich zu früh, all diese Dinge wieder aufzuwühlen. Immerhin bestand noch kein begründeter Anlass für eine ausführliche Befragung. Aber irgendeine innere Stimme sagte ihm, dass der Tod von Hanspeter Hartmann ein Fall werden würde. Und sein Gefühl irrte sich äußerst selten.

Während er noch überlegte, ob weitere Fragen Sinn machten, klopfte es leise an die Tür. Rasch stand er auf und öffnete sie einen Spalt. Draußen stand Liane mit Halinas Eltern. Lautlos schlüpfte der Hauptkommissar durch den Spalt, schloss die Tür und stellte sich den Polen vor, was diese, wie er schnell erkennen konnte, aber nicht verstanden.

„Wissen die beiden, was sie da drinnen erwartet?", fragte Fuß seine Assistentin.

„Wenn es der Kollege, der die beiden heute früh zu Dorothea Hartmann nach Hause gefahren hat, richtig rübergebracht hat, müssten sie die Zusammenhänge begriffen haben."

Der Hauptkommissar holte tief Luft, öffnete die Krankenzimmertür und machte eine einladende Handbewegung.

Ewa Sokolowski stürzte mit einem lauten Aufschrei auf das Bett ihrer Tochter zu, gefolgt von ihrem Mann. Beide begannen, sofort durcheinander zu reden, und ließen Halina dabei kaum zu Wort kommen.

„Hier in der Klinik gibt es doch sicherlich eine polnisch sprechende Mitarbeiterin", kam es Fuß in den Sinn. „Es würde mich wundern, wenn es nicht so wäre."

„Habe verstanden!" Mit einem leisen Seufzer machte sich Liane auf den Weg, während ihr Chef im Zimmer neben der Tür stehen blieb und beobachtete, wie die verzweifelten Eltern versuchten, aus der weinenden Tochter herauszubekommen, was geschehen war.

Axel Hartmann knallte die Zimmertür hinter sich zu und ging mit großen Schritten zu der Vitrine, um sich einen Cognacschwenker zu holen. Dann griff er nach der Flasche *Rémy Martin*, die auf einem kleinen Glastisch neben der Vitrine stand, und füllte den Schwenker halb voll. Mit einem Schluck kippte er gut Zweidrittel des Cognacs in sich hinein.

„Es musste ja so kommen!“, brüllte er und ging auf seine Frau zu, die auf dem Sofa lag und sich, kurz bevor er das Haus betreten hatte, im Bad ein Gästehandtuch mit kaltem Wasser nass gemacht und auf die Stirn gelegt hatte. Sie hoffte, die immer stärker werdenden Kopfschmerzen so auf ein erträgliches Maß reduzieren zu können.

„Ich habe immer gesagt, das ist eine kleine Nutte! Die kommen nach Deutschland, studieren, vielleicht noch mit Stipendium, ficken sich durch die Jungs, bis sie schwanger sind, heiraten, lassen sich scheiden oder morden und kassieren, erben, treiben ab und dann wieder husch nach Polen, um dort ein Leben in Saus und Braus zu führen und dann auch noch den geliebten Polacken zu heiraten.“

Simone Hartmann richtete sich entsetzt auf. „Du weißt gar nicht, was du da sagst. Du solltest dich schämen! Ich hasse dich!“

„Ja, ja, ich weiß! Du bist die global und multikulti denkende Naive, die diesen Kriminellen auch noch verhilft, hier in Deutschland Fuß zu fassen, Arbeitsplätze zu vernichten und das Finanzamt zu bescheißen.“

Frau Hartmann schüttelte nur verständnislos den Kopf und drehte sich zur Seite, um ihren Mann, der inzwischen dicht neben das Sofa getreten war, nicht anschauen zu müssen.

„Ich bin sicher, dass das Flittchen Hanspeter umgebracht hat.“ Er holte tief Luft und stemmte beide Arme in die Hüften. „Da hat man diesen Jungen großgezogen, viel Geld investiert und richtet ihm und diesem Luder auch noch eine Wohnung ein ...“

„Tu doch nicht so, als hättest du auch nur einen Cent dazugegeben", unterbrach ihn seine Frau. „Und sein Studium hat sich Hanspeter selbst verdient. Außerdem ...", sie richtete sich auf und blickte ihren Mann hasserfüllt an, „... wer hat denn, als uns Hanspeter über die Schwangerschaft informiert hat, sofort einer Hochzeit zugestimmt, es klang wie ein Befehl. Du warst doch richtig wild darauf, worüber ich mich sogar gewundert habe, oder?!"

Hartmann drehte sich auf dem Absatz um und eilte zur Cognacflasche zurück, um den inzwischen leer getrunkenen Schwenker ein zweites Mal zu füllen.

„Sauf dich doch zu Tode!", schrie ihn seine Frau an und verfiel wieder in einen Weinkrampf. An der Wand über ihr zersplitterte der Cognacschwenker. Die kleinen Glasscherben und der Rest des Cognacs gingen auf sie und das Sofa nieder. Sie stand vorsichtig auf und versuchte die Splitter abzuschütteln, was ihr aber nicht gelang, da sich etliche in den Stoff ihres Tops und Rocks festgesetzt hatten. Wortlos verließ sie das Wohnzimmer, um sich umzuziehen.

Schwester Justyna hatte sich erst noch mit zwei Kolleginnen auf der Station abstimmen müssen, bevor sie mit Liane zu Halina gehen konnte.

„Sie können uns beim Übersetzen helfen?", vergewisserte sich der Hauptkommissar, als Liane und die Schwester im Laufschritt auf dem Flur herbeigeeilt kamen.

Justyna lächelte bescheiden. „Ich spreche fast besser Deutsch als Polnisch, da ich schon seit über zwanzig Jahren in Deutschland lebe. Man verlernt schnell, wenn man nicht ständig spricht. Aber, wenn es nicht sehr kompliziert wird, gibt es sicherlich keine Probleme."

Die drei betraten das Krankenzimmer und Justyna begrüßte sofort Halinas Eltern und die Patientin auf Polnisch. Dann drehte sie sich erwartungsvoll zu den Kriminalbeamten um.

„Die junge Frau hat erst gestern geheiratet und wurde heute Nacht hier eingeliefert, nachdem sie ihren Mann im Bett tot aufgefunden hatte. Wir würden zunächst gerne sicherstellen, dass ihre Eltern diesen Sachverhalt kennen."

Es folgte ein längerer, teilweise sehr emotionaler Wortwechsel zwischen Justyna und dem Ehepaar Sokolowski, in den sich zwischendurch auch Halina versuchte, mit schwacher Stimme einzumischen, was ihr aber kaum gelang.

Fuß und Liane verfolgten die Szene schweigend. Frau Sokolowski setzte sich zeitweise auf den Bettrand zu ihrer Tochter und versuchte, sie zu umarmen und zu trösten, so gut es ging.

Schließlich wandte sich Justyna wieder den Kriminalbeamten zu. „Ich glaube, die Eltern wissen jetzt, was geschehen ist. Sie sind entsetzt und fragen, woran ihr Schwiegersohn gestorben ist und warum sie in Deutschland bleiben müssen."

Der Hauptkommissar hielt Liane mit einer kurzen Geste zurück und antwortete rasch selbst. „Der Notarzt hat eine unbekannte Todesursache attestiert, das heißt, wir müssen die Leiche obduzieren lassen. Sollte es sich um einen unnatürlichen Tod handeln, müssen wir die Eltern befragen können, denn sie haben die letzten Stunden des Schwiegersohnes miterlebt und können uns möglicherweise wichtige Hinweise geben."

Justyna übersetzte wieder, worauf Jerzy und Ewa sehr erregt und ungehalten reagierten und auf Justyna einredeten.

„Beide müssen morgen wieder zur Arbeit", erklärte Justyna, leicht verlegen wegen des Verhaltens ihrer Landsleute.

Fuß schaute Liane an. „Rufen Sie Kollegin Ronassi an. Ich möchte das nicht entscheiden."

Es war das zweite Mal in kurzer Zeit, dass Liane laut seufzte. Sie trottete aus dem Krankenzimmer, während sich Fuß wieder der Schwester zuwandte. „Ich bitte Sie, noch ein paar Minuten zu bleiben, bis meine Kollegin zurückkommt. Lassen Sie sich bitte vorsorglich die genaue Adresse von Familie Sokolowski in Polen geben, vielleicht auch eine Telefonnummer und vor allem auch die Anschriften der Arbeitgeber der beiden." Er reichte der Krankenschwester seinen kleinen Block und einen Kugelschreiber.

Während Justyna die gewünschten Daten aufschrieb, trat der Hauptkommissar an Halinas Bett.

„Wie fühlen Sie sich jetzt?“, fragte er leise und beugte sich etwas zu der Patientin hinab, die ihn mit müden Augen ansah.

„Schwach, sehr schwach.“

„Ich habe noch gar nicht mein Beileid zum Ausdruck bringen können, verspreche Ihnen aber, die Umstände des Todes Ihres Mannes so schnell wie möglich aufzuklären. Ich lege Ihnen meine Visitenkarte auf den Nachttisch. Sie können mich jederzeit anrufen, auch privat.“ Er legte die kleine Karte neben den Trinkbecher, der auf dem Nachttisch stand, und ergriff Halinas Hand. „Sollen wir noch jemanden informieren?“

„Ach, ja. Bitte meine Freundin Jolanta und Hans, unseren Trauzeugen.“

Nachdem die Schwester ihm den kleinen Block zurückgegeben hatte, notierte er auch die Adressen von Król und Rödler. Dann warteten alle schweigend auf Lianes Rückkehr. Es lag eine äußerst angespannte Stimmung über dem Raum. Halina schluchzte leise vor sich hin, Jerzy hatte seine Frau in die Arme genommen und strich ihr unentwegt beruhigend über die Haare. Justyna stand etwas hilflos neben dem deutlich größeren Hauptkommissar und blickte verlegen auf den graugesprenkelten Fußbodenbelag. Die Zeit schlich dahin.

Als Liane endlich kam, nahm sie zunächst ihren Chef beiseite und berichtete ihm leise, was Kollegin Ronassi empfohlen hatte.

Fuß dachte einen Moment mit gesenktem Kopf darüber nach, bevor er sich Justyna zuwandte. „Sagen Sie Familie Sokolowski bitte, dass wir mit ihren Arbeitgebern so schnell wie möglich Kontakt aufnehmen und die Situation abklären werden. Familie Sokolowski wird jetzt von meiner Kollegin zurück zu Frau Hartmann gefahren. Sie sollen dort bitte auf unseren Anruf warten.

4.

„Ihr Handy klingelt!"

Fuß schreckte aus seinen Gedanken. Er hatte gerade darüber nachgedacht, was er auf dem Heimweg noch für sich selbst an Lebensmitteln einkaufen wollte, nachdem Erika sich strenger Abstinenz unterzogen hatte. Rasch zerrte er sein Handy aus der Jackentasche und meldete sich.

Heidemarie Ronassi war am anderen Ende. „Ich wollte dir nur sagen, dass ich mich auf dem kleinen Dienstweg über einen Bekannten im Außenministerium mit dem Arbeitgeber dieses Jerzy Sokolowski in Verbindung gesetzt habe. Du kannst ihm ausrichten, sein Chef, ein gewisser Jaroslaw Gorczyca", sie buchstabierte den Namen, „lässt ihm ausrichten, er kann vorerst in Deutschland bleiben. Das heißt natürlich nicht, dass wir den Mann bis zum Sankt Nimmerleinstag hierbehalten können. Aber ich würde daraus ableiten, dass zwei oder drei Tage, maximal eine Woche, kein Problem sein dürften."

„Und was ist mit seiner Frau?", wollte der Hauptkommissar wissen.

„Typisch Fuß, du bist auch mit gar nichts zufrieden. Das wird auch von Berlin aus geregelt. Mein Bekannter meint, das bringt er ebenso auf die Reihe. Sobald ich mehr weiß, gebe ich dir Bescheid."

„Wie geht es dir sonst?", versuchte Fuß seine Ungeduld zu entschuldigen. „Alles beim Alten?"

„Wenn du meinen Alten meinst, dann ja. Der Job wird immer stressiger. Das unsere Großrazzia *Kermit* gestern in Vallendar und Plaidt äußerst erfolgreich war, hat sich ja inzwischen rumgesprochen. Eine Million Zigaretten ..."

„Tut mir leid", unterbrach Fuß seine Kollegin. „Ich muss weitermachen." Er bedankte sich, beendete das Gespräch genau in dem Moment, als sein Handy einen weiteren Anrufer meldete. Es war sein Lieblingsfeind Dr. Wehlen von der Rechtsmedizin in Mainz. Wie nicht anders bei dem „sturen Bock", wie Fuß ihn seit Jahren nur noch titulierte, zu erwarten war, wurde er bezüglich einer ersten Untersuchung auf den nächsten Tag vertröstet.

„Typisch Dr. Wehlen, erst morgen soll uns der vorläufige Obduktionsbericht aus Mainz vorliegen. Ich fahre aber gleich morgen früh noch mal in der Klinik vorbei. Sollten Sie vom Bericht vorher etwas erfahren, rufen Sie mich sofort an, klar?"

Er ahnte seit geraumer Zeit, dass Liane es hasste, Anweisungen zu bekommen und viel lieber selbstständig an etwas arbeitete. Aber in diesem Fall musste es aus Zeitgründen Hand in Hand gehen. Heidemarie Ronassi hatte recht, man konnte nicht erwarten, dass die beiden Polen allzu lange hier in Deutschland bleiben konnten, zumal auf eigene Kosten.

Halina saß mit dem Rücken zur Tür auf ihrer Bettkante, als der Hauptkommissar am frühen Morgen das Krankenzimmer betrat. Obwohl er laut angeklopft hatte, drehte sie sich erschrocken um und war erleichtert, als sie den Besucher erkannte.

„Wissen Sie schon etwas?", fragte sie sofort, immer noch äußerst blass und mit rot umränderten Augen.

„Im Moment noch nicht. Aber wir werden heute sicherlich etwas über die Todesursache Ihres Mannes erfahren", versicherte ihr Fuß. „Ich bin gekommen, um mich nach Ihrem Gesundheitszustand zu erkundigen und Ihnen vielleicht noch ein paar Fragen stellen zu können."

Der Hauptkommissar hatte den Eindruck, als zeichne sich im Gesicht der Patientin so etwas wie Angst ab. Aber warum nur? Hatte die junge Witwe etwas zu verbergen?

„Sind Sie inzwischen in der Lage dazu?", wollte Fuß wissen und trat näher an das Bett, auf das sich Halina sofort wieder legte und die Arme unter dem Kopf verschränkte.

„Ich werde es versuchen."

Der Hauptkommissar zog es vor, nicht gleich über den letzten Abend im Leben des Verstorbenen zu sprechen. Außerdem gab es bisher noch keinen konkreten Anlass, die bisherigen Informationen zu vertiefen. Also verlegte er sich auf ein unverfängliches

Thema, um einfach mit Halina ins Gespräch zu kommen und vielleicht herauszuhorchen, was der Grund ihrer scheinbaren Angst war. „Wie lange kannten Sie Ihren Mann schon?“

Deutlich erkennbar hatte Halina ganz andere Fragen erwartet. Sie atmete hörbar und erleichtert auf, ihr bisher so angespanntes und ängstliches Gesicht entzerrte sich zusehends und ihre Gedanken wanderten in die Vergangenheit.

Halina betrat todmüde den kleinen Biergarten am Deutschen Eck. Ihr Blick fiel sofort auf den gutaussehenden, jungen Mann, der alleine an einem der Tische saß. Hanspeter hatte ein halb volles Glas *Königsbacher*-Pils vor sich und betrachtete das emsige Treiben der vielen Touristen zwischen Mosel und Rhein, rund um das Kaiser-Wilhelm-Denkmal. Jetzt aber richtete sich sein Blick auf die hübsche junge Frau, die er aus einem Seminar bereits kannte. Bisher hatte man jedoch noch kein Wort miteinander gewechselt.

„Hallo“, rief er ihr lächelnd entgegen, als sich ihre Blicke trafen und deutete auf einen der freien Stühle neben sich. „Du siehst müde aus.“

„Bin ich auch“, antwortete Halina und gähnte herzhaft, während sie sich setzte und ihre Tasche zwischen sich und Hanspeter auf den Boden stellte.

„Zum ersten Mal hier?“, erkundigte sich Hanspeter und betrachtete das aparte Gesicht seiner Kommilitonin mit den ausgeprägten Backenknochen und den leuchtenden Augen.

Halina nickte und blickte sich in dem Biergarten um. „Schön hier, gefällt mir.“

„Mir auch. Früher war hier kaum etwas los. Meine Tante hat mich ab und zu hierhin mitgenommen, wenn meine Mutter auf Auslandsreisen war. Da stand dort drüben höchstens mal ein Eiswägelchen. Vor allem wegen der Bundesgartenschau hat man alles herausgeputzt und, wie man sieht, das Publikum bleibt nicht aus. Hier trifft man alles und jeden, deshalb komme ich auch gern hierhin.“

Halina stöhnte leise. „Ich muss leider jede Minute ausnutzen, um mein Studium zu finanzieren. Heute bin ich schon seit halb sechs auf den Beinen.“ Sie warf gähnend einen Blick auf ihre Armbanduhr. „Und in einer halben Stunde habe ich noch eine Putzstelle im Büro einer Rechtsanwaltskanzlei gleich um die Ecke.“

„Dann darf ich dir ein Bier spendieren?“, bot Hanspeter an.

Halina lächelte verlegen. „Etwas zum Essen wäre mir lieber, wenn es deinen Etat nicht zu sehr belastet.“

„Was darf es denn sein, Bratwurst mit Pommes ...?“

„Einverstanden“, unterbrach ihn Halina und Hanspeter konnte förmlich sehen, wie ihr im gleichen Moment in Vorfreude auf eine Mahlzeit das Wasser im Mund zusammenlief.

„Scharf?“

„Weniger.“

Hanspeter stand auf, ging zum Ausgabe-Container und kam nach kurzer Zeit mit einer großen Bratwurst und einer ebenso großen Portion Pommes frites sowie zwei frisch gezapften Gläsern Bier zurück.

„Bier?“, meinte Halina etwas bestürzt. „Ich muss noch arbeiten.“

„Ich helfe dir!“, lachte Hanspeter, stellte das Mitgebrachte auf den Tisch, setzte sich und trank den Rest aus seinem alten Glas mit einem Zug aus.

„Das ist nicht dein Ernst?!“

„Es war sein Ernst!“, erzählte Halina und ein leichtes Lächeln erhellte für einen kurzen Moment ihr blasses Gesicht. Selbst in ihren müden Augen entdeckte Fuß für den Bruchteil einer Sekunde ein kurzes Aufleuchten.

„Er ist tatsächlich mitgegangen und hat abgestaubt und die Papierkörbe geleert, während ich putzte. Es stellte sich heraus, dass wir beide den gleichen Studiengang gewählt hatten und uns auch schon ein paar Mal vorher begegnet waren. Hanspeter war allerdings ein Semester über mir.“

Auch der Hauptkommissar lächelte vor sich hin. Er stellte sich vor, wie er sich damals Erika gegenüber verhalten hätte. Er wäre nie auf die Idee gekommen, auf diese Art und Weise mit einer Frau anzubändeln. Aber er kannte sie ja schon von Kindesbeinen an. Eine solche Situation hatte sich für ihn nie ergeben. Gott sei Dank.

„Ich hätte ihn beinahe schon am ersten Abend mit auf meine Bude genommen, aber er wollte unbedingt nochmals in den Biergarten. Wir haben uns aber am nächsten Tag wieder getroffen. Ich würde sagen, es war Liebe auf den ersten Blick ... bei uns beiden!", fügte sie noch schnell hinzu.

„Wie lange ist diese erste Begegnung her?"

„Knapp zwei Jahre." Das Lächeln aus ihrem Gesicht war wieder verschwunden. Sie richtete sich im Bett auf und schaute den Hauptkommissar an. „Sie wissen, dass ich schwanger bin?"

Fuß nickte nur. Mein Gott, was musste in dieser jungen Frau vor sich gehen? In der Hochzeitsnacht ihren Mann verlieren und das auch noch während einer Schwangerschaft. Das Schicksal konnte manchmal wirklich grausam sein.

„Haben Sie einen guten Kontakt zu Ihren Schwiegereltern?", fragte Fuß, obwohl er die Antwort bereits kannte.

„Es geht so", meinte Halina. „Meine Schwiegermutter ist ganz in Ordnung. Sie hat uns die Wohnung eingerichtet. Mein Schwiegervater dagegen ..." Die Blicke von Halina wanderten an die Decke, ihre Augen wurden feucht und wieder trat so etwas wie Angst in ihr Gesicht. Sicherlich hatte sie bereits ähnliche Szenen erleben müssen wie Simone Hartmann. Der Mann war ein Tyrann, und ein Choleriker. Der Hauptkommissar ersparte es Halina, den Satz zu vollenden. Er selbst hatte schon genügend Erfahrung mit diesem Kerl gesammelt und ahnte, was Halina vielleicht schon alles ertragen hatte.

„Was werden Sie machen, wenn Sie aus der Klinik entlassen werden? Werden Sie in Ihre Heimat zurückkehren?"

„Auf keinen Fall!", stieß Halina empört hervor. „Ich werde in Koblenz bleiben, mein Studium beenden und bis dahin werde ich wissen, wie es weitergeht."

„Wie lange müssen Sie noch studieren?"

„Ich habe noch das laufende Semester und ein Jahr. Ich hoffe, dass mir die Schwangerschaft keinen Strich durch die Rechnung macht. Mit Hanspeter wäre das alles viel einfacher gewesen. Jetzt muss ich voraussichtlich pausieren, um anschließend die letzten Semester vor meinem Abschluss fortzuführen." Ihr liefen wieder Tränen über die Wangen. „Es ist alles so ..."

Der Hauptkommissar fühlte sich plötzlich etwas deplatziert. Warum war er überhaupt heute Morgen hierhergekommen? Aus Neugier, aus Mitleid? Aus kriminalpolizeilicher Sicht gab es bisher keinen triftigen Grund. Vielleicht auch aufgrund seiner Ahnung, dass es ein Fall werden würde? Unwillkürlich tastete er nach seinem Handy in der Tasche. Eigentlich hätte Liane längst anrufen müssen oder ließ sich der sture Bock in Mainz wieder mal viel Zeit? Fuß hasste es, so in der Luft zu hängen.

Liane war nicht im Büro, als er im Präsidium eintraf. Auf ihrem Schreibtisch lag nur eine kurze Notiz, sie sei im *Ibis* Hotel und käme bald wieder zurück. Fuß erinnerte sich, dass Halinas Freundin Jolanta Król im *Mercure* arbeitete. Was wollte Liane im *Ibis*? Er wählte Lianes Handy-Nummer, aber es meldete sich nur ihre Mailbox. Etwas wütend zerknüllte er ihre Notiz und begann seinen Schreibtisch aufzuräumen. Eine Arbeit, die er hasste, die aber zu seiner momentanen Stimmung passte.

Gegen elf Uhr tauchte Liane auf. Auch sie war schlecht gelaunt.

„Ein Glück, dass es inzwischen viele Leute bei uns im Dienstleistungsbereich gibt, die russisch oder polnisch sprechen, sonst wären uns die Sokolowskis heute Morgen schon wieder abgehauen", schimpfte sie noch halb in der Tür stehend. „Da ruft mich doch die Dame von der Hotelrezeption des *Ibis* an und teilt mir mit, dass die beiden gerade ein Taxi nach Frankfurt bei ihr bestellt haben. Zum Glück wusste sie wohl, wer die beiden waren, hatte etwas in der Zeitung gelesen und sofort richtig kombiniert und hier angerufen."

„Und jetzt? Woher haben die beiden denn das Geld für ein Taxi nach Frankfurt?"

Liane ließ sich in ihren Schreibtischsessel fallen. „Ich weiß es nicht. Jetzt sitzen sie auf jeden Fall eingeschüchtert und zitternd auf ihrem Zimmer. Sie glauben, ihre Arbeit zu verlieren, wenn sie nicht sofort nach Polen zurückkehren. Eine Hotelpraktikantin oder Lehrling hat ihnen meine Gardinenpredigt übersetzt und auch nochmals erklärt, dass alles geregelt ist."

„Hat sich die Rechtsmedizin inzwischen gemeldet?", knurrte Fuß.

Liane schüttelte nur den Kopf. „Ich war natürlich jetzt auch über eine Stunde weg."

Hauptkommissar Fuß griff wütend zum Telefonhörer. „Verbinden Sie mich mit Doktor Wehlen von der Rechtsmedizin in Mainz." Ungeduldig wartete er darauf, dass das Telefon läutete, dabei schnippte er mit den Fingern und starrte aus dem Fenster hinunter auf den Verkehr. Als das Telefon nach einer halben Ewigkeit wieder läutete, riss er den Hörer ans Ohr. Ohne große Vorrede und Umschweife verlangte er von dem Rechtsmediziner den versprochenen Vorabbericht zur Obduktion von Hanspeter Hartmann.

„Dann rufen Sie zurück. Ich warte!" Recht unbeherrscht legte er den Hörer wieder auf und schnippte weiter. „An unserem Formalismus und Datenschutz werden wir noch mal zugrunde gehen", polterte er.

Tatsächlich klingelte das Telefon gleich wieder.

Rechtsmedizin Mainz, Isabell Kümpel, notierte er sich auf seiner Schreibtischunterlage. „Warum ruft nicht Doktor Wehlen zurück und wann kann ich mit dem kompletten Bericht rechnen?"

Triumphierend schaute er hinüber zu seiner Mitarbeiterin. „Ich habe es geahnt! Wir haben es mit Mord oder Selbstmord zu tun. Liane, es gibt Arbeit. Und wir fangen bei den Polen an."

Der Hauptkommissar hatte über den Abteilungsleiter des Ausländeramtes vorsorglich einen offiziellen Dolmetscher zu dieser Befragung angefordert. So saßen sie gegen Mittag zu fünft in einem kleinen Raum, den ihnen das Hotel *Ibis* freundlicherweise zur Verfügung gestellt hatte. Fuß stellte sein Diktiergerät auf den Tisch und ließ über Detlev Groll, den Dolmetscher, zunächst die Personalien der Polen erfragen.

„Sagen Sie Herrn Sokolowski, dass wir zunächst mit seiner Frau allein sprechen wollen. Er soll solange bitte draußen warten."

Nachdem Sokolowski das Zimmer verlassen hatte, begann Groll, die Fragen und Antworten zu übersetzen.

„Seit wann sind Sie in Deutschland und was haben Sie nach Ihrer Ankunft gemacht?"

Groll übersetzte, Ewa antwortete leicht zitternd vor Aufregung.

„Ihr Mann und sie sind einen Tag vor der Hochzeit angekommen. Ihr Schwiegersohn hat die beiden am Flughafen in Frankfurt abgeholt. Sie sind dann in die Wohnung der beiden gefahren. Ihre Tochter hatte Kuchen gebacken. Am Abend sind alle in ein Restaurant zum Essen gefahren."

„Wie hieß das Restaurant?", unterbrach Fuß den Dolmetscher. Doch darauf wusste Ewa keine Antwort.

„Es war irgendwo in der Innenstadt, ein kleines Lokal", übersetzte er. „Sie haben so etwas Ähnliches wie kleine Piroggen gegessen. Das könnten Maultaschen oder auch Ravioli gewesen sein", erklärte Groll. „Danach wurden sie hier in Koblenz in ein Hotel gebracht, aber ein anderes. Das hatte ihr Schwiegersohn für sie reserviert und auch bezahlt. Jetzt hat sich eine Frau Hartmann bereit erklärt, die Kosten in diesem Hotel hier und auch die Taxifahrt zu übernehmen. Frau Sokolowski meint, sie und ihr Mann könnten sich so etwas nicht leisten.

„Fragen Sie Frau Sokolowski, was am nächsten Tag war."

Es folgte ein längeres Gespräch zwischen Ewa Sokolowski und Groll.

„Die beiden sind früh ins Hotel gefahren. Ihr Mann und sie waren sehr müde. Sie waren mitten in der Nacht aufgestanden, dann die Fahrt zum Flughafen und der Flug, der zudem noch erhebliche Verspätung hatte. Am nächsten Tag hat sie dann nach dem Frühstück ein Taxi abgeholt und zum Standesamt gefahren. Halina und Hanspeter waren schon dort, auch die Eltern des Bräutigams, noch ein junger Mann, den die beiden aber nicht kannten, und eine Dorothea.

„Kannte Familie Sokolowski die Schwiegereltern ihrer Tochter bereits?“, wollte Fuß wissen und warf einen flüchtigen Blick zu Liane, die die Befragung trotz des Diktiergerätes stichwortartig festhielt.

Etwas am Gesichtsausdruck von Ewa veränderte sich, als Groll die Frage von Fuß übersetzte. Irgendwie konnte man den Eindruck gewinnen, dass ihr die Antwort peinlich war. Sie zögerte und blickte schließlich an dem Hauptkommissar vorbei, als sie antwortete.

„Ihr Mann und sie sind den Eltern von Hanspeter vor dem Standesamt zum ersten Mal begegnet. Beide waren vorher noch niemals in Deutschland, woher sollten sie ...“

„Es waren also bei der standesamtlichen Trauung außer den Mitarbeitern des Standesamtes nur diese acht Personen anwesend?“

Ewa rechnete nach und nickte.

„Danach sind sie wieder in Taxis zu einer Kirche gefahren, dort wartete noch ein anderer Mann auf sie. Es war eine schöne Hochzeit ...“

„Was war das für ein Mann?“, wurde der Dolmetscher wieder von Fuß unterbrochen.

„Frau Sokolowski weiß es nicht. Er ist nach der Trauung sofort wieder gegangen. Die Hochzeitsgesellschaft ist dann in einen Park mit Blumen und einem merkwürdigen Daumen aus Metall gegangen und dahinter einem großen weißen Schloss.“ Groll schaute die Kriminalbeamten an. „Das war vermutlich im Blumenhof und sie meint diese Skulptur *Le Pouce*“, vermutete er und fuhr dann fort, zu übersetzen, was Ewa berichtet hatte. „Der Vater des Schwiegersohns hat alle dort fotografiert. Dann ist man mit dem Taxi in ein großes Restaurant gefahren, wo man gespeist hat. Am Nachmittag hat man auf einer Terrasse gesessen und Kuchen gegessen. Aber da waren die Eltern des Schwiegersohns nicht mehr dabei.“

„Warum nicht?“

Ewa Sokolowski zuckte mit den Schultern. Fuß und Liane schauten sich an. Jeder dachte sich seinen Teil.

„Und was geschah dann?“

„Der junge Mann und diese Dorothea sind dann mit dem Ehepaar Sokolowski in die Stadt gefahren und haben ihnen einiges von Koblenz gezeigt. Aber sie hat nicht viel verstanden, weil sie kein Deutsch spricht. Ihr Mann hat wohl etwas mehr verstanden und seiner Frau erklärt, was ihnen gezeigt wurde“, übersetzte Groll. „Dann ist man noch in einer Gaststätte gewesen. Aber alle hatten keinen großen Hunger mehr. Schließlich wurden beide von der Frau ins Hotel gebracht.“

Der Hauptkommissar war unschlüssig, ob die Befragung von Jerzy überhaupt Sinn hatte, nachdem der Ablauf des Aufenthaltes von Familie Sokolowski vor dem Tod von Hanspeter keinerlei Hinweise auf dessen Todesursache oder ein Motiv geliefert hatte.

Liane schien seine Gedanken erraten zu haben. „Ich meine, wir sollten Herrn Sokolowski zu verschiedenen Dingen gezielt befragen.“ Dabei zwinkerte sie ihm fast geheimnisvoll mit den Augen zu, als verfolge sie eine bestimmte Absicht.

„Dann machen Sie das mal“, forderte Fuß seine junge Kollegin erstaunt auf und bat den Dolmetscher, Frau Sokolowski zu verabschieden und ihren Mann hereinzurufen.

Nachdem Jerzy Platz genommen hatte, schaltete Liane das Diktiergerät wieder ein und gab dem Dolmetscher ein Zeichen.

„Wann haben Sie Ihren verstorbenen Schwiegersohn kennengelernt?“

Jerzy musste nicht lange nachdenken. „Hanspeter war zweimal mit Halina bei uns in Polen. Das erste Mal in den Sommerferien vor einem Jahr und das zweite Mal vor ein paar Wochen, als sie uns mitgeteilt haben, dass sie heiraten wollen.“

Groll hatte es bei der Übersetzung einfacher, weil Jerzy die auf Deutsch gestellten Fragen meist verstand.

„Sie mochten Hanspeter?“

Jerzy nickte eifrig. „Oh ja, er ist ein netter Junge“, er stockte, „... war ein netter Junge“, verbesserte er sich betroffen.

„Und seine Eltern? Wie standen Sie zu denen?“

Zum Erstaunen der Kripobeamten reagierte Jerzy ähnlich wie seine Frau, als die Sprache auf Hanspeters Eltern kam. Auch er wirkte sofort irritiert und zögerte. Doch dann schaute er Liane an und Groll übersetzte. „Familie Sokolowski wusste, dass Herr Hartmann kein Freund von ihnen ist, er meint, sie bedeuten ihm wohl nichts. Halina hat ihnen davon berichtet. Aber Frau Hartmann sei sehr nett gewesen.“

„Ist etwas vorgefallen, als sie Herrn Hartmann senior jetzt begegnet sind?“

„Vorgefallen? Nein. Herr Sokolowski hatte den Eindruck, man existiere für Herrn Hartmann einfach nicht. Er sei kalt und abweisend gewesen, selbst zu Halina.“

„Hat Ihre Tochter Ihnen das gesagt?“

„Nein, das Ehepaar Sokolowski hat es gespürt. Halina soll nur einmal eine Bemerkung über Hartmann gemacht haben, aber er weiß nicht mehr genau, was es war.“

„Denken Sie bitte nach!“, wurde Jerzy von Fuß aufgefordert, der inzwischen ahnte, in welche Richtung Liane nachhaken wollte.

„Ich weiß es nicht mehr“, wiederholte Jerzy fast ängstlich und blickte mit ineinander verschränkten Fingern tief unter sich.

„Das glaube ich Ihnen nicht!“, widersprach ihm Fuß energisch. „Was hat sie über ihren Schwiegervater erzählt?“

Es war deutlich zu sehen, wie schwer Jerzy die Antwort fiel. Nervös strich er mit seinen rauen Händen über die Tischplatte, bis die Kripobeamtin ein schon fast bedrohliches „Also!“ von sich gab.

„Sie hat es nicht so gemeint“, jammerte Jerzy und schaute flehend zu Groll auf, als ob ihm der Dolmetscher helfen könne.

„Wie hat sie ihn genannt? Ein Schwein, ein Dreckskerl, ein Rassist ...“, versuchte Liane, Jerzy mit leiser und wieder verbindlich klingender Stimme eine Brücke zu bauen. Doch der schüttelte nur den Kopf, als Groll ihm den Satz übersetzte. Dann flüsterte er etwas vor sich hin.

Groll bestand auf Anweisung des Hauptkommissars darauf, das Geflüsterte noch einmal laut zu wiederholen. Zitternd vor Erregung und Angst und mit feuchten Augen drehte sich Jerzy schließlich zu Liane hin. „Sie hat gesagt, ... irgendwann bringt sie ihn um!“

Im Kopf des Hauptkommissars begannen, schlagartig die Gedanken zu rasen. Er hatte Hartmann bereits erlebt und konnte sich sehr gut vorstellen, wie er sich Halina gegenüber verhielt. Hatte Halina eigentlich ihren Schwiegervater töten wollen und durch unglückliche Umstände hatte es ihren Mann getroffen?

„Mein Gott!“ Geschockt von dem Gedanken beugte sich Fuß zu Liane hinüber, die hastig diesen Satz schriftlich festhielt. „Denken Sie, was ich denke?“

Liane blickte ihn ebenso erschrocken an und nickte betroffen.

„Ich glaube, eigentlich hätte Hartmann statt seinem Sohn jetzt in der Kiste liegen sollen“, flüsterte Fuß ihr zu, da er nicht wusste, was Jerzy in Deutsch wirklich verstand.

Liane schaute Fuß strafend an. Sie hasste es, wenn er sich so drastisch ausdrückte.

5.

Vom *Ibis* aus fuhren Fuß und Liane ins *Mercure*, direkt an der Pfaffendorfer Rheinbrücke, und erkundigten sich nach Jolanta Król. Die Studentin arbeitete aushilfsweise im Verwaltungsbüro des Hotels. Jolanta war groß, schlank und hatte lange, tiefschwarze Haare, die ihr ständig ins Gesicht fielen.

Nachdem sie den Hauptkommissar und die Kriminalhauptmeisterin begrüßt hatte, raffte sie rasch ihre Haare und band sie mit einem roten Gummi zu einem Pferdeschwanz zusammen. „Was kann ich für Sie tun?“

„Es geht um Halina Hartmann ...“

„Hali..." Ihr Begrüßungslächeln verschwand schlagartig aus ihrem schmalen Gesicht. „... Hartmann. An den Namen werde ich mich jetzt wohl gewöhnen müssen. Für mich ist sie immer noch Halina Sokolowski. Sie kommen sicher wegen ..."

„Richtig", bestätigte Fuß, „es geht um den Tod ihres Mannes. Sie waren wohl außer Halina die Letzte, die ihn lebend gesehen hat. Dazu wüssten wir gerne einiges mehr."

Auch in Jolantas Gesicht war sofort deutlicher Schrecken zu erkennen. „Grausam, aber da werde ich Ihnen kaum helfen können." Sie bot den beiden einen Platz an dem kleinen Besprechungstisch in der Ecke des Büros an. „Mögen Sie einen Kaffee, Saft oder Mineralwasser?"

Fuß und Liane lehnten dankend ab und Fuß legte wieder sein Diktiergerät auf den Tisch, während Liane ihren Block aus der Umhängetasche zog.

„Wie oder wo haben Sie Halina kennengelernt?", begann Fuß, nachdem sich auch die Studentin gesetzt hatte.

„Puuuh! Halina und ich sind schon zusammen zur Schule gegangen. Allerdings bin ich ein Jahr älter und deshalb eine Klasse über ihr gewesen. Wir waren aber auch fast Nachbarn und so ergab es sich, dass wir auch außerhalb der Schule häufig ctwas gemeinsam unternommen haben."

„Was zum Beispiel?", erkundigte sich Liane.

„Viel Sport und natürlich alles, was man so als Teenager unternimmt. Kino, Tanzen und so. Aber Halina hatte sehr wenig Taschengeld. Oft musste ich sie überreden mitzukommen. Es war ihr peinlich, wenn ich für sie zahlte."

„Was machen oder machten Ihre Eltern?"

„Mein Vater hat ein Im- und Exportgeschäft, deshalb auch seine Beziehungen nach Deutschland. Er war es auch, der wollte, dass ich in Deutschland studiere. Für Halina war das ein Schock. Aber eines Tages, etwa ein Jahr später, stand sie strahlend bei mir vor der Zimmertür und erzählte, dass ihre Eltern es auch ihr ermöglichten, hier in Koblenz zu studieren. Wir haben uns dann zunächst mein Zimmer geteilt ..."

Liane schaute von ihrem Notizblock auf. „Bis wann?“

„Bis sie Hanspeter kennenlernte. Das war vom ersten Moment an die große Liebe. Auch ich kannte Hanspeter, habe ihn zuerst auf einer Studentenfeier der Uni getroffen, später waren wir dann auch oft in den gleichen Seminaren. Er war ...“ Sie machte ein flüchtiges Kreuzzeichen, weiter kam sie nicht. Sie musste sich offenbar erst fangen und mehrmals räuspern, bevor sie fortfahren konnte. Fast hatte Fuß das Gefühl, die junge Frau habe plötzlich Angst zu reden. Doch er und Liane ließen sie gewähren und warteten geduldig, bis Jolanta wieder aufschaute und begann, von sich aus weiterzuerzählen.

„Auch zu dritt haben wir in Koblenz viel miteinander unternommen. Von der Zeit an haben zwar meistens Hanspeter oder seine Tante, die auch oft mit uns ausgegangen ist, wenn sie mal wieder solo war, für Halina bezahlt. Aber Halina ließ sich nicht davon abbringen, weiter als Putzhilfe und auch schon mal als Bedienung in Gaststätten zu arbeiten, wenn es ihre Zeit zuließ.“

Fuß unterbrach Jolanta durch ein kurzes Handzeichen. „Wo hat sie gekellnert?“

Die Studentin zuckte mit den Schultern. „So genau weiß ich das auch nicht. Mal hier, mal da. Im Sommer oft drüben im *Brauhaus Maximilian*. Aber über ihre Jobs haben wir nicht viel gesprochen.“

Es entstand eine kleine Pause, in der jeder seinen Gedanken nachhing. Fuß konnte in Jolantas Gesicht förmlich sehen, wie ihr Bilder der Vergangenheit durch den Kopf gingen. Mal ein flüchtiges Lächeln, mal Ernsthaftigkeit, fast sogar Trauer und zwischenzeitlich so etwas Merkwürdiges, was er als Bitterkeit interpretierte. Deshalb lautete auch seine nächste Frage: „Gab es auch Spannungen zwischen Ihnen und Halina oder Hanspeter?“

Erschrocken schaute Jolanta auf und starrte den Hauptkommissar an. „Nein!“ Fast klang es wie ein Aufschrei des Entsetzens. Vielleicht deshalb folgte schnell und leise: „Entschuldigung, sicherlich nicht.“

„Dann kommen wir mal zu Ihrem Besuch bei den beiden am Hochzeitstag. Wie ist der verlaufen?“

Jolanta faltete die Hände ineinander und blickte nachdenklich zur Decke. „Der Hochzeitstag, ja. Die zu erwartende Katastrophe. Es ist Ihnen sicherlich schon zugetragen worden, dass Hanspeters Vater einer der besonderen Art ist, um es einmal zurückhaltend auszudrücken. Entsprechend musste auch die Hochzeitsfeier ablaufen. Rasch, schmerzlos und möglichst billig. So oder ähnlich hat es Hanspeter selbst formuliert. Wäre seine Mutter nicht dagegen gewesen, die beiden hätten gerne in Polen geheiratet. Vielleicht wäre dann auch alles anders gekommen." Wieder überzog deutliche Trauer aber auch Angst das Gesicht der jungen Frau. „Natürlich fand die Feier in kleinstem Kreis statt. Keiner, der nicht unbedingt dabei sein musste, wurde eingeladen. Selbst Ewa und Jerzy wollte dieser Arsch anfänglich nicht dabei haben. Also kurz, außer den beiden Trauzeugen war keiner von Halinas oder Hanspeters Freunden zur Feier zugelassen."

„Es gab da aber einen Mann, der zumindest in der Kirche dabei war und den beiden gratuliert hat", warf Fuß ein.

Jolanta lachte unerwartet laut auf. „Das haben mir die beiden am Abend auch berichtet und waren ganz entsetzt. Das war einer unserer Professoren, Doktor Hünenberger. Er hat wohl mal Halina nachgestellt ..." Sie zwinkerte kaum wahrnehmbar den beiden Gegenübersitzenden zu. „Vielleicht nicht ganz unbegründet. Aber nachdem Hanspeter in Halinas Leben getreten war, hat sich da sicherlich nichts mehr abgespielt. Dafür lege ich meine Hand ins Feuer."

Liane notierte eifrig, während Fuß versuchte, sich in die Situation und das Zusammenspiel der erwähnten Personen einzufinden. „Kennen Sie Axel Hartmann näher?"

„Nur vom Erzählen und von Fotos. Er muss ein Sadist und Tyrann sein. Das komplette Gegenteil von seinem Sohn. Der kommt ... kam voll und ganz auf seine Mutter. Sie stammt von einer Deutschen und einem Franzosen ab, sehr frankophil, wie Hanspeter. Deshalb auch der Spitzname in seinem Freundeskreis und unter uns Kommilitonen: der Schängel."

Fuß warf einen Blick auf Lianes Schreibblock und grinste. „Mit ä!, Frau Kollegin." Er würde ihr wohl bei passender Gelegenheit nochmals das Zustandekommen dieses Begriffes erklären müssen.

Fuß reckte ausgiebig seine zwei Meterfigur. Den Sessel empfand er als äußerst unbequem, sein Kreuz tat ihm weh. Er stand mit leisem Stöhnen auf und stützte sich von hinten auf die Rückenlehne des Designermöbels. „Wie war das nun mit Ihrem Besuch bei dem Brautpaar?“

„Ich hatte eine Torte für die beiden gebacken, so etwas muss doch auf einer Hochzeit sein, und bin deshalb mit einer Kanne Kaffee zu Halina und Hanspeter gefahren. Wir haben jeder ein Stück von der Torte gegessen und sie haben von dem chaotischen Tag berichtet. Halina hat mehrmals vor sich hin geheult, Hanspeter war wütend ... auf seinen Vater natürlich.“

„Hat sich Halina Ihnen gegenüber mal dahingehend geäußert, was sie von Hanspeters Vater dachte oder ihm gegenüber empfand?“

Jolanta stieß einen deutlich spöttischen Ton aus. „Ich glaube, sie hat ihn fast noch mehr gehasst als der Schängel.“

Fuß beugte sich über die Sessellehne zu der Studentin hin und sah sie fest an. „Hat Halina einmal gesagt, am liebsten würde sie Axel Hartmann umbringen?“

Jolanta zuckte unübersehbar zusammen und wurde gleichzeitig knallrot im Gesicht. Fuß brauchte ihre Antwort gar nicht erst abzuwarten. Es stimmte also, was Jerzy erzählt hatte. Er spürte, eine gewisse Übelkeit in sich aufkommen. Sollte sich der Verdacht erhärten und der Fall so schnell geklärt sein? Fuß war kein sehr gläubiger Mensch, aber instinktiv betete er, dass es nicht so sein würde. Er sah die zierliche Polin vor sich, mit ihrem blassen Gesicht und den rotumränderten, ängstlichen Augen. Was bedeutete diese Angst in ihrem Blick? Die Gewissheit, dass sie den Falschen erwischt hatte? Angst vor Strafe?

Auch Liane brauchte keine deutlichere Antwort mehr, wenn sie in Jolantas Gesicht blickte. „Ist Ihnen an dem Abend sonst noch etwas aufgefallen?“, meldete sie sich schließlich in der entstandenen Stille zu Wort.

Jolanta war immer noch gefangen in der Frage von Fuß und schaute still und verlegen zwischen den beiden Kripobeamten hin und her. Spürbar froh, dass das Thema gewechselt wurde. Sie überlegte kurz und schüttelte dann nachdenklich den Kopf.

„Wann haben Sie das Brautpaar verlassen?"

Endlich hatte sich Jolanta wieder einigermaßen im Griff. Sie strich sich über die nach hinten zusammengefassten Haare. „Das wird nach etwa einer halben Stunde gewesen sein, so gegen halb acht ungefähr."

Vom Auto aus rief Fuß als Erstes seinen Kollegen von der Spurensicherung, Hauptkommissar Wilfried Schäfer, an. Wie es der Zufall wollte, erreichte er ihn in der Wohnung des Brautpaares, wo er zusammen mit seinem Mitarbeiter Polizeiobermeister Franz Erasmus immer noch dabei war, mögliche Spuren zu sichern oder andere Hinweise auf den plötzlichen Tod von Hanspeter Hartmann zu suchen.

Auf den Hinweis: „Da muss es im Kühlschrank so einen Kuchen geben", drang sofort ein fast hämisches Lachen an Fuß' Ohr.

„Der ist längst schon beschlagnahmt oder was meinst du, weshalb wir hier sind? Wir machen so was ja nicht zum ersten Mal, wie du weißt."

„Arschloch!", reagierte Fuß. „Man kann ja auch mal was übersehen."

„Du vielleicht, alter Mann. Aber ich nicht", kam es amüsiert zurück. „Außerdem haben wir noch einiges andere gefunden, worüber ich mit dir sprechen muss. Wann bist du wieder im Präsidium?"

„Bin auf dem Weg dorthin. Kannst kommen, wann du willst. Hast du auch eine Thermoskanne mit inzwischen wohl kaltem Kaffee gefunden?" Er grinste über das ganze Gesicht, als eine spontane Antwort ausblieb. „Siehst du, gut, dass du mich hast, sonst wärst du die längste Zeit bei der SpuSi gewesen." Rasch drückte er die Trenntaste seines Handys und begann, diesmal vor Vergnügen, sein Gesicht zu kneten.

Eine gute Stunde später tauchte der deutlich kleinere und hagerere Hauptkommissar der Spurensicherung mit einem großen Karton eingetüteter Dinge aus der Wohnung des Brautpaares im Büro von Fuß auf. Er stellte den Karton mit einem Ruck seinem Kollegen auf den Schreibtisch.

„Muss das sein?", knurrte Fuß, der gerade eine Viertelstunde lang versucht hatte, seinen Schreibtisch einigermaßen aufzuräumen. Zu viel lag dort von den beiden letzten Fällen und musste noch teils zur Staatsanwaltschaft, teils ins Archiv wandern. Außerdem hatte er auch Protokolle, Berichte und Notizen entdeckt, die ans BKA nach Wiesbaden gehen mussten. Hierbei handelte es sich um die beiden Morde, die Anfang des Jahres, während der Bundesgartenschau, geschehen waren und unter seiner Leitung von der Soko *Blütenpracht* aufgeklärt werden konnten. So entwischte zum zweiten Mal an diesem Tag das deutliche „Arschloch" seinem Mund. Doch Schäfer wusste, wie Fuß das meinte. Zu lange und zu oft arbeiteten sie gemeinsam an einem Fall. Inzwischen hatte sich eine Freundschaft zwischen ihnen entwickelt, die von Zeit zu Zeit, wenn Fuß in der Saison seine Straußwirtschaft geöffnet hatte, auch mit einem guten Tropfen aus den Weinbergen gefeiert wurde.

„Also, um es gleich vorwegzunehmen, diese Thermoskanne haben wir nirgends finden können." Er öffnete den Kartondeckel und griff zunächst nach einem ledergebundenen Fotoalbum. Das hier habe ich mal mitgenommen, vorerst weniger als Beweisstück, mehr als Beitrag zur Familiengeschichte der Hartmanns. Das Album hat der Tote, laut Widmung seiner Mutter, zur Volljährigkeit bekommen, ist aber bis in die Gegenwart weitergeführt worden. Denn auf den letzten Seiten handelt es sich eindeutig um digitale Bilder, die mit einem Farbdrucker ausgedruckt wurden und auch Halina Hartmann ist mehrfach zu sehen." Er warf einen Blick in den Karton, nachdem er Fuß das Album zugeschoben hatte. „Die Laptops der beiden behalte ich mal, um in Ruhe die Festplatten zu durchsuchen. Bei ihr fehlt mir zwar das Passwort, aber das bekommen wir schon hin. Sein Laptop ist barrierefrei", wunderte er sich. „Dann gibt es noch den besagten Kuchen, von dem wir vorsorglich mal nicht genascht haben!“

„Schade!“, grinste Fuß. „Ist Erasmus denn keine gute Testperson dafür?“

Fast wäre jetzt Schäfer das berüchtigte Wort mit A als Antwort herausgerutscht. Stattdessen griff er erneut in den Karton. „Das hier ist der Rest Sekt, den wir gefunden haben, geht auch ins Labor, und dann haben wir so einige Briefe, die solltet ihr am besten durchsehen, aber bitte mit ...“

„Handschuhen!“

Schäfer schaute seinen Kollegen erstaunt an. „Wo bleibt das A...“

„Zweimal reicht“, brummte Fuß, griff nach dem recht ansehnlichen Packen eingetüteter Briefe und blickte zu Liane hinüber, die bereits ahnte, was folgte.

„Das ist was gegen Ihre Langeweile“, schmunzelte Fuß und warf ihr das Päckchen zu.

„Und dann haben wir noch so manches an Souvenirs und Nippes eingesammelt. Aber das brauchen wir alles noch zum Vergleich von Fingerabdrücken. Mach mir mal eine Liste von Personen, von denen du definitiv weißt, dass sie in der Wohnung in der Devorastraße waren. Von denen muss ich mir dann Fingerabdrücke zum Vergleichen besorgen.“

Weshalb Fuß in diesem Moment einen Lachanfall bekam, konnte Schäfer nicht wissen und blickte deshalb sein Gegenüber erwartungsvoll an.

„Dann beginnst du am besten mit Axel Hartmann, dem Vater des Toten“, prustete Fuß und hielt sich lauthals lachend am Schreibtisch fest.

„Ist der so ...?“

Fuß spielte den Erstaunten. „Nee, wie meinst du das? Hartmann ist ... ein Prachtkerl, ehrlich!“ Doch dann verfiel er wieder in breitestes Grinsen. „Das ist ein A..., nein ich sag es heute nicht nochmals.“

Schäfer klappte den Kartondeckel wieder zu. „Jetzt kommen wir zum Schlafzimmer. Im Bett gibt es natürlich erwartungsgemäß jede Menge Spermaflecken und Hautschuppen, alle nicht allzu alt. Das Übliche. Aber nichts Erbrochenes oder etwas, was auf Gewaltanwendung, Gift oder die Todesursache von Hartmann hinweist. Da seid ihr auf die Rechtsmediziner angewiesen."

Auf dieses Stichwort hin griff Fuß wütend zum Telefon und wählte eine Kurzwahlnummer. Wieder erreichte er nur Isabell Kümpel, die bereits gut instruierte Assistentin von Dr. Wehlen.

„Mein Chef hat mich bereits vor Ihnen gewarnt", keifte sie laut in sein Ohr. „Ich wiederhole, es ist noch nicht soweit!" Dann war die Verbindung getrennt. Sie hatte einfach eingehängt.

Und nun fiel es doch, zum dritten Mal: „Arschloch!" Fuß knallte den Hörer auf den Apparat. „Der spielt sich mal wieder auf wie ein kleiner Herrgott. Was verlange ich denn? Nichts anderes als ein erstes Ergebnis als Anhaltspunkt für unsere Ermittlungen."

Schäfer kniff die Augen zusammen und rieb sich die Hände. „Vielleicht steht der Dok ja auch vor einem Rätsel und will das nicht zugeben. Könnte doch auch sein, oder?"

Fuß beantwortete die Vermutung nur mit einem gereizt klingenden Brummen. Alle standen immer bei Verbrechen vor Rätseln, das war ihr Job. Seiner seit über dreißig Jahren. Er warf einen Blick zu Liane Esser hinüber, die damit begonnen hatte, die Briefe und Notizen zu sortieren. „Schon was gefunden?"

Schäfer beugte sich über den Schreibtisch zu seinem Kollegen und flüsterte: „Nicht so ungeduldig. Es ist nichts so fein gesponnen, es kommt alles an das Licht der Sonnen, und diese Sonnen, die sind wir!"

„Goethe?", wollte Fuß wissen.

„Nee, mit diesem Satz endet das Theaterstück *Die Zaubergeige*! Haben wir früher mal auf dem Gymnasium an einem Elternabend aufgeführt. Den Autor weiß ich nicht mehr. Aber es war eine erfolgreiche und unerwartet lustige Aufführung. Mein Schulkamerad, Rolf Heise hieß er, klein und schmächtig, spielte den Zaubergeiger. Wir hatten in mühseliger Kleinarbeit aus Schulbänken, Stühlen, Pappe und buntem Papier die Kulisse aufgebaut. Heise sollte zu Beginn eines Aktes von einer als Felsen dekorierten Schulbank auf die Bühne springen. Im Hintergrund hatten wir mit viel Liebe die detailreiche Kulisse der Stadt Koblenz auf Karton gemalt und aufgestellt. Heise musste mit dem laut Textbuch vorgegebenen Satz ‚Dort liegt ja eine fremde Stadt, doch eh ich sie betret, will ich ein bisschen ruhen!' auf die Bühne springen. Er sprang. Womit keiner gerechnet hatte, war das Schwingen des Bühnenbodens. Die Stadtkulisse fiel prompt um. Toben im Saal vor Vergnügen. Aber Heise hat unbeeindruckt weitergespielt wie ein routinierter Profi. Eiskalt!"

„Kann ich mir lebhaft vorstellen", kam es von Liane.

Fuß räusperte sich warnend. „Zur Sache Schätzchen, beim Thema bleiben. Kollege Schäfer scheint ja keine Arbeit zu haben."

Schäfer lachte und ergriff seinen Karton. „Der arbeitslose Hartz-IV-Empfänger verlässt das Schlachtfeld." Er drehte sich um und verließ ohne weitere Bemerkung das Büro.

„War doch eine schöne Geschichte", verteidigte Liane das Intermezzo von Hauptkommissar Schäfer.

Kommentarlos wandte sich Fuß dem Flipchart links von seinem Schreibtisch zu und begann, das leere weiße Blatt anzustarren. Dann nahm er einen Filzstift von der Ablage und fing an, den Familien- und Personenkreis um Halina und Hanspeter Hartmann aufzuzeichnen und zuzuordnen.

„Was machen wir mit diesem Professor?", fragte er nach einer Weile halblaut mehr zu sich. „Hatte der nun was mit der Polin oder nicht?"

„Nachdem Frau Król sehr merkwürdig bei diesem Thema reagiert hat, würde ich sagen ‚Ja'. Vielleicht sollte man ihn persönlich mit der Frage konfrontieren?!"

Fuß schnippte mit dem Finger. Keine schlechte Idee. Vielleicht konnte dieser Hünenberger noch mehr über die drei Studenten sagen. Wenn er Halina nachgelaufen war oder sogar ein Verhältnis mit ihr hatte, dann hatte er auch ihre Beziehungen zu Hanspeter beäugt und verfolgt. Immerhin war er der bisher Unbekannte bei der kirchlichen Trauung.

Der Hauptkommissar griff zum Telefon und ließ sich mit der Uni Koblenz verbinden. Man teilte ihm mit, Prof. Hünenberger sei gerade in einer Vorlesung, aber erfahrungsgemäß kurz nach siebzehn Uhr in seinem Büro. Der Hauptkommissar bat die Dame am anderen Ende der Leitung, dem Professor die Nachricht zu hinterlegen, dass er mit seinem Besuch zu rechnen hätte und er möge sich bitte hierfür bereithalten.

Fuß blickte auf seine Armbanduhr. Er hatte bis dahin noch genügend Zeit, sich Gedanken zu der Befragung zu machen. Deshalb nahm er wieder hinter seinem Schreibtisch Platz und konzentrierte sich auf das Gespräch, während sich Liane weiter schweigend ihrer Sortierarbeit widmete.

Das Anklopfen an der Tür ließ ihn aber nach wenigen Minuten wieder aus seinen Gedanken auftauchen. Helmut Zirfas, der zusammen mit Claudia Müller und Axel Losert die Presseabteilung des Präsidiums bildete, betrat gut gelaunt den Raum, wurde aber von Fuß mit einem gestöhnten „Da denkt man an nichts Böses ...“ begrüßt.

„Macht nichts“, lachte Zirfas und zwinkerte Liane zu. „Gute Nachricht für dich, Fuß! Der Staatsanwalt hält morgen Vormittag um elf Uhr die übliche Pressekonferenz zum Fall Hartmann ab. Du darfst auch daran teilnehmen“, strahlte er den Hauptkommissar an. Zu genau wusste er, wie Fuß diese Veranstaltungen hasste und sich schon oft genug dagegen gewehrt hatte.

„Morgen bin ich krank“, entgegnete Fuß in todernstem Ton.

„Gut, dann kommt Liane mit“, beschloss Zirfas und erntete dafür einen zufriedenen Blick von Frau Esser.

Vielleicht war es für sie ja mal endlich der Sprung ins Wasser, den sie sich seit ihrer Zusammenarbeit mit Hauptkommissar Fuß wünschte. Natürlich wusste sie, dass ihr Chef immer noch ihrem Vorgänger Walter Wagner nachtrauerte, der bei einer Observation im Hunsrück ermordet worden war. Bisher hatte sie sich nie getraut zu fragen, ob der Mörder gefasst und verurteilt wurde. Es schien so, denn wenn man die Kollegen in der Kantine von Fuß sprechen hörte, klang immer die Bewunderung durch, dass er fast alle seine Fälle gelöst hatte. Natürlich gab es auch Neider im Präsidium, weil der Hauptkommissar als Nebenerwerbswinzer mit seinem Weinverkauf und der Straußwirtschaft zumindest wirtschaftlich relativ unabhängig war und sich auch als Kriminalbeamter manchmal ungewöhnliche Dinge herausnahm, die nicht immer ganz den Dienstvorschriften entsprachen. Diesbezüglich hatte sie schon einige Geschichten erfahren, teils lustiger, teils sehr gewagter Art, die aber meist zum Erfolg geführt hatten. Das verschaffte ihm natürlich auch im Polizeidienst gewisse Freiheiten und Toleranz bei der Betrachtung seiner Vorgehensweisen.

„Also gut, Liane, Sie nehmen morgen neben dem Leitenden Oberstaatsanwalt Hund meinen Platz ein, vielleicht eines der letzten Male." Man munkelte hinter vorgehaltener Hand, Hund werde in Kürze als Oberstaatsanwalt nach Zweibrücken gehen.

Liane wusste nicht, ob sie vor Freude aufspringen sollte und Fuß um den Hals fallen oder lässig diese Aufforderung als eine alltägliche Selbstverständlichkeit betrachten sollte. Mit starkem Herzklopfen entschied sie sich für die zweite Variante. „Kein Problem, muss nur nochmals Einsicht in alle Unterlagen nehmen."

Jetzt war es bei Fuß, sich zu wundern. Er hatte eine andere Reaktion von Frau Esser erwartet. Vielleicht hatte er ihr bisher wirklich zu wenig zugetraut. Bei Gelegenheit würde er sich einmal darüber Gedanken machen. Er blickte auf seine Armbanduhr. „Sonst noch was? Ich habe nämlich gleich einen wichtigen Termin und möchte gut vorbereitet sein, weil ich meinen Gesprächspartner noch nicht kenne."

„Wir bekommen aber morgen früh auch noch genügend Zeit, uns etwas mit dem aktuellen Stand im Fall Hartmann zu befassen", bat Zirfas, mehr zu Liane als zu Fuß gewandt.

„Kein Problem", wiederholte sich Liane. „Ich komme etwas früher, aktualisiere wenn nötig, und um neun Uhr können Sie gerne vorbeikommen und den neuesten Stand erfahren."

Zirfas schlug die Hacken zusammen und verabschiedete sich, indem er militärisch die ausgestreckte Handspitze an die rechte Schläfe legte. „Dann mal bis morgen, Kameradin!"

„Der sollte öfters mal Uniform tragen“, grinste Fuß hinter ihm her und widmete sich wieder seinen begonnenen Notizen und dem Flipchart.

Der für seinen reichlich wuchtig geratenen Schreibtisch viel zu klein geratene Prof. Dr. Albert Hünenberger hatte die Arbeitslampe eingeschaltet, deren Galgen aus einem Haufen von Akten, Büchern und anderem Krimskrams herausragte. Ansonsten lag das Büro im Jahreszeit bedingten, spätnachmittaglichen Halbdunkel, als Fuß das Büro betrat. Auch als Hünenberger aufstand, um Fuß zur Begrüßung entgegenzutänzeln, wirkte er nicht größer als im Sessel sitzend.

„Sie sind sicher der Kriminalbeamte, der mir angekündigt wurde. Mein Name ist Albert Hünenberger, Professor Doktor ...“

„Hauptkommissar Wilfried Fuß, Winzer und Weinkenner“, konnte sich Fuß nicht verkneifen und blickte in die etwas irritierten, durch die dicken Brillengläser stark vergrößerten Augen.

„Wein...?“

„Vergessen Sie‘s“, winkte Fuß ab und schritt unaufgefordert an Hünenberger vorbei zu dem Besucherstuhl vor dessen Schreibtisch. „Sie gestatten?“ Fuß setzte sich und wartete ab, bis Hünenberger wieder zu seinem Sessel getänzelt war. Dieser arme Mensch war doch allein schon durch seinen Namen gestraft genug. Er war weder Hüne, noch erinnerte etwas an einen Berg, sah man einmal von der leichten Wölbung über seinem Hosengürtel ab.

„Worum geht es?“, wollte der Professor wissen und schob einen Schnellhefter beiseite, an dem er offenbar gerade gearbeitet hatte.

„Es geht um Hanspeter Hartmann?“

Etwas übertrieben dramatisch riss sein Gegenüber die kurzen Arme in die Luft. „Furchtbar, diese Sache. Ich kann es immer noch kaum glauben. Habe ihm noch am Vormittag zu seiner Hochzeit gratuliert und dann am nächsten Morgen ...“

„Damit wären wir schon beim Thema.“ Fuß zog sein Diktiergerät aus der Tasche. „Darf ich?“

Erst in letzter Zeit hatte er sich an das kleine, inzwischen digital arbeitende Gerät gewöhnt. All die Jahre vorher war sein meist reichlich zerfleddertes Notizbuch sein Begleiter gewesen und gelegentlich benutzte er es aus nostalgischer Gewohnheit auch immer noch. Mit den früheren Diktiergcräten hatte er ständig auf Kriegsfuß mit Bandsalat und Ähnlichem gestanden und sie schnell beiseite gelegt. Jetzt war das was ganz anderes. Es gab nur ein Menü mit den fünf klaren Befehlen Aufnahme, Wiedergabe, Löschen sowie vor und zurück. Lautstärke und alles andere regulierte sich automatisch und vor allem klemmte keine Kassette und es konnte sich kein Band mehr verheddern.

Nachdem der Professor einer Aufzeichnung des Gesprächs nicht widersprochen hatte, schaltete Fuß auf *Aufnahme* und richtete das eingebaute Mikrofon auf den erwartungsvoll dreinblickenden kleinen Mann.

Fuß deutete mit der Hand auf das Diktiergerät. „Was können Sie mir über Hanspeter Hartmann sagen?"

Professor Hünenberger wippte ein oder zwei Mal auf seinem in höchste Position gebrachten und stark federnden Sessel herum und räusperte sich, bevor er die Unterarme auf seinem Schreibtisch ausbreitete, soweit dies bei den Stapeln von Unterlagen möglich war.

„Hanspeter Hartmann ist ein ausgezeichneter Student ... gewesen, besuchte regelmäßig und auch erfolgreich meine Seminare und seine Klausurarbeiten und auch alles andere waren sehr positiv zu beurteilen. Mit Ende des nächsten Semesters wäre er fertig gewesen. Schade ..."

„Und seine Frau?"

Fuß konnte deutlich ein leichtes Zucken der Mundwinkel und Backenmuskulatur erkennen. Den Grund hierfür würde er sicherlich später herausfinden.

„Halina Sokolowski? ... Sie hat noch einige Semester vor sich. Auch sehr interessiert, begabt und ehrgeizig, die Kleine. Da spürte man förmlich, aus welchen Verhältnissen sie kommt. Polen, Arbeiterfamilie, es später besser haben zu wollen. Sie verstehen?"

Er machte eine Pause. Vielleicht erwartete er von Fuß einen Kommentar. Aber Fuß unterbrach einen Redefluss nur, wenn es ihm äußerst notwendig erschien. Meist erfuhr man mehr, wenn man regungslos zuhörte und dadurch, bei entstehenden Pausen, sein Gegenüber praktisch zum Weiterreden zwang.

Nochmals das Zucken um die Mundwinkel herum, dann fuhr der Professor fort. „Die beiden haben sich aber außerhalb der Uni kennengelernt ..."

Jetzt war allerdings ein Moment gekommen, in dem Fuß nachhaken musste. „Hat Ihnen das einer der beiden persönlich erzählt oder ist das nur eine Vermutung?"

Getroffen! Das dritte Zucken und eine sich deutlich anbahnende Nervosität waren erkennbar! Zwei Mal Wippen, ein Räuspern.

„Ich glaube, Herr Hartmann hat sich dazu einmal geäußert. Wir hatten auch außerhalb des Seminars Kontakt, ich meine mehr auf privater Ebene."

„So war das wohl auch mit Frau Hartmann, ehemals Sokolowski", schoss Fuß nach und traf damit ganz offensichtlich erneut ins Schwarze.

„Äääh, in etwa, ja." Hünenberger versuchte, sich in seinem Sessel etwas aufzurichten, was ihm aber nur mäßig gelang. „Ich habe zu allen meinen Studenten eine außerordentlich gute Beziehung ... mit ganz wenigen Ausnahmen. Man muss sich ja heute ganz anders auf die ..."

„Wie weit ging denn der private Kontakt zu Halina Hartmann, bevor sie sich Hanspeter zugewandt hat?"

Fuß war ein sehr guter Beobachter. Die Augen hinter den dicken Brillengläsern schwollen förmlich an. Auch das leichte Wimpernflattern übersah er nicht.

„Wer hat ...", begann Hünenberger und schluckte den Rest des Satzes hinunter. „Ich meine, was wollen Sie mit der Frage andeuten?"

„Nun, Halina ist eine attraktive, intelligente junge Frau. Man kommt sich schnell näher, vor allem, wenn man gemeinsame Interessen hat. Und die sollten Studenten und ihre Professoren doch haben. Sie sind in den besten Jahren ..."

Prof. Hünenberger hüpfte aus seinem Sessel, schubste ihn mit dem Hintern oder einem Bein zurück und stemmte sich mit beiden Armen auf seinen Schreibtisch. „Schalten Sie sofort das Gerät ab oder verlassen Sie umgehend diesen Raum!“, wütete er los.

In Zeitlupe griff Fuß nach dem Diktiergerät und schaltete es ab.

„Was hat man Ihnen alles erzählt?“ Plötzlich kurzatmig, polterte der Professor weiter. „Nun lassen Sie doch die Katze aus dem Sack. Wir sind doch beide erwachsene Männer. Ja, ja, ja, wir sind einige Male miteinander ausgegangen.“

Die Gerüchte schienen also nicht aus der Luft gegriffen. Fuß schloss für einen Moment zufrieden die Augen. Als er sie wieder öffnete, hatte Hünenberger damit begonnen, in seinem Zimmer herumzuwandern. Die Arme auf dem Rücken, deren Hände wegen der Kürze der Arme aber nicht ineinandergreifen konnten. „Zufrieden?“

Fuß folgte dem Wanderer mit seinem Blick. „Warum zufrieden? Ich habe dazu keine Meinung abzugeben. Ich untersuche den Tod von Hanspeter Hartmann, mehr nicht. Für mich wäre es wichtig, wenn ich wüsste, wie Sie die einzelnen Personen einschätzen, ob sich in letzter Zeit Veränderungen in ihren Verhaltensweisen eingestellt haben, und so weiter.“

„Halina ist schwanger!“, entfuhr es dem Professor. Er trat seitlich dicht an den Hauptkommissar. „Aber, das wissen Sie ja sicherlich bereits?!“

Fuß drehte sich halb zu Hünenberger um und blickte ihn an. Der Mann hatte tatsächlich kleine Schweißperlen auf der Stirn. Was ging hier vor, was war geschehen, worüber keiner so recht reden wollte.

„Sind Sie der Vater?“

Das Gesicht des Professors lief feuerrot an. Seine durch die dicke Brille sowieso großen Augen schienen noch größer zu werden. Halb abgewandt und mit ausgestrecktem Arm auf die Zimmertür deutend, schrie er: „Raus!“

Fuß lehnte sich amüsiert lächelnd zurück und schüttelte den Kopf. „Ist es Ihnen lieber, wenn ich Sie auf das Präsidium kommen lasse. Dann ist es aber keine Befragung mehr, sondern ein Verhör."

„Wollen Sie mich verhaften?"

„Verhören!", korrigierte Fuß und steckte das Diktiergerät in seine Tasche. „Sagen wir, morgen Vormittag um zehn Uhr?"

Blitzschnell spürte Fuß die Hand des Professors auf seiner rechten Schulter, die versuchte, ihn am Aufstehen zu hindern.

„Warten Sie", japste Hünenberger und rückte mit der freien Hand seine Hornbrille zurecht, die ihm vor Erregung von der Nase gerutscht war. „Warten Sie ... wir sind doch ..."

„... erwachsene Männer", kam Fuß dem Professor zuvor.

Hünenbergers Hand verließ die Schulter von Fuß. Er schleppte sich förmlich um seinen Schreibtisch herum, ließ sich in den Sessel plumpsen und schnappte nach Luft.

Fuß wartete geduldig ab und war gespannt, welche Offenbarung ihn nunmehr unter erwachsenen Männern erwartete.

Eine halbe Stunde später saß der Hauptkommissar auf der Fahrt nach Hause enttäuscht in seinem Auto. Enttäuscht deshalb, weil das weitere Gespräch mit Hünenberger keine neuen Erkenntnisse mehr gebracht hatte. Nur Gejammer, welchen Gefahren man heutzutage als Mann im Allgemeinen und Professor im Besonderen ausgeliefert sei. Mit welchen Tricks und Mitteln gerade die weiblichen Studenten versuchen würden, zu einem guten Abschluss zu kommen. Es war der Versuch einer einzigen Reinwaschung seiner offenbar nicht allzu weißen Weste. Wieso hatte ein Mann mit seinem nicht gerade attraktiven Aussehen angeblich solche Probleme mit Studentinnen. Irgendwie spielte doch auch immer die Optik eine gewisse Rolle. Vielleicht war es ja auch genau umgekehrt, dass der Professor jeder nachlief, die nicht schnell genug auf einem Baum war.

Oder hatte er, Fuß, sich bisher ein völlig falsches Bild von Halina gemacht?

6.

Der nächste Morgen brachte Fuß gleich drei Überraschungen. Die erste saß in Form von SpuSi-Kollegen Wilfried Schäfer bereits auf dem Stuhl vor seinem Schreibtisch, als er das Büro betrat. Der Hauptkommissar war etwas verwundert, je ein gefülltes Sektglas vor seinem Kollegen und seiner Mitarbeiterin Liane stehen zu sehen.

„Habe ich was verpasst?“, fragte Fuß erstaunt und erblickte im gleichen Moment auch das volle Glas auf seinem Schreibtisch.

„Mal nachdenken ...?“, bemerkte Liane mit kessem Blick zu ihrem Chef.

„Du hast ja auch so viel im Kopf“, grinste Schäfer. „Lauter ungelöste Fälle. Aber dabei sollte man das Naheliegende nicht vergessen.“

Naheliegende? Fuß blickte immer noch reichlich verwirrt um sich und entdeckte ein kleines in Geschenkpapier eingepacktes Etwas auf Lianes Schreibtisch. Natürlich! Erika hatte ihn noch vor ein paar Tagen daran erinnert, Liane Esser hatte heute Geburtstag. Mit ausgebreiteten Armen eilte er um seinen Schreibtisch und nahm die völlig überraschte Liane in seine riesigen Arme.

Schade, dachte Schäfer, dass er jetzt keinen Fotoapparat dabei hatte. Der fast zwei Meter große Fuß und die gerade mal 1,65 m große Liane Esser, eng umschlungen.

Als sich der Hauptkommissar wieder von seiner Assistentin löste, kam ihm sofort eine Idee. „Was halten Sie davon, wenn wir heute Abend bei mir in Alken den Geburtstag feiern?“

Liane wurde etwas verlegen. Damit hatte sie nicht gerechnet, aber warum nicht? Bisher hatte sie noch nichts vor und von den bisherigen Besuchen in Alken wusste sie, dass es immer recht feucht-fröhlich bei Fuß und seiner Frau zuging.

„Ich komme aber auch und bringe Erasmus mit!“, rieb sich Schäfer vergnügt die Hände. „Aber deswegen bin ich nicht hier. Ich habe ein paar Neuigkeiten in Sachen Hartmann.“

Zurück im kriminalpolizeilichen Alltag, eilte Fuß zu seinem Schreibtisch zurück. „Dann schieß mal los.“

„Also, wir haben inzwischen die Torte im Labor untersucht. Lecker und völlig harmlos. Aber die Kaffeekanne haben wir nirgends gefunden. Doch solange wir nichts von der Rechtsmedizin hören, sehe ich auch keine Veranlassung, diesbezüglich aktiv zu werden. Vielleicht hat diese Freundin die Thermoskanne auch wieder mitgenommen. Wäre durchaus möglich."

Fuß spürte bei der Erwähnung der Rechtsmedizin eine gewisse Wut in sich aufkommen. Warum hatte sich Dr. Wehlen immer noch nicht gemeldet. Fuß hegte den Verdacht, dieser mache sich ein Vergnügen daraus, ihn warten zu lassen. Er griff zum Telefonhörer und wählte die Nummer von Dr. Wehlen, der zu Fuß' Erstaunen sofort abhob.

Der Rechtsmediziner war an diesem Vormittag ausgesprochen höflich, um nicht zu sagen locker und fröhlich.

„Sie hätte ich in den nächsten zehn Minuten auch angerufen", begrüßte er Fuß und es klang sogar ehrlich.

„Und?", reagierte Fuß überrascht und deshalb kurz angebunden.

„Lieber Herr Fuß, ich muss Ihnen gestehen, da haben Sie uns einen besonders schweren Fall auf den Tisch geliefert. Ich sag's ja nicht gerne, aber wir haben ein Problem."

Fuß grinste, daher wehte also der Wind. Der große Rechtsmediziner Wehlen hatte also Probleme. Schade, dass er jetzt das Gesicht dieses sonst so überheblichen Mannes nicht sehen konnte.

„Dann schießen Sie mal los!" Fuß bereitete sich auf einen, wie üblich, hochwissenschaftlichen Vortrag vor. Doch auch jetzt überraschte ihn sein Telefonpartner.

„Tja, eines steht fest, der junge Mann wurde vergiftet. Wir haben eine Menge Parathion in seinem Körper gefunden. Das ist ein Ester der Thiophosphorsäure, auch Thiophos genannt. Sie werden es sicherlich besser unter der gebräuchlicheren Bezeichnung *E 605* kennen. Ich erspare Ihnen die etwas komplizierten Umstände unserer Untersuchungen und komme, gleich auf das Problem zu sprechen. Was viele nicht wissen - Sie sicherlich auch nicht - die Gefahren durch die Phosphorsäureester werden durch die Kombination mit weiteren Alkylophosphaten, Lösungsmitteln und anderen Zusätzen erhöht und alle diese Stoffe sind Kontaktgift!"

Bei dem Seitenhieb „Sie sicherlich auch nicht" huschte über das Gesicht des Hauptkommissars ein kurzes, grimmiges Zucken. Wehlen konnte es also doch nicht lassen!

„Das heißt also?"

„Parathion wurde der Leiche über eine Creme zugeführt. Wir haben deutliche Reste am ganzen Körper gefunden. Der Mann muss sich irgendwann vor seinem Tod eingecremt haben. Das kann auch sehr kurzzeitig gewesen sein. Da gibt es noch einige bisher ungeklärte Fragen. Suchen Sie also nach einer solchen Creme und geben Sie sie ins Labor. Kurzum, es war Mord, denn ich kann mir nicht vorstellen, dass der Tote auf diesem Weg einen Suizid vollziehen wollte. Wichtig erscheint mir dabei, mit wem der Tote in unmittelbare körperliche Berührung gekommen ist oder wer Dämpfe eingeatmet haben kann, die durch die Körperwärme des noch lebenden Mannes entstanden sind. Bei diesem Personenkreis besteht ebenfalls das Risiko einer mehr oder weniger gefährlichen Vergiftung."

Fuß hatte während der Ausführungen des Rechtsmediziners das Telefon auf Mithören geschaltet, was Schäfer jetzt sofort veranlasste, seinen Assistenten Franz Erasmus anzurufen. Leise, um das Gespräch zwischen Dr. Wehlen und Fuß nicht zu stören, gab er entsprechende Anweisungen. Auch wenn bisher keinerlei Anzeichen aufgetaucht waren, so war man immerhin in der Wohnung von Hartmann möglicherweise auch mit Rückständen der vergifteten Creme in Berührung gekommen.

Fuß bedankte sich bei Dr. Wehlen und bat ihn, möglichst umgehend einen ausführlicheren Bericht zu faxen oder mailen. Nachdem er den Hörer aufgelegt hatte, blickte er in das sorgenvolle Gesicht von Schäfer. „Was ist los?"

Der eben noch gut gelaunte SpuSi-Mann machte nur eine nervöse Handbewegung und erhob sich von seinem Stuhl. „Man muss das Klinikum verständigen. Sie sollen sofort die Witwe untersuchen. Sie hat immerhin mit ihrem Mann nach dem Eincremen Geschlechtsverkehr gehabt. Das heißt, intensiven Körperkontakt und auch Einatmen des Gifts. Ich kann nicht beurteilen, wie gefährlich tatsächlich das Kontaktgift ist. Immerhin ist auch der Embryo möglicherweise gefährdet. Und wenn das der Rechtsmediziner sagt, dann ..."

Hätte Fuß nicht gewusst, dass sein Kollege eher risikofreudig als ängstlich war, wäre es ihm in diesem Moment nicht kalt über den Rücken gelaufen. Er rief deshalb umgehend im Klinikum *Marienhof* an und informierte den diensthabenden Stationsarzt mit Nachdruck über die neuen Erkenntnisse und die mögliche Gefahr für Mutter und Kind.

Nachdem Schäfer gegangen war, lud Fuß seine Assistentin auf den Schreck hin auf eine Tasse Kaffee in die Kantine ein. Die hatte Liane auch nötig, wenn er ihr blasses Gesicht betrachtete. Deshalb spendierte er ihr auch noch ein Stück Kuchen.

Als sie eine Stunde später ihr Büro betraten, läutete bereits das Telefon. Hauptkommissar Schäfer meldete sich aus der Wohnung von Halina und Hanspeter Hartmann. Er und Erasmus hatten gleich drei Kosmetikprodukte im Badezimmer vorgefunden, die vergiftet sein konnten. Man hatte sie unter entsprechenden Vorsichtsmaßnahmen sichergestellt und würde sie umgehend ins Labor bringen.

„Was ist mit dem Bettzeug?", wollte Fuß wissen, der bei Kaffee und Kuchen zusammen mit Liane nachgedacht hatte, welche weiteren Konsequenzen sich aus den Erkenntnissen der Obduktion ergaben.

„Ich werde vorsorglich auch das Labor informieren", versicherte Schäfer, „und melde mich wieder, wenn wir hier fertig sind."

Erst jetzt entdeckte Fuß eine handgeschriebene Nachricht auf seinem Schreibtisch. Sie stammte vom Pressesprecher Zirfas. *Hund ist sauer! Wo seid ihr denn? Sofort melden!*

Fuß warf einen Blick auf die Uhr. Nicht nur wegen Lianes Geburtstag und dem Glas Sekt, sondern vor allem in der Aufregung, auch Halina und ihr ungeborenes Kind könnten sich in Lebensgefahr befinden, hatten sie die Pressekonferenz der Staatsanwaltschaft völlig vergessen. Es würde ihm wohl nichts anderes übrig bleiben, als sich persönlich bei dem Leitenden Oberstaatsanwalt zu entschuldigen. Und je schneller er das hinter sich brachte, umso schneller konnte er sich den wirklich wichtigen Dingen widmen.

Zum Glück hatte Hund Verständnis, als er erfuhr, welche Nachricht Fuß und Esser am Vormittag aus der Rechtsmedizin erhalten hatten. Den kleinen Geburtstagsumtrunk verschwieg Fuß wohlweislich. Der Oberstaatsanwalt bat den Hauptkommissar, die Pressestelle des Präsidiums zu informieren, damit man die am Morgen besprochene offizielle Pressemeldung um die neue Erkenntnis erweitern und so bald wie möglich verschicken konnte.

Nach dem anschließenden Telefonat mit Zirfas rief Fuß schließlich noch seine Frau an und teilte ihr mit, dass Liane, Schäfer und wahrscheinlich auch Erasmus abends kommen würden, um Lianes Geburtstag zu feiern. Erika erklärte sich trotz ihrer Diät sofort bereit, ein schönes Essen vorzubereiten, wollte sich aber noch nicht festlegen, was es genau sein würde. In dieser Richtung hatte Fuß keinerlei Bedenken, seine Frau war eine ausgezeichnete Köchin und zauberte immer etwas Leckeres auf den Tisch. Und was er, während ihren regelmäßigen Versuchen abzunehmen, bewunderte, sie kam dabei nie in die Versuchung mitzuessen.

Erika hatte den großen Tisch im mittleren Schankraum der Straußwirtschaft festlich gedeckt. Aus der Küche roch es nach leckerem Schmorbraten, der langsam vor sich hin köchelte, und einem frisch zubereiteten Apfelrotkohl. Die selbstgemachten Kartoffelklöße lagen ebenfalls bereit und warteten nur darauf, ins kochende Wasser geworfen zu werden. Als Vorspeise hatte sie sich für eine Winzersuppe entschieden, die auch während der Saison von den Gästen der Straußwirtschaft gerne gegessen wurde. Sie selbst hatte sich einen kleinen Teller mit Salat zubereitet und sich aus Anlass der Feier dazu eine Dose Thunfisch geöffnet. Auch Übernachtungsmöglichkeiten hatte sie bereits vorbereitet. Man konnte ja nie wissen ...

Als Erster traf ihr Mann ein. Auf der Fahrt nach Alken hatte er noch schnell einen bunten Blumenstrauß eingekauft, den Erika in einer Vase an den Platz des Geburtstagskinds stellte. Fuß stieg in den Keller hinab und kam kurze Zeit später mit einigen Flaschen aus seiner Raritätenecke und *Mosecco* in die Küche und verstaute die Getränke im Kühlschrank.

Als Nächste trafen Hauptkommissar Schäfer und Polizeiobermeister Erasmus ein. Gemeinsam hatten sie für Liane eine Schachtel Pralinen gekauft und in knallrotes, lackiertes Geschenkpapier mit einer riesengroßen gelben Schleife verpacken lassen.

„Ich hoffe, heute Abend kommen wir nicht mit Gift in Kontakt“, begrüßte Schäfer seinen Kollegen lachend.

Diese Bemerkung ließ Erika aufhorchen, der Fuß bisher noch nichts erzählt hatte. „Was für Gift?“

Fuß warf seinem Kollegen einen verzweifelten Blick zu, denn er wusste, was nun folgen würde. Erika regte sich immer auf, wenn sich ihr Mann in Gefahr begab. Zum Glück kam dies nur selten vor und meist endete die Diskussion darüber seitens Erika mit einem sehr aufgebrachten „Ich will es auch gar nicht wissen!“

Doch heute ließ sie sich von Schäfer genau erklären, was die Obduktion und die Laboruntersuchungen ergeben hatten. In einer Flasche *Ombia Med Körperlotion* hatte man eine sehr hohe Dosis Parathion entdeckt, die als Kontaktgift über die Haut zum Tod von Hanspeter Hartmann geführt hatte.

„Muss man da nicht sofort den Hersteller informieren?“ Erika schaute den Kollegen ihres Mannes an, geschockt darüber, wie leicht es offenbar ist, einen Menschen auf diese Art und Weise zu töten.

„Die Lotion ist ein Discounterprodukt, das wissen wir bereits, und bestimmt als solches getestet und völlig ungefährlich. Das Parathion wurde erst vom Mörder beigemischt“, versicherte Schäfer. „Die Frage ist nur, wer hat es getan und wann hat sich Hartmann damit eingecremt?“

Fuß war aufgestanden, denn es hatte an der Tür geläutet. Zu seinem Erstaunen stand nicht nur Liane Esser sondern auch ein junger Mann vor der Tür.

„Darf ich vorstellen?“, begann Liane etwas verlegen und trat beiseite, um ihrem Begleiter Platz zu machen. „Das ist Oliver Carstens, ein ... Freund von mir. Ich hoffe, ich durfte ...“

Fuß streckte dem jungen Mann mit der hohen Stirn und dem lichten, blonden Haar seine Hand entgegen. „Herzlich willkommen.“ Dabei zog er Oliver förmlich ins Haus hinein, gefolgt von Liane.

Auch Erika und die SpuSi-Kollegen schauten etwas überrascht, Liane in Begleitung eines jungen Mannes zu sehen. Irgendwie hatte sich bisher keiner Gedanken darüber gemacht, dass Liane außerhalb ihres Berufes noch ein Privatleben haben musste. Sie hatte sich dazu auch nie geäußert oder Anlass gesehen, etwas darüber zu erzählen.

Erika legte rasch ein weiteres Gedeck auf und machte ihrem Mann ein Zeichen, den *Mosecco* zum Anstoßen zu öffnen. Sie selbst verschwand für kurze Zeit in der Küche, um die Kartoffelklöße ins heiße Salzwasser zu legen.

Nachdem jeder ein volles Sektglas in der Hand hielt, wurde erst einmal auf den Geburtstag angestoßen. Liane trug ein schulterfreies, fliederfarbenes Kleid und Pumps. Für alle ein ungewohnter Anblick, die die Kriminalhauptmeisterin nur in Jeans, Sweatshirt, Rolli oder Bluse und flachen Sportschuhen kannten. Oliver hatte neben ihr Platz genommen und war bemüht, sich möglichst schnell in die kleine Gesellschaft zu integrieren, nachdem er die mehr oder weniger neugierigen Blicke bemerkt hatte, die auf ihn gerichtet waren.

Doch Liane kam ihm zuvor. „Oliver und ich kennen uns schon seit gut zwei Jahren. Er hat eine kleine Firma und handelt mit Computern und schreibt spezielle Programme für seine Kunden. Wir haben uns auf dem Schängel-Markt kennengelernt. Oliver spielt das Keyboard in einer Band ...“

„Ein *Yamaha DGX-640* Keyboard, wenn Ihnen das etwas sagt“, wurde sie von ihrem Freund sofort unterbrochen. Doch alle schüttelten nur den Kopf.

„Ist das was Besonderes?“, wollte Erika wissen.

Oliver ergriff die Gelegenheit, sozusagen als Einstand, etwas über sich zu erzählen. „Das Instrument verfügt über eine gewichtete Graded-Hammer-Standard-Tastatur mit achtundachtzig Tasten und authentischem Flügelanschlag. Es hat natürliche und äußerst ausdrucksvolle Klangfarben, zwölf Drum/SFX Kits und ein komplettes XGlite-Sound-Set. Außerdem ist das Instrument mit etwa einhundertfünfzig dynamischen Begleit-Styles sowie über fünfhundert realistischen Instrumenten-Klängen ausgestattet.“ Er brach ab, als er den Gesichtern rundum ansah, dass sie mit diesen Details wenig anzufangen wussten. „Kurz, es macht unheimlich Spaß darauf zu spielen.“

„Und was für Computerprogramme schreiben Sie?“, versuchte Schäfer, das Gesprächsthema in einen anderen Bereich zu wechseln.

Oliver wandte sich sofort Schäfer zu, den dieser Tätigkeitsbereich eher zu interessieren schien. „Das ist ganz unterschiedlich. Derzeit animiere ich Herstellungsabläufe für die Produktion von Möbeln. So können die Planer der Möbelfabrik im Vorfeld sehen, wie die Produktion, vom Lagerbestand ausgehend, gesteuert werden muss, wo welche Maschinen sinnvoll zum Einsatz kommen müssen, bis hin zur Verpackung und dem Versand. Das spart Zeit und Kosten.“

Schäfer nickte zufrieden, denn er hatte die Frage nicht ohne Hintergedanken gestellt. Vielleicht konnte man den jungen Mann ja auch einmal bei seiner Arbeit einsetzen, ohne umständliche Wege über das LKA und die dortigen Spezialisten zu gehen.

Erika war aufgestanden und hatte die Schüssel mit der Winzersuppe aus der Küche geholt, in die Mitte des Tisches gestellt und begann, mit einem großen Schöpflöffel die Suppe auf die bereitstehenden Teller zu verteilen. „Lasst es euch gut schmecken!“

Nachdem die reichhaltige Käseplatte auf dem Tisch stand, präsentierte Hauptkommissar und Winzer Fuß seinen ersten Raritätenwein, einen trockenen Riesling Spätlese aus dem Jahr 1973, von dem er noch drei Flaschen besaß. Eine musste an diesem Abend dran glauben.

Fuß verteilte den guten Topfen mit glänzenden Augen in die bereitstehenden Gläser, nachdem er ausgiebig am Korken geschnuppert hatte. Bevor er die Gläser verteilte, nippte er kurz an seinem Glas und verdrehte verzückt und zufrieden die Augen. Dann stießen alle an und ließen Liane nochmals hochleben.

Es folgten drei weitere Raritäten, wobei sich Erika mehr und mehr Oliver zuwandte, während sich Fuß, Schäfer, Erasmus und Esser über die neueste Entwicklung im Fall Hartmann unterhielten. Nachdem also klar war, dass es sich um Mord handelte, versuchte man gemeinsam, über die Frage nach einem Motiv auf die Spur des Täters oder der Täterin zu kommen. Aufgrund der Tatsache, dass man das Gift in der Bodylotion gefunden hatte, musste es sich um eine Person handeln, die im engeren Kreis des Toten zu suchen war und zumindest einmal Zugang in die Wohnung und unbeachtet ins Bad hatte, wo sich die Lotion im Spiegelschrank befunden hatte. Der Personenkreis war schnell ermittelt. Nach Aussage der Nachbarin, Frau Klose, hatten sich während der Renovierung und des Einzugs in die Wohnung dort nur das junge Paar und seine Eltern aufgehalten. Dann wusste man von Halina, dass auch Jolanta mindestens einmal dort gewesen war. Der Personenkreis konnte nur durch gezielte Befragungen der Hausbewohner und von Halina selbst erweitert werden. Zunächst spekulierte man über mögliche Motive.

„Das stärkste Motiv hat für mich die Witwe“, stellte Liane zum Erstaunen ihrer Kollegen fest. „Fuß hat doch auch nach dem Gespräch mit dem Professor ein ganz anderes Bild von der Polin und vielleicht liegt der Schwiegervater, auch wenn er ein Rassist ist, gar nicht so falsch.“

„Das wäre alles zu einfach“, protestierte Fuß sofort und goss sich zum Wein ein Glas stilles Wasser ein. „Sie hätte andere Möglichkeiten gehabt, von einer baldigen Scheidung einmal abgesehen. Außerdem, die Schwangerschaft ist heute auch für eine Polin kein Grund für eine Hochzeit. Soweit ich das sehe, hat außerdem vor allem Hanspeters Vater, nach anfänglichem Aufstand, auf die Hochzeit gedrängt und nicht die Witwe. Für den musste doch alles nach außen hin seine Ordnung haben. Die Frage ist einfach, gab es bereits vor der Hochzeit ein Motiv, anders gefragt, spielt die Eheschließung beim Mordmotiv überhaupt eine Rolle?"

Schäfer nickte zustimmend, griff in die Innentasche seines Jacketts und zog sein kleines Notizbuch hervor. „Was mich interessieren würde, ist die Frage, wann und warum hat sich der Tote mit der Körperlotion eingecremt? Nach Aussage unserer Spezialisten könnte aufgrund des hohen Gehalts an Parathion in der Lotion der Zeitraum zwischen Eincremen und dem Exitus relativ kurz sein. Da spielen chemische Vorgänge und auch der Stoffwechsel im Körper eine wesentliche Rolle. Eine der Laborantinnen hat es mir genau erklärt." Er warf einen Blick in das aufgeschlagene Notizbuch. „Irgendein Enzym wird im Körper blockiert und es entsteht Paraoxon, auch E 600 genannt. So ganz verstanden habe ich das alles ehrlich gesagt nicht, aber auf jeden Fall kann der Exitus durch Atemlähmung sehr schnell eintreten. Mehr wird uns der Rechtsmediziner sagen." Schäfer klappte das Büchlein wieder zu und blickte in drei ratlose Gesichter.

Fuß fuhr sich mit seiner rechten Hand übers Gesicht und blickte anschließend auf die Uhr. „Lasst uns das morgen in Ruhe besprechen. Noch hat Liane eine halbe Stunde Geburtstag und ich habe auch noch einen weiteren Wein, den wir unbedingt probieren sollten ..."

Fuß konnte sich kaum erinnern, wann er das letzte Mal verschlafen hatte. Heute war es geschehen. Mit einem Satz sprang er aus dem Bett, was seinem Kreislauf allerdings nicht zuträglich war. Außerdem hatte er damit Erika geweckt, die sich aufgeschreckt zu ihm umdrehte. „Was ist los? Brennt's irgendwo?"

„Weißt du, wie spät es ist?"

Erika ließ sich wieder in die Kissen fallen. „Interessiert mich nicht. Außerdem schlafen die anderen auch noch.“

Erika hatte recht. Die abendlichen Gäste, außer seinem Kollegen Schäfer, übernachteten alle bei ihnen und schienen auch noch zu schlafen, denn im ganzen Haus war es mucksmäuschenstill. Fuß machte sich gähnend und reckend auf den Weg ins Badezimmer. Er hatte sich nach der abendlichen Diskussion mit den Kollegen für heute einiges vorgenommen.

Ohne dass Fuß es im Bad bemerkt hatte, war Erika noch halb verschlafen in die Küche gegangen und hatte begonnen, für ihren Mann und die Übernachtungsgäste das Frühstück vorzubereiten. Als sie den Tisch in der Essecke deckte, vernahm sie Geräusche in der oberen Etage. Offenbar war man dort inzwischen auch aufgewacht.

Als Erste tauchte Liane Esser auf. Auch ihr sah man an, dass die Nacht etwas zu kurz gewesen war. „Mein Gott, haben Sie auch verschlafen?“

Erika stemmte die Arme in die Hüften. „Bei den Überstunden, die ihr immer macht, da könnt ihr auch mal etwas später ins Büro kommen. Aber wie ich meinen Alten kenne, rast der jetzt sowieso gleich los ... ohne Frühstück. Also setzen Sie sich hin und sagen keinen Ton, sonst fühlt er sich auch noch bestärkt.“

Gehorsam nahm Liane auf der kurzen Seite der Eckbank Platz. Erika goss ihr eine Tasse dampfenden und duftenden Kaffee ein.

„Riecht gut!“ Oliver, mit nassen Haaren, was seine Haarpracht noch weniger erscheinen ließ, betrat den Raum und schloss dabei die letzten Knöpfe seines Hemdes.

Erika deutete auf die Längsseite der Eckbank. „Setzen Sie sich oder haben Sie es auch eilig?“

„Ich, neee. Das ist der einzige Vorteil meiner Selbstständigkeit. Im Gegensatz zu Liane kann ich mir ...“ Weiter kam er nicht. Fuß schob den jungen Mann beiseite und ging auf seine Assistentin zu.

„Sie fahren mit Erasmus“, meinte er, nahm ihr die Tasse Kaffee aus der Hand, die sie gerade zum Mund führen wollte und nahm selbst einen großen Schluck. „Ich fahre im Klinikum vorbei und erkundige mich bei Frau Hartmann, wer aus ihrer Sicht noch in der Wohnung gewesen ist, und dann fahre ich auch noch einmal zu den Nachbarn.“

„Soll ich ...?“

Fuß winkte energisch ab. „Frühstücken Sie erst in aller Ruhe. Was macht Erasmus?“

„Der müsste auch jeden Moment hier auftauchen“ Oliver ging um den Hauptkommissar herum und nahm auf der Eckbank neben seiner Freundin Platz. „Liane muss sich allerdings noch erst zu Hause umziehen.“

Fuß nickte zufrieden. Bewusst hatte er die Blicke seiner Frau übersehen. Er ahnte, nein er wusste, was in diesem Moment in ihr vorging ... seit mehr als dreißig Jahren. Wortlos drehte er sich um und verließ den Raum. Auf dem kleinen Flur stieß er mit Erasmus zusammen. „Schäfer soll sich bei mir melden“, bat er den Kollegen. „Ich bin in einer guten Stunde im Büro.“

7.

Halina Hartmanns Gesicht hatte seit seinem letzten Besuch bei ihr etwas an Farbe gewonnen. Sie hatte sich den oberen Teil ihres Bettes so aufrichten lassen, dass sie im Bett fast sitzen konnte. Eine Schwester hatte ihr einen Block und einen Kugelschreiber besorgt und Halina hatte damit begonnen, sich Dinge zu notieren, die sie klären oder nach der Entlassung aus dem Krankenhaus erledigen musste.

„Wissen Sie, wie es meinen Eltern geht?“, begrüßte sie den Hauptkommissar. „Ich habe versucht, sie anzurufen. Aber die Dame von der Rezeption sagte, sie seien nicht auf ihrem Zimmer. Keiner weiß, wo sie sind. Ich mache mir Sorgen.“

„Müssen Sie nicht“, versuchte Fuß sie zu beruhigen und setzte sich auf einen Stuhl, der neben dem Bett stand. „Haben sich Ihre Schwiegereltern mal bei Ihnen gemeldet?“

„Simone, also meine Schwiegermutter, war gestern hier. Ihr Mann ...“ Halina biss sich auf die Lippen und starrte für einen Moment vor sich auf die Bettdecke. Dann richtete sie wieder ihren Blick auf den Hauptkommissar. „Simone ist genauso verzweifelt wie ich. Was ist mit Hanspeter passiert?“

Fuß sah den flehenden Blick der jungen Frau. Wusste sie es wirklich nicht oder war sie eine exzellente Schauspielerin? Wenn Letzteres der Fall war, musste er sich genau überlegen, wie er am ehesten etwas über das Gift in der Lotion erfahren konnte.

„Seit wann haben Sie eigentlich die Wohnung in der Devorastraße gemietet?“, leitete er das Gespräch mit dieser unverfänglichen Frage ein.

Halina legte Schreibblock und Kugelschreiber beiseite und schaute den Hauptkommissar nachdenklich an. „So ganz genau weiß ich das nicht. Ist das wichtig?“

Fuß schüttelte den Kopf. „Ich versuche, mich nur etwas in ihr Leben der letzten Wochen und Monate einzublenden. Das gehört zu meinem Beruf. Wichtig ...? Nein, wichtig ist es nicht.“

Halina schien beruhigt und dachte nach. Gemeinsam mit Hanspeter, Hans und Jolanta hatte sie die Anzeigen in der *Rhein-Zeitung* studiert. Das war kurz nachdem das Ergebnis des Schwangerschaftstests positiv gewesen war. Damalige Bilder tauchten plötzlich wieder in ihr auf und sie versuchte rasch, sich ausschließlich auf die Frage des Hauptkommissars zu konzentrieren.

„Es ging alles recht schnell“, begann sie leise. „Ich glaube, Hans hat diese Anzeige entdeckt und wir sind Hals über Kopf zu dem Vermieter gefahren. Er wohnt nicht in dem Haus, sondern auf der anderen Moselseite. Wir haben uns dann mit ihm die Wohnung angesehen. Sie stand bereits leer und war sofort zu mieten. Hanspeter hat dann wegen einer Mietvorauszahlung und der Kaution mit seiner Mutter telefoniert. Beides hat sie uns noch am gleichen Tag gebracht, ... ihr Mann hat getobt. Aber das habe ich nur rein zufällig bei einem Telefonat zwischen Hanspeter und seiner Mutter mitbekommen."

Fuß beobachtete das Gesicht der jungen Frau, das einem ständigen Wandel unterzogen war. Mal war es nur ernst, dann maskenhaft starr und blass und nur in wenigen Momenten konnte er ein kurzes Lächeln erkennen.

„Und dann haben Sie begonnen, die Wohnung zu renovieren und einzurichten?"

Wieder klammerte sich Halina an die Frage. Ja, Hans und Jolanta hatten sich auch sofort bereit erklärt, beim Renovieren mitzuarbeiten. Irgendwann war ihnen dann Herr Specht im Treppenhaus begegnet, als sie gerade mit Tapeten, Farbeimern und Leitern nach oben stiegen. Er hatte spontan angeboten, ebenfalls zu helfen. Immerhin war er gelernter Installateur und kannte sich im Haus mit allem bestens aus. Sie hatten ihm einen Wohnungsschlüssel gegeben, um den er sie gebeten hatte, damit er auch weiterarbeiten konnte, wenn sie durch das Studium verhindert waren. Später erfuhren sie, dass seine Frau sogar ab und zu die Wohnung geputzt hatte. Jetzt fiel Halina mit Schrecken ein, dass sie sich niemals richtig dafür bedankt hatten. Sie griff rasch nach dem Schreibblock und machte sich eine diesbezügliche Notiz.

„Besitzt Familie Specht auch heute noch den Schlüssel?"

Halina wusste es nicht. Vielleicht hatte Hanspeter ihn zurückerhalten. Sie hatten nie darüber gesprochen.

„Dann hatten Hans und Jolanta sicher auch Wohnungsschlüssel?"

„So viele Schlüssel besaßen wir gar nicht. Hans und Jolanta waren immer nur mit uns in der Wohnung. Nur meine Schwiegereltern hatten später noch einen Schlüssel. Aber auch erst als alles bereits renoviert war. Es ging in erster Linie um Möbel und andere Dinge, die sie uns besorgt haben."

„Sie verstehen sich gut mit Ihrer Schwiegermutter?", wechselte Fuß das Thema und entdeckte ein leichtes Aufleuchten in Halinas Augen.

„Was heißt gut? Es hat ja bisher nur wenige Gelegenheiten gegeben, ... wegen ... Hanspeters Vater ...“ Das Lächeln wich schlagartig aus ihrem Gesicht, wie Fuß beobachten konnte. Doch dann richtete sich Halina im Bett auf und blickte ihrem Gegenüber wieder direkt in die Augen. „Nein, nein, meine Schwiegermutter ist schon sehr nett und in Ordnung. Ich weiß aber nicht, wie das alles jetzt werden wird.“

Der Hauptkommissar konnte deutlich sehen, wie Halinas Augen zunächst nur feucht wurden, doch dann konnte sie die dicken Tränen nicht mehr zurückhalten. Fuß konnte nicht anders. Er stand auf, setzte sich auf die Bettkante und legte beruhigend den Arm um die junge Frau.

Fieberhaft dachte er nach, wie er am geschicktesten das Gespräch fortführen konnte. Nach einer Weile nahm er den Arm wieder von Halinas Schultern, blieb aber auf der Bettkante sitzen. „Erzählen Sie mir etwas von dem Nachmittag und dem letzten Abend mit Ihrem Mann“, bat er leise. Und trotzdem war dabei ein Unterton, der irgendwie erkennen ließ, dass er auf eine Antwort bestand.

Es dauerte eine Weile, bis sich Halina wieder gefangen hatte. Sie zog ein Taschentuch unter ihrem Kopfkissen hervor und schnäuzte sich. Dann wischte sie sich die letzten Tränen aus den Augen und blickte den Hauptkommissar mit wieder leicht geröteten Augen an. „Meine Schwiegereltern sind gleich nach dem Essen nach Hause gefahren. Nachdem sie mit dem Taxi weggefahren waren, haben wir noch mit Dorothea, Hans und meinen Eltern auf der Terrasse des Restaurants gesessen, wo wir zu Mittag gegessen hatten. Das alles hat Doro arrangiert. Gegen siebzehn Uhr etwa sind Hanspeter und ich dann mit einem Taxi nach Hause gefahren. Doro und Hans haben sich am Abend um meine Eltern gekümmert. Irgendwann kam dann Jolanta mit Kaffee und der Torte ...“

„Hat sie den restlichen Kaffee wieder mitgenommen?“

Halina schien die Frage des Hauptkommissar zu überraschen. Nachdenklich schüttelte sie den Kopf. „Ich weiß es nicht mehr.“ Sie zog die Stirn in Falten. „Den Rest der Torte habe ich in den

Kühlschrank gestellt, aber den Kaffee ... er war in einer Thermoskanne ... ich weiß es wirklich nicht mehr."

„Was war, als Ihre Freundin sie wieder verlassen hat?"

Fuß konnte deutlich sehen, wie Halina verlegen wurde und sich ihre Gesichtshaut leicht rötete. Ihren Blick, der die ganze Zeit auf Fuß gerichtet war, wandte sie ab und schaute in Richtung Fenster. „Wir sind ins Bett gegangen ... wir wollten doch ..."

Fuß konnte sehen, wie sich ihre Hände in die Bettdecke eingruben und wieder Tränen in ihre Augen traten. „Was geschah danach?", wollte der Hauptkommissar wissen, dem genau klar war, was sich dann abgespielt hatte.

Halina liefen für einige Zeit dicke Tränen über die Wangen, die sie verschämt abwechselnd mal mit dem Handrücken, dann mit dem Taschentuch wegwischte, während die jeweils freie Hand immer wieder nach der Bettdecke griff.

Fuß ließ ihr Zeit, bis sich Halina wieder einigermaßen beruhigt hatte. Noch einmal wischte sie sich die Tränen aus den Augen, dann blickte sie den Kriminalbeamten an.

„Ich bin danach aufgestanden und wollte noch etwas aufräumen, Hanspeter schien zu schlafen ..."

„Wann war das ungefähr?", unterbrach sie Fuß leise.

Halina zuckte kaum merklich mit den Schultern. „Ich habe nicht auf die Uhr geschaut. Ich schätze, dass ich etwa gegen halb zehn das Schlafzimmer verlassen habe." Sie wandte ihren Blick von Fuß ab und starrte an die Decke. „Etwa eine Stunde habe ich aufgeräumt und nochmals ein paar Glückwünsche gelesen, die uns per Post erreicht hatten. Als ich dann wieder ins Schlafzimmer gegangen bin ..." Weiter kam Halina nicht, aber Fuß konnte sich genau vorstellen, was sie dort erwartet hatte. Er legte beruhigend eine Hand auf ihre Schulter und überlegte, wie er herausfinden konnte, was Halina über die Vergiftung ihres Mannes wusste.

„Zuerst habe ich nichts bemerkt", fuhr Halina von selbst fort. „Erst dann sah ich, dass Hanspeter nicht atmete. Ich habe ihn angefasst ..." Rasch wandte sich Halina von Fuß ab und begann, in ihr Kopfkissen zu heulen.

War das die Reaktion einer Frau, die mit dem Tod ihres Mannes etwas zu tun hatte? Vorsichtig erhob sich Fuß und nahm wieder auf seinem Stuhl Platz. Es würde wohl noch einige Zeit dauern, bis er sich ein komplettes Bild von der Situation am Abend des Hochzeitstages machen konnte.

Nach einer Weile drehte sich Halina wieder zu ihm hin und blickte ihn mit nassen und verquollenen Augen an. „Er war schweißgebadet und tot!", stieß sie plötzlich hervor und richtete sich im Bett auf. „Tot! Verstehen Sie?"

Für Fuß war es der richtige Moment die Frage zu stellen, die ihn bereits die ganze Zeit beschäftigte. „Meine Kollegen haben eine große Menge Parathion in einer Flasche *Ombia Med Körperlotion* gefunden, ein Kontaktgift, das wohl zum Tod Ihres Mannes geführt hat."

Halina starrte Fuß sprachlos an. Ihr Gesicht war kreidebleich geworden und sie begann, am ganzen Körper zu zittern. Mit der linken Hand tastete sie nach dem Arm von Fuß und ergriff sein Handgelenk. Mit der rechten Hand stützte sie sich auf dem Bett ab und konnte sich dadurch noch mehr aufrichten. Sie sah Fuß unentwegt an und ihre Lippen bewegten sich, ohne dass sie jedoch etwas zu sagen vermochte.

Reagiert so eine Mörderin? Fuß packte seinerseits mit der linken Hand den Arm von Halina und schaute sie mit festem Blick an. „Was wissen Sie von dem Gift? Wer hat es in die Körperlotion getan?"

Sekundenschnell verzerrte sich Halinas Gesicht. Sie stieß einen hysterischen, lauten Schrei aus, der sicherlich auch außerhalb des Krankenzimmers zu hören war. Dabei ließ sie das Handgelenk von Fuß los, fiel rückwärts in das Kopfkissen und riss beide Hände schützend vor ihr Gesicht.

Es dauerte eine ganze Weile, bis sich Halina wieder beruhigt hatte. Fuß beobachtete sie, während er sich in dem Stuhl zurücklehnte und über die Reaktion der jungen Frau nachdachte. Sie atmete schwer und ihre Gefühle schienen echt zu sein.

Nach über fünf Minuten hatte sich die Polin wieder einigermaßen beruhigt. Sie nahm nur zögernd die Hände von ihrem Gesicht, das inzwischen um die Augen verquollen und fiebrig rot wirkte. Ihre immer noch tränengefüllten Augen richteten sich langsam auf den Hauptkommissar. Ihre Lippen bewegten sich und sie versuchte zu sprechen, aber die Stimme versagte ihr.

Fuß überlegte, ob es weiter Sinn hatte, das Gespräch fortzuführen. Wieder bewegten sich Halinas Lippen. Fuß beugte sich vor und lauschte. Nur mit viel Mühe konnte er verstehen, was die junge Frau sagte.

„Bitte, gehen Sie jetzt."

Fuß war damit klar, dass er jetzt das Gespräch abbrechen musste. Aber er würde wiederkommen und er würde herausfinden, ob ihm die junge Polin etwas vorspielte oder ob sie wirklich am Tod ihres Mannes unschuldig war. Noch war er sich nicht sicher ...

Auf dem Flur des Krankenhauses kam ihm Dorothea Hartmann mit einem riesigen Strauß Blumen entgegen. Als sie den Hauptkommissar erkannte, strahlte sie über das ganze Gesicht. „Wie geht es ihr? Sie waren doch bei Halina, oder?"

„Ich glaube, im Moment ist es sogar gut, dass Sie kommen. Ich musste Frau Hartmann einige Fragen stellen, die sie sehr aufgewühlt haben. Da kommt Ihr Besuch wie gerufen, um sie auf andere Gedanken zu bringen." Fuß betrachtete den Blumenstrauß. „Wo bekommt man denn bei diesem trostlosen Herbst so schöne Blumen?"

Dorothea Hartmann zwinkerte ihm zu. „Ich verrate Ihnen die Adresse nur, wenn Sie mir versprechen, auch Ihrer Frau einen solchen Strauß zu kaufen."

Fuß kratzte sich lächelnd am Hinterkopf. „Hab leider gerade keinen passenden Anlass dafür. Außerdem kann sich ein kleiner Kripobeamter sicherlich so ein Prachtstück gar nicht leisten."

Dorothea wendete sich zum Weitergehen. „Mit Ihnen möchte ich auch nicht verheiratet sein", lachte sie und schwang den Strauß in die Luft. „Sie sind doch Kriminalbeamter, kriegen Sie doch einfach raus, wo man solche Sträuße kaufen kann!"

Vom Krankenhaus waren es keine fünf Minuten zur Devorastraße. Fuß überzeugte sich zunächst, dass das Siegel an der Wohnungstür der Hartmanns unverletzt war. Dann läutete er gegenüber bei Frau Klose. Die Wohnungstür wurde unerwartet schnell geöffnet. Offenbar hatte man sein Kommen gehört und ihn bereits durch den kleinen Spion an der Wohnungstür beobachtet.

„Herr Kommissar!“, begrüßte sie ihn auch sofort und machte mit einer weitausholenden, einladenden Handbewegung einen Schritt zur Seite, um Fuß Einlass zu gewähren. Fuß grinste über das ganze Gesicht. Hier in diesem ehrenwerten Haus, wie es vor vielen Jahren einmal Udo Jürgens besungen hatte, entging den Bewohnern wohl nichts. Das konnte für ihn auch von Vorteil sein.

„Ich habe mir gerade einen Kaffee aufgegossen, Sie mögen doch sicherlich eine Tasse?!“

Fuß brummte etwas vor sich hin. Ihm war bewusst, dass es egal war, ob er ja oder nein sagte. Die Frau würde ihm selbst bei einem Nein eine volle Tasse Kaffee hinstellen und sich dann nur noch erkundigen, ob er Milch und Zucker haben möchte.

So war es denn auch. Fuß lehnte den Zucker ab, nahm die Milch aber gerne an. Tatsächlich duftete der Kaffee vorzüglich, was ihn auch veranlasste, erst einmal nach einem kräftigen „Dankeschön!“ einen ebensolchen Schluck zu nehmen.

Frau Klose hatte sich die bunte Kittelschürze ausgezogen und über die Lehne des Stuhls gelegt, auf dem sie jetzt Platz nahm.

„Wie geht es denn der jungen Frau?“ Die Frage und das Mitgefühl schienen ehrlich gemeint zu sein. Auch Frau Klose nahm einen Schluck Kaffee, nachdem sie reichlich Milch und Zucker hineingerührt hatte.

„Den Umständen entsprechend“, versicherte Fuß. „Sie kennen Ihre Nachbarin und ihren verstorbenen Ehemann sicherlich besser als ich. Vielleicht können Sie mir einiges erzählen, man wohnt ja Wand an Wand“, versuchte Fuß das Gespräch gleich in die richtige Richtung zu leiten.

Frau Klose hatte die Hände ineinander gelegt und blickte den Hauptkommissar freundlich lächelnd an. „Das Ehepaar war ja bisher nicht einmal richtig hier eingezogen. Sicher, sie haben in der Wohnung renoviert und sie auch eingerichtet, aber so eine richtige Nachbarschaft, wie wir sie hier im Hause pflegen, konnte natürlich noch nicht entstehen. Aber die junge Frau tut uns allen hier im Hause sehr leid, ausnahmslos."

Aha, man hatte sich also schon intensiv über das junge Paar unterhalten, stellte Fuß fest. Das war immer eine gute Voraussetzung, schnell mehr zu erfahren. Er blickte sein Gegenüber schweigend an. Meist verführte das zu einem unkontrollierten Redefluss. Und auch dieses Mal sollte er recht behalten.

„Ach wissen Sie, vorher hat in der Wohnung ein altes Ehepaar gewohnt. Er war wohl früher bei der Eisenbahn und sie war meistens krank und hörte auch fast nichts. Jetzt sind sie in ein Altenheim gezogen. Da war es natürlich schön, zu hören, dass ein junges Ehepaar hier einzog." Frau Klose machte eine kurze Pause. Ihr war sicherlich auch in diesem Moment bewusst geworden, dass von diesem Ehepaar nur noch die junge Frau übrig war, denn ihr Lächeln verschwand für einen Moment von ihrem Gesicht und sie strich nervös über die Plastikdecke auf dem Küchentisch. „Ja, wir waren alle hier im Haus froh, dass es sich bei den neuen Mietern um ein junges Paar handelte. Aber, das ist ja nun wieder ..." Sie suchte nach Worten, aber vollendete den Satz nicht, weil ihr offenbar klar wurde, dass man derzeit über die Zukunft in der Hausgemeinschaft nichts sagen konnte.

Es folgte ein leiser Seufzer, wobei Fuß nicht wusste, ob es der nun entstandenen, unerwarteten Situation im Haus galt oder dem Mitgefühl für die junge Witwe.

„Wissen Sie, wie es der jungen Frau geht?"

Aha, dachte Fuß, also galt das Stöhnen eher dem Mitgefühl für die junge Witwe. Er schaute weiterhin Frau Klose erwartungsvoll an, die diesen Blick, wie gewünscht, als Aufforderung verstand, weiter ihre Gedanken preiszugeben.

„Der junge Herr Hartmann war ja so hilfsbereit und auch seine Frau. Dass das alles so ... enden musste ..."

„Hilfsbereit?!", schubste Fuß die Erzählung kurz an.

„Ja, ja. Obwohl die beiden doch viel mit der Wohnung zu tun hatten, haben sie immer gern ein paar Worte mit uns allen im Treppenhaus gewechselt, im Gegensatz zu den anderen, die ab und zu hier auftauchten.

„Die anderen?“, fragte Fuß sofort neugierig.

„Ich meine das Ehepaar und so ein paar andere Leute. Ich glaube, das eine Paar waren die Eltern von Herrn Hartmann. Der Mann hat uns nicht einmal gegrüßt und die Frau ist auch immer nur hastig durch das Treppenhaus gerannt.“

„Sie sprachen noch von weiteren Personen.“

Frau Klose nickte eifrig, nahm aber zuerst einen Schluck Kaffee, stellte die Tasse ab und fuhr dann mit ihrem Bericht fort.

„Da waren noch zwei junge Männer und zwei Frauen. Das heißt, ein Mann und eine Frau kamen auch immer etwa gleichzeitig, aber niemals zusammen. Und dann war da noch eine Frau so Mitte dreißig, die ab und zu kam und ein Mann. Den habe ich aber nur einmal gesehen, das muss wohl am Tag vor der Hochzeit gewesen sein. Er ist mir und Hilde, ich meine Frau Specht, im Treppenhaus begegnet und war auch nicht allzu lange in der Wohnung der Hartmanns.“

Fuß überlegte. Drei der genannten Personen konnte er zuordnen. Bei den beiden Jüngeren handelte es sich mit Sicherheit um Jolanta Król und Hans Rödler. Die Frau um die dreißig konnte nur Dorothea Hartmann sein. „Können Sie mir den Mann beschreiben, der Ihnen nur im Treppenhaus begegnet ist?“

Frau Klose spitzte die Lippen und zog die Stirn in Falten. „Er war recht groß und schlank und hatte kurze, blonde oder mittelbraune Haare. Eigentlich ein sympathischer Typ und er wirkte sportlich. Er hat zwei Stufen auf einmal genommen, das ist mir aufgefallen. Irgendwie kam er mir sogar bekannt vor, aber“, sie zuckte mit den Schultern, „fragen Sie doch mal Hilde, vielleicht kann sie sich besser an ihn erinnern.“

Zehn Minuten später saß Fuß, diesmal in einem mit Nippes völlig überladenen Wohnzimmer, Hilde Specht gegenüber. Der Name passte irgendwie zu der Frau. Sie war schlank und hatte ein spitzes Gesicht, in dem besonders die zu lang geratene Nase auffiel, und während sie sprach, vor allem, wenn sie etwas betonte, schob sie auch immer ruckartig den Kopf nach vorne, eben wie ein Specht, wenn er klopft.

„Er wirkte nicht nur sportlich", bestätigte sie die Aussage von Frau Klose, „sondern er war auch sehr sportlich gekleidet, hatte so einen Krawattenschal oder wie man das nennt."

„Wären Sie bereit, bei der Erstellung eines Phantombildes mitzuwirken?"

Frau Specht zögerte. Immerhin konnte es sich, nach allem was sie sich inzwischen zusammenreimte, um den Mörder handeln. Aber er würde ja sicherlich nicht erfahren, dass sie bei diesem Bild mitgewirkt hatte. „Wenn Kathi mitmacht", meinte sie schließlich.

„Kathi?"

Frau Specht schob den Kopf wieder nach vorne. „Katharina Klose ...", deutete sie mit dem dürren Zeigefinger nach oben, „... unsere Nachbarin."

Fuß zog einen kleinen Taschenkalender hervor und blätterte kurz darin. Dann rief er seinen Kollegen im Präsidium an, der sich auf das Anfertigen von Phantombildern spezialisiert hatte. „Könnten Sie bitte morgen Nachmittag kommen?", fragte er Frau Specht, die sofort wieder den Kopf vor und zurück schob und vereinbarte dann mit seinem Kollegen den Termin auf sechzehn Uhr. „Ich hoffe, Frau Klose hat dann auch Zeit."

Fuß erhob sich. „Übrigens, Ihr Mann hat bei den Hartmanns geholfen, zu renovieren. Haben Sie noch den Schlüssel zur Wohnung der beiden?"

Frau Specht schoss empört in die Höhe. „Was wollen Sie uns da unterstellen?!", rief sie aus. „Oskar hat den Schlüssel längst zurückgegeben, da war ich selbst dabei!"

Fuß versuchte die Frau mit einer kurzen Handbewegung zu beruhigen. Sie aber eilte voran in Richtung Tür, ein eindeutiges Zeichen dafür, dass Sie den Besuch als beendet betrachtete.

Der Hauptkommissar drehte sich in der Wohnungstür noch einmal um. „Also dann bis morgen Nachmittag“, versuchte er, sich zu vergewissern, dass sich nach diesem Eklat an der Zusage der Frau nichts geändert hatte. Doch Frau Specht schloss ohne jede Antwort die Tür. Man musste also abwarten.

Als er die Haustür öffnete, wäre er beinahe über zwei Koffer gestolpert, die vor der Tür auf dem Bürgersteig standen. Am Straßenrand entdeckte er ein Taxi, dessen Fahrer gerade damit beschäftigt war, einen weiteren Koffer und eine Reisetasche aus dem Kofferraum zu laden.

„Vorsicht!“, rief ein älterer Mann, der erschrocken auf Fuß zueilte, um ihn aufzufangen, falls er sich nicht hätte rechtzeitig abfangen können. „Wir konnten ja nicht ahnen ...“, entschuldigte sich der Mann und seine herbeigeeilte Frau schob hastig einen der Koffer beiseite, um ein zweites Stolpern zu verhindern.

„Sie sind ...?“, schaute Fuß den Mann an, der ihm sofort seine rechte Hand entgegenstreckte.

„Mein Name ist Nikolaus Hansen, wir wohnen hier und kommen gerade von Ibiza zurück, Urlaub, Sie verstehen?“

Auch Fuß stellte sich vor und sah an den Blicken, die das Ehepaar miteinander wechselte, als er seinen Beruf nannte, dass sie offenbar nicht so recht wussten, was die Kriminalpolizei in ihrem Haus zu suchen hatte.

„Ein Einbruch?“, fragte Frau Hansen auch prompt.

Fuß deutete mit dem Kopf zu dem Taxifahrer, der neben seinem Wagen stehen geblieben war und auf seine Bezahlung wartete. Während Hansen etwas umständlich sein Portemonnaie aus der Gesäßtasche zog und das Taxi bezahlte, starrte seine Frau den Hauptkommissar sichtlich nervös an, der aber so tat, als merke er den Blick nicht. Vor allem wollte er nicht in Gegenwart des Taxifahrers erzählen, weshalb er sich im Haus aufgehalten hatte. Man konnte ja nie wissen.

Er wartete ab, bis der Fahrer in seinen Wagen eingestiegen war, dann ergriff er einen der Koffer, über den er beinahe gestolpert wäre. „Ich helfe Ihnen schnell, die Koffer hereinzutragen", erklärte er und drehte sich wartend zur Haustür. Vielleicht war es wirklich die Neugier, die das Ehepaar rasch die Haus- und Wohnungstür aufschließen ließ. In der Wohnung der Hansens war es kalt und es roch irgendwie muffig.

„Wie lange waren Sie auf Ibiza?"

„Drei Wochen", antwortete Frau Hansen und es folgte das, was ihr auf der Seele brannte. „Wo ist denn eingebrochen worden?"

„Nirgends", antwortete Fuß und war gespannt, wie das Ehepaar auf das nun Folgende reagieren würde, denn beide schauten ihn immer noch erwartungsvoll an. „Herr Hartmann wurde tot in der Wohnung aufgefunden ..."

„Axel?", stieß Herr Hansen aus und griff gleichzeitig seitlich an die Wand, als müsse er so einem Schwächeanfall rechtzeitig entgegenwirken.

Nun war es an Fuß, erstaunt zu schauen. Wieso hatte Hansen sofort an den Vater von Hanspeter gedacht, woher kannte er ihn?

„Kommen Sie rein, erzählen Sie", bat Frau Hansen, nicht minder erregt und zog den Hauptkommissar am Arm hinter sich in ihr Wohnzimmer, das im Gegensatz zu dem von Frau Specht eher steril und nüchtern wirkte. Die Sessel waren mit weißen Laken zugedeckt, die Frau Hansen rasch zusammenraffte. „Bitte, nehmen Sie doch Platz."

Fuß wartete, bis sich auch das Ehepaar gesetzt hatte. Herrn Hansen sah er trotz dessen Urlaubsbräune an, dass dieser im Vergleich zum Beginn ihrer Begegnung, recht blass geworden war. Fuß konzentrierte sich auf das Gesicht des Mannes, als er schließlich sagte: „Es handelt sich nicht um Axel Hartmann sondern um seinen Sohn Hanspeter."

Fast hätte man den Eindruck haben können, Hansen sei rechts und links geohrfeigt worden. Er atmete tief und deutlich hörbar durch und seine blassbraune Gesichtsfarbe wechselte in feuerrotbraun. „Mein Gott!", stieß er hervor und blickte zu seiner Frau. „Der arme Kerl. Wie ist das denn passiert?"

„Es ist am Hochzeitstag geschehen, was Genaues wissen wir noch nicht."

„Er litt unter Bradykardie." Hansen richtete sich in seinem Sessel auf und beugte sich zu Fuß hinüber. „Sein Vater war bis zur Aufgabe meiner Praxis mein Patient. Bradykardie ist die Erkrankung des Sinusknotens ohne ausreichenden Anstieg der Herzfrequenz unter Belastung. Man nennt das chronotrope Inkompetenz. Beim Sohn von Hartmann war das auf einen erhöhten Hirndruck zurückzuführen. Es war wohl eine angeborene Fehlbildung, denn er soll schon als Kind häufiger Ohnmachtsanfälle und ähnliche Symptome der Krankheit gehabt haben, die da sind Kopfschmerzen, Erbrechen und kurzzeitige Bewusstseinsstörungen. Ich selbst habe auch ein Ödem im Gewebe der Seenervpapille diagnostiziert. Ein eindeutiger Beweis."

„Sie kannten Axel Hartmann näher?", kehrte Fuß nochmals zu der Verbindung zu Hanspeters Vater zurück.

Hansen richtete sich wieder auf und legte beruhigend die Hand auf den Arm seiner Frau, die erregt in dem Sessel neben ihrem Mann ständig hin- und herrutschte. „Ich hatte meine Praxis viele Jahre direkt in der Nähe des Rathauses und wurde deshalb oft gerufen, wenn es kleinere Zwischenfälle gab. So habe ich Axel kennengelernt. Er litt eine Zeit lang unter eingeklemmten Nerven durch Bandscheibenvorfälle. Deshalb habe ich ihm auch geraten, möglichst kontrolliert Sport zu betreiben, um die Rückenmuskulatur zu trainieren und zu stärken. Dabei sind wir uns dann näher gekommen, denn wir sind bis zur Aufgabe meiner Praxis in das gleiche Fitnessstudio gegangen. Irgendwann hat er mir seinen Sohn geschickt, als dieser wieder einmal eine Phase häufiger Ohnmachtsanfälle hatte."

Fuß begann sein Gesicht zu kneten, wie er es immer tat, wenn er nachdachte. Hansen konnte ihm sicherlich als Arzt eine gute Hilfe sein. „Kann diese Erkrankung über eine Ohnmacht hinaus auch zum Tode führen?"

Dr. Hansen musste nicht lange überlegen. „Unter bestimmten Umständen sicherlich."

„Sagt Ihnen Parathion etwas?"

Hansens Gesichtsfarbe wechselte wieder so rasch wie kurz vorher, jedoch umgekehrt. „Was hat der Tod von Hanspeter mit Parathion zu tun, das ist ein stark wirkendes Gift, das zu Atemlähmung führen kann und zusammen mit der Bradykardie und einem Blutdruckabfall ..." Der Arzt starrte den Hauptkommissar an. „Jetzt sagen Sie nicht ..."

„Unser Rechtsmediziner spricht von Parathion, den Rest haben Sie gesagt", fiel ihm Fuß ins Wort.

„Mord!?", stieß Hansen aus und erhob sich aus dem Sessel. „Das hieße, Mord!"

„Es war Mord!", bestätigte Fuß, erhob sich ebenfalls und blickte auf seine Uhr. „Ich muss leider ins Präsidium, aber ich darf Sie diesbezüglich noch einmal aufsuchen?"

Wortlos reichte Hansen dem Hauptkommissar die Hand, während seine Frau in ihrem Sessel leise vor sich hin weinte, wie Fuß durch einen Seitenblick wahrnahm. Er verließ die Wohnung mit dem Gefühl, hier noch mehr über die Umstände des Mordes erfahren zu können. Aber jetzt wollte er erst einmal das komplette Ergebnis der Obduktion sehen.

8.

Tatsächlich hatte Dr. Wehlen sogar den kompletten Obduktionsbericht am Vormittag nach Koblenz gefaxt und darunter dick vermerkt *Leiche zur Bestattung freigegeben,* allerdings dahinter ein ebenso dickes Fragezeichen gesetzt.

Fuß musste wirklich den Eindruck gewinnen, als wolle Dr. Wehlen ihn immer irgendwie auf die Palme bringen. Inzwischen hatte er sich aber daran gewöhnt und nahm den Wichtigtuer in Mainz nicht mehr allzu ernst.

Liane hatte ihm neben den Obduktionsbericht einen kleinen Blumenstrauß gestellt. Als sie den fragenden Blick von Fuß sah, meinte sie: „Für den schönen Abend gestern. Der ist allerdings für Ihre Frau gedacht."

„Trotzdem, Danke schön", reagierte Fuß trocken und erwischte sich, dass er tatsächlich spontan angenommen hatte, die Blumen seien für ihn. Mit einem kaum hörbaren Seufzer begann er, den Obduktionsbericht zu lesen. Er stellte aber nach der ersten Seite bereits fest, dass Dr. Wehlen sich mal wieder zu Fachausdrücken verstiegen hatte, die ein normalsterblicher Kriminalbeamter nicht verstand. Aber inzwischen hatte er Dr. Hansen kennengelernt und der würde ihm sicherlich das Geschriebene verständlich erklären können. Als sein Telefon zu klingeln begann, schob er den Bericht endgültig beiseite und hob ab. Am anderen Ende meldete sich Dorothea Hartmann.

„Die Sokolowskis sind bei mir und wollen wissen, wann sie endlich abreisen dürfen. Sie haben Angst ihre Arbeit zu verlieren und verfügen ja auch über kein Geld, um noch länger hierzubleiben."

„Ich rufe in ein paar Minuten zurück", entschied Fuß und wählte anschließend sofort Schäfers Nummer. Er berichtete ihm, was er am Morgen alles erfahren hatte, vor allem, dass noch ein unbekannter Mann aufgetaucht war. Schäfer, der über eine ganze Reihe von Fingerabdrücken und DNA aus der Hartmannschen Wohnung verfügte, versprach, nun auch von Herrn Specht Fingerabdrücke zu nehmen, um gegebenenfalls weitere, unbekannte Abdrücke herausfiltern zu können.

„Siehst du noch einen Grund die Eltern von Halina Hartmann hier in Koblenz zu behalten?"

Auch Schäfer war sich nicht schlüssig. Immerhin würde es problematisch, wenn man sie für weitere Befragungen oder gar Vernehmungen brauchte und sie sich in Polen aufhielten. Deshalb einigten sich beide, es der Staatsanwaltschaft zu überlassen. Das abzuklären, überließ Fuß allerdings Liane.

Für den Nachmittag hatte sich Fuß vorgenommen, noch einmal Frau Hartmann, die Schwiegermutter von Halina, aufzusuchen.

Seine Hoffnung, die Frau alleine anzutreffen, ging zum Glück in Erfüllung. Simone Hartmann war wie immer elegant gekleidet. Allerdings hatte Fuß den Eindruck, dass ihr Gesicht seit der ersten Begegnung gealtert war. Der plötzliche Tod ihres Sohnes hatte die Frau stark mitgenommen.

Gleich beim Betreten des Wohnzimmers entdeckte der Hauptkommissar auf einer kleinen Anrichte ein Foto von Hanspeter, versehen mit einem Trauerflor und daneben eine kleine Vase mit frischen Blumen. Er blieb bewusst kurz vor dem Bild stehen. Obwohl Frau Hartmann ihn beobachtete, gab sie keinen Kommentar von sich, sondern wartete ab, bis Fuß ihr gegenüber in einem Sessel Platz genommen hatte.

„Was weiß man inzwischen über den plötzlichen Tod von Hanspeter?“, fragte sie mit leiser, belegter Stimme und schaute dabei Fuß direkt in die Augen.

Der hielt ihrem Blick stand. „Wir gehen von Mord aus“, antwortete er ruhig und entdeckte sogleich das leichte Zucken in den Augen der Frau. Hatte sie es geahnt?

„Aber ... wieso ...?“ Frau Hartmann schien krampfhaft zu versuchen, Haltung zu bewahren. Sie hatte die Arme im Schoß verschränkt und ihren Oberkörper fest gegen die Rückenlehne des Sessels gedrückt.

Fuß überlegte, welches Risiko er einging, wenn er die Karten auf den Tisch legte. Immerhin konnte er nicht ausschließen, dass Frau Hartmann etwas mit dem Mord zu tun hatte, auch wenn er nicht glaubte, dass sie die Mörderin war.

„Ihr Sohn litt seit Kindesbeinen unter einer Krankheit ...“, begann er vorsichtig.

„Sie meinen diesen Überdruck im Gehirn und die Herzrhythmusstörungen?“, unterbrach ihn Simone Hartmann sofort. „Ja, deshalb hat man ihm etwa vor einem Jahr empfohlen, sich einen Herzschrittmacher implantieren zu lassen.“

Wie so oft in solchen Situationen wechselte Fuß blitzartig das Thema. „Wann waren Sie oder Ihr Mann das letzte Mal in der neuen Wohnung Ihres Sohnes?“

Frau Hartmann musste einige Sekunden nachdenken. Doch dann kam ihre Antwort klar und deutlich. „Das war am Tag vor der Hochzeit. Hanspeter hatte mich darum gebeten, noch einmal zu lüften. Die beiden hatten am Abend zuvor eine der Türen gestrichen und es roch noch ziemlich stark nach Farbe. Er wollte erreichen, dass in der Hochzeitsnacht nicht alles nach Anstreichen stank. Ich habe dann auch noch etwas Raumspray gekauft und versprüht."

„In der ganzen Wohnung?"

„Nein, nur im Flur und im Bad. Hier roch es auch am meisten nach Farbe. Aber ich habe trotzdem die ganze Wohnung gelüftet."

„Waren Sie alleine dort?"

Simone Hartmann nickte. „Hanspeter und Halina waren noch in der Uni und Axel ist gleich nach der Arbeit in sein Fitnessstudio gegangen."

Langsam entwickelte sich vor Fuß ein komplettes Bild der letzten Stunden des Toten und der Menschen, die mit ihm zu tun hatten. Im Moment fehlte ihm nur noch die Aussage von Hartmanns Halbschwester, dem männlichen Trauzeugen und dem bisher unbekannten Mann aus dem Treppenhaus.

„Ist Ihnen an diesem Tag jemand im Haus begegnet oder war sonst noch jemand in der Wohnung?" Immerhin hatte Frau Klose ausgesagt, dieser Unbekannte sei ebenfalls noch am Tag vor der Hochzeit in der Wohnung gewesen.

Frau Hartmann verneinte, ohne lange zu überlegen. Fuß nahm sich trotzdem vor, ihr bei nächster Gelegenheit das geplante Phantombild vorzulegen. Manchmal fiel Zeugen dann doch noch etwas ein, was sie völlig vergessen oder als absolut nebensächlich angesehen hatten.

„Sie verstehen sich recht gut mit Ihrer Schwiegertochter?", wechselte Fuß erneut das Thema.

Simone Hartmann sah Fuß erstaunt an. „Sehr gut, ja. Warum fragen Sie?"

Als Fuß nicht antwortete, sondern sie nur abwartend anschaute, wandte sie ihren Blick von ihm ab und begann, nach Worten suchend, sich im Zimmer umzuschauen. Schließlich blieben ihre Augen an dem Foto ihres Sohnes auf der Anrichte hängen. Es war für Fuß ganz klar, dass die Frau etwas loswerden wollte, aber nicht wusste, wie sie anfangen sollte. Es vergingen zähe Sekunden, bis sie sich durchgerungen hatte.

„Mein Mann ...“, begann sie schließlich, „... ich weiß nicht, wie ich es ausdrücken soll ... ihn hat Hanspeter und sein Tun immer wenig interessiert. Vielleicht hat das alles auch auf Gegenseitigkeit beruht. Hanspeter war immer ein Mutterkind, auch wenn ich oft wenig Zeit für ihn hatte. Meine Schwägerin musste sich früher oft um Hanspeter kümmern. Sie war zunächst fast so etwas wie eine große Schwester, später wie eine zweite Mutter für ihn. Vielleicht war mein Mann deshalb eifersüchtig, ich habe es nie herausgefunden. Das alles änderte sich schlagartig, als Hanspeter das erste Mal hier mit Halina auftauchte.“ Sie machte eine kurze Pause in der sie sich wieder dem Hauptkommissar zuwandte. „Ich weiß nicht, wie ich es Ihnen beschreiben soll. Plötzlich war er ... anders. Fast möchte ich sagen, er wirkte gelöst, vergnügt, lud Hanspeter und Halina gleich für den nächsten Abend wieder zu uns ein. Ich hatte das Gefühl, er freute sich, dass Hanspeter diese Frau kennengelernt hatte. Und ich mich natürlich auch, denn die beiden harmonierten sehr gut miteinander. Und dann plötzlich drehte sich alles um hundertachtzig Grad. Ich habe Axel darauf angesprochen, aber er meinte nur, er habe sich getäuscht, die Polin ... er nannte nicht einmal mehr ihren Namen ... sei ganz anders und Hanspeter sei auf sie reingefallen.“ Wieder machte Frau Hartmann eine Pause, die sie diesmal dazu benutzte, sich die Nase zu putzen und dann aufzustehen. Während sie fortfuhr, wanderte sie bedächtig durch den Raum, ständig verfolgt von den Blicken des Hauptkommissars.

„Ich weiß nicht, was vorgefallen war. Ich habe Hanspeter gefragt, auch ihm war das Ganze ein Rätsel. Ich habe auch Halina gefragt ... nichts. Allerdings ging sie natürlich auch merklich auf Distanz zu meinem Mann, nachdem er sie in unserer Gegenwart beschimpft hatte und sich nicht davon abhalten ließ, seine negativen Äußerungen ständig zu wiederholen. Sie haben es ja selbst erlebt.“ Frau Hartmann war neben dem Sessel von Fuß stehen geblieben und schaute zu ihm herab. „Vielleicht finden Sie ja eine Lösung, denn gerade jetzt braucht Halina unsere Unterstützung und den Rückhalt in der Familie.“

Fuß sah, dass die Augen der Frau feucht geworden waren. Sie schien es ehrlich zu meinen.

„Was hat Ihr Mann denn zu seiner Kehrtwendung gesagt?“

„So gut wie nichts. Er behauptete einfach, er habe sich in der Frau getäuscht und wir seien ihr alle auf den Leim gegangen. So war es auch wohl das Beste, dass sich die beiden aus dem Weg gingen. Halina hatte es nicht nötig, sich ständig beleidigen zu lassen und Axel hatte so keine Gelegenheit mehr, sie zu beschimpfen.“

Fuß begann sein Gesicht zu kneten. Es schien so, als habe Halina wirklich zwei Gesichter, wenn man die Bemerkungen von Axel Hartmann und Prof. Hünenberger einerseits und die von den anderen Beteiligten andererseits miteinander verglich.

Anschließend fuhr Fuß noch einmal ins Polizeipräsidium. Auf seinem Schreibtisch lag das Phantombild, das während seiner Abwesenheit erstellt worden war. Er nahm es in die Hand und betrachtete es eine Weile. Irgendwie kam ihm das Gesicht bekannt vor. Es würde ihn nicht wundern, wenn ihm der Mann im Laufe der letzten Zeit einmal begegnet wäre. Doch so spontan konnte er sich nicht erinnern, wann oder wo dies gewesen war. Vielleicht ähnelte die Person auch nur einem Touristen, der seine Straußwirtschaft besucht hatte.

„Geben Sie es gleich an die Presseabteilung, die sollen ...“

„Schon geschehen, Chef“, strahlte Liane. „Frau Müller hat es sofort in den üblichen Verteiler gegeben und um einen Fahndungsaufruf gebeten. Zumindest die *Rhein-Zeitung* wird ihn morgen schon abdrucken.“

Von Liane erfuhr er auch, dass die Staatsanwaltschaft nichts dagegen hatte, Familie Sokolowski zurück nach Polen reisen zu lassen. Zum Glück hatte seine Assistentin diese Information aber noch nicht weitergegeben, denn Fuß hatte nach den verschiedenen Gesprächen des Tages das Bedürfnis, vorher noch einmal Halinas Eltern zu befragen.

„Melden Sie uns für morgen früh bei den beiden an. Wir treffen uns am besten gleich im Hotel. Erst danach sollten wir ihnen auch sagen, dass sie abreisen dürfen. Außerdem muss der Dolmetscher wieder dazukommen."

Am nächsten Morgen regnete es in Strömen, worüber sich nach der langen Trockenperiode in erster Linie die Rheinschifffahrt freute. Obwohl Hauptkommissar Fuß im Laufschritt den Weg vom Parkplatz zum Hoteleingang zurücklegte, war er von oben bis unten nass und entsprechend schlecht gelaunt.

Liane Esser hatte bereits Familie Sokolowski in den inzwischen leeren Frühstücksraum des Hotels gebeten. Man musste nur noch auf Groll warten, der in einen Verkehrsstau geraten war, seine Verspätung aber bereits per Handy angekündigt hatte.

Natürlich war die erste Frage von Jerzy Sokolowski, wann man nach Polen reisen dürfe. Liane hatte nur mit den Schultern gezuckt und auch Fuß reagierte mit einer nichtssagenden Handbewegung. Er wollte sich vor dem Gespräch nicht festlegen. Wer wusste im Voraus, was sich daraus ergeben würde?

Nachdem Groll sich mit einem an der Rezeption entliehenen Handtuch die Haare einigermaßen getrocknet hatte, nahm er neben dem Hauptkommissar Platz. „Wir können", meinte er mit immer noch strähnig-feuchten Haaren.

„Fragen Sie einmal Familie Sokolowski, was ihnen ihre Tochter bezüglich ihres Verhältnisses zu ihrem Schwiegervater erzählt hat. Anmerkung nur für Sie, bitte also nicht übersetzen: Es muss da irgendwann einen Stimmungswechsel zwischen den beiden gegeben haben."

Groll nickte und übersetzte nur die eigentliche Frage. Man spürte sofort eine gewisse Unsicherheit zwischen den Eheleuten und zum Erstaunen von Fuß antwortete schließlich Ewa. Ihre Stimme war zunächst monoton, steigerte sich aber dann in eine gewisse Erregung, sodass Fuß äußerst gespannt auf die Übersetzung war. Groll machte sich während der Ausführung immer wieder kleine Notizen und unterbrach Ewa auch zweimal mit einer kurzen Rückfrage.

„Frau Sokolowski hat mir erst einmal berichtet, dass Halina zwar ein sehr selbstständiges Kind gewesen ist, das wusste, was es wollte, aber sie habe sich, zumindest solange sie zu Hause war, immer einzuordnen gewusst. Das habe sich auch nicht geändert, nachdem sie nach Deutschland gegangen war. Halina habe mindestens einmal in der Woche in Polen angerufen oder einen Brief geschickt. Dabei sei auch bekannt geworden, dass sie Hanspeter kennengelernt habe und sie habe sehr glücklich und verliebt geklungen. Man habe Fotos von beiden erhalten und auch einige Male mit Hanspeter telefoniert. Dann sei Hanspeter mit Halina für ein paar Tage in Polen gewesen und man habe das Gefühl gehabt, dass die beiden gut zueinander passten. Hanspeter sei stets höflich, nett und hilfsbereit gewesen. Er habe auch berichtet, dass sich seine Eltern über seine Beziehung zu Halina gefreut hätten. Halina sei wie immer gewesen." Groll warf erneut einen Blick auf seine Notizen und hakte einiges ab, was er sich notiert hatte. „Beim letzten Besuch sei Halina allerdings weniger fröhlich gewesen. Man habe das auf die Schwangerschaft zurückgeführt", Groll lächelte kurz, „weil man ja öfter Gemütsveränderungen bei schwangeren Frauen feststellen könne. Hanspeter sei aber wie immer gewesen und auch habe man den Eindruck gehabt, dass sich das Verhältnis zwischen ihm und ihrer Tochter nicht verändert habe. Allerdings habe Hanspeter am letzten Abend, als bereits von einer Hochzeit die Rede gewesen sei, erzählt, sein Vater sei etwas ... dziwny ... also merkwürdig, seltsam und przykry, ich würde es als unangenehm oder peinlich übersetzen. Man sei also in gewisser Weise vorgewarnt gewesen."

„Hat sich Halina ihren Eltern gegenüber irgendwie über den Schwiegervater geäußert?"

Dieses Mal ergriff Jerzy das Wort. Nein, sie habe beim zweiten Besuch den Schwiegervater, soweit er sich erinnern könne, nicht erwähnt. Dagegen habe sie sehr viel Nettes von Frau Hartmann erzählt. Man habe aber das Gefühl gehabt, dass der

Schwiegervater in der Familie sowieso keine große Rolle spiele, denn selbst Hanspeter habe kaum etwas von ihm erzählt.

Fuß merkte, dass er nicht umhin kam, seine Frage zu konkretisieren. „Fragen Sie die beiden, ob sie etwas von einem Streit in der Familie Hartmann oder zwischen ihrer Tochter und Herrn Hartmann wissen."

Die Antwort kam sofort und bestand aus einem Wort „Nein!".

Liane, die bisher schweigend die Befragung verfolgt hatte, sah Fuß an. Der kannte diesen Blick und stimmte mit einem Augenzwinkern zu.

„Wie haben Ewa und Jerzy denn Axel Hartmann persönlich empfunden, als sie ihm gegenüberstanden und ihn direkt erlebten?"

Offenbar waren sich Sokolowskis nicht einig, wer antworten sollte. Ewa beugte sich mehrmals zu ihrem Mann hinüber und flüsterte ihm etwas zu.

„Können Sie etwas verstehen?", wollte Fuß sofort von Groll wissen.

„Etwas ... ja, man will sich deutlich erkennbar nicht zu negativ über den Mann äußern. Ich werde aber einmal konkreter nachfragen."

Auch auf Grolls Frage hin dauerte es eine Weile, bis schließlich Ewa doch zögernd antwortete. Groll versuchte simultan zu übersetzen, damit Fuß und Liane die Worte auch mit Gefühlsregungen und Gestik von Ewa verbinden konnten.

„Herr Hartmann war ... abweisend und kalt. Er hat uns nicht ... beachtet, nein, er hat uns missachtet. Wir glauben, er ist kein guter Vater ... guter Mensch ... guter Mann. Jetzt haben wir Befürchtung ... Angst ... um unsere Tochter Halina. Wir glauben, er hasst uns und sie ... Er ist wirklich kein chlopak ... kein sympathischer Mensch."

Liane hatte, soweit es ihr möglich war, die Übersetzung wörtlich mitgeschrieben. Auch Fuß versuchte, sich jedes Wort genau einzuprägen. Deutlicher als Ewa hätte er Axel Hartmann aufgrund seiner Begegnungen mit ihm auch nicht beschreiben können.

Der Hauptkommissar zog sein Notizbuch aus der Tasche und suchte die Seite, auf der er die Besucher der Wohnung in der Devorastraße sorgfältig, sogar mit Tag und Uhrzeit, aufgeführt hatte. „Eine letzte Frage: Waren die beiden einmal in der Wohnung von Hanspeter und Halina und wenn ja, wann war das?“

Jerzy bestätigte, dass man am Tag ihrer Ankunft in der Wohnung gewesen sei, dort mit den Kindern Kaffee getrunken und die Einrichtung als sehr gemütlich empfunden habe.

„War außer den vier noch jemand an diesem Abend in der Wohnung?“, hakte Fuß nach.

Die beiden Polen schüttelten gleichzeitig den Kopf und Ewa ergänzte, man sei froh gewesen, nun zu wissen, wie die jungen Leute wohnen würden. Bei den letzten Worten begann sie zu weinen, wohl weil sie nun wegfahren würden und nicht wussten, wie es mit ihrer Tochter weiterging.

„Dann teilen Sie bitte Familie Sokolowski mit, dass sie nunmehr zurückreisen dürfen. Wir werden auf ein Protokoll verzichten, denn nichts von dem, was sie uns sagen konnten, ist im Rahmen unserer Ermittlungen von Bedeutung. Sagen Sie aber bitte auch, dass der Leichnam von Hanspeter zur Beerdigung freigegeben worden ist, falls sie daran teilnehmen wollen.“

Detlev Groll übersetzte. Zum großen Erstaunen aller teilte ihnen Jerzy nach einem leisen Gespräch mit Ewa mit, dass man nun doch bis zur Beerdigung bleiben wolle.

„Haben Sie denn genügend Geld, um zu bleiben?“, fragte Fuß sofort.

Jerzy blickte Fuß verlegen an. Er hatte die wenigen Worte auf Deutsch wohl verstanden. „Frau Dorothea leihen uns Geld ... Gute Frau.“

„Sie werden dann sicher auch noch einmal Ihre Tochter besuchen?“

„Jetzt, sofort!“, bestätigte Jerzy.

Fuß blickte Groll an. „Können Sie bitte Familie Sokolowski in die Klinik fahren und bei dem Gespräch als stiller Zuhörer dabei bleiben?“

Groll verstand sofort und teilte den Polen mit, dass er sie in den *Marienhof* und auch zurück ins Hotel fahren würde. Jerzy und Ewa bedankten sich überschwänglich, baten aber, sich vorher noch in ihrem Zimmer umziehen zu dürfen.

Fuß stand zusammen mit Liane vor dem Flipchart, von dem sie seitlich einen Flügel ausgefahren und dort das Blatt mit den Namen aller Personen angeheftet hatten, die irgendwann einmal die Wohnung in der Devorastraße betreten hatten.

„Fehlt uns nur noch der unbekannte junge Mann. Aber da müssen wir wohl noch abwarten, ob sich jemand im Laufe des Tages meldet."

Ohne dass Fuß es merkte, wurde Liane rot im Gesicht. Sie hatte völlig vergessen, dass sie bei ihrer Rückkehr einen Zettel von Frau Müller auf ihrem Schreibtisch vorgefunden hatte. Möglicherweise hatte sich bereits jemand gemeldet. Rasch ging sie zu ihrem Schreibtisch und griff zum Hörer. Statt Frau Müller meldete sich Herr Zirfas. Tatsächlich hatten zwei Leser der *Rhein-Zeitung* angerufen, die glaubten, den Unbekannten zu kennen. Liane notierte sich die Namen der Anrufer und versprach, sich umgehend mit diesen in Verbindung zu setzen.

Fuß, der das Gespräch einseitig mitbekommen hatte, ärgerte sich über Lianes Vergesslichkeit. Da aber nun mal nichts mehr zu ändern war, hatte es auch keinen Zweck, sich darüber aufzuregen. Außerdem war ja nicht einmal sicher, dass es sich bei den Hinweisen tatsächlich um die gesuchte Person handelte. Eher vertraute er da seinem Gedächtnis, auch wenn es ihn momentan im Stich ließ. Er nahm sich vor, am Nachmittag einmal alle Fälle des letzten Jahres am Computer durchzugehen. Vielleicht fiel ihm dann ja ein, wann ihm dieses Gesicht begegnet war.

„Die Namen der Mitbewohner können wir allesamt einklammern. Von denen hat sicherlich keiner diese Körperlotion vergiftet", entschied Fuß und setzte die drei Namen in Klammern.

„Was ist mit diesem Arzt im Haus, der kannte Hanspeters Vater, kannte auch die gesundheitlichen Risiken des Sohnes ..."

„Wo aber sehen Sie da ein Motiv", brummte Fuß etwas verärgert. Von Zeit zu Zeit war ihm Liane viel zu voreilig und unüberlegt. Das störte ihn immer wieder, wie er sich selbst eingestand. Doch dann fiel ihm ein: „Das Einzige, was in dem Zusammenhang interessant wäre, ist die Frage, war es Zufall, dass Hanspeter und Halina in ein Haus gezogen waren, in dem der frühere Arzt und Fitnesskumpel von Axel Hartmann wohnt? Oder gibt es da etwas, was wir noch nicht wissen?“

Während Fuß noch über die Frage nachdachte, läutete bei Liane das Telefon. Groll meldete sich von seinem Handy aus. Als Fuß hörte, mit wem Liane sprach, machte er ihr ein Zeichen, mit Groll persönlich sprechen zu wollen.

„Und?“, fragte er kurz, nachdem Liane das Gespräch auf seinen Apparat verbunden hatte.

„Wenig. Eigentlich nur das Übliche. Wie geht es dir, was machst du jetzt, kommst du zurück zu uns? Die Antworten waren, dass es der jungen Frau besser geht und sie hofft, morgen oder übermorgen entlassen zu werden. Sie freut sich, dass die Eltern noch bis zur Beerdigung bleiben und hat ihnen angeboten, bei ihr zu wohnen. Sie will ihr Studium hier in Koblenz beenden, aber zu einer Freundin ziehen.“

„Hat sie etwas bezüglich ihrer Schwiegereltern gesagt?“

„Auch wenig. Genau genommen hat sie nur von der Schwiegermutter gesprochen und allgemein gesagt, dass sie möglichst wenig Kontakt zu Hanspeters Eltern haben will. Ich hatte das Gefühl, sie würde am liebsten alles streichen und vergessen, was mit der Familie Hartmann zu tun hat, einschließlich Hanspeter. Das fand ich allerdings merkwürdig. Auch, dass sie gar nichts dazu gesagt hat, dass sie doch ein Kind von ihm erwartet, das einzige Andenken an ihren Mann. Ich hätte da erwartet, dass sie anders reagiert“, gestand Groll.

Fuß bedankte sich, ließ sich hinter seinem Schreibtisch nieder und dachte über den Hinweis von Groll nach. Diesen Lebensabschnitt sozusagen völlig streichen, passte zu der Aussage von Prof. Hünenberger und den Vermutungen Axel Hartmanns. Hatte er es wieder einmal mit einer gespaltenen Persönlichkeit zu tun. Fuß erinnerte sich an einen Fall aus den letzten Jahren, bei dem er einer Frau begegnet war, die einerseits als Ärztin Leben rettete, in einem anderen Ich als Prostituierte arbeitete und zur kaltblütigen Mörderin wurde.

Er verwarf den Gedanken jedoch wieder. Hartmann war für ihn kein Maßstab und der Professor hatte vermutlich ganz andere, bisher unbekannte Gründe, für seine Meinung über Halina. Aber die spielten im Moment keine Rolle. Wichtig erschien ihm tatsächlich die zuletzt aufgetauchte Frage, ob es Zufall war, dass das Paar in die Devorastraße gezogen war oder ob dabei der Kontakt zwischen Dr. Hansen und Axel Hartmann eine Rolle gespielt hatte, von der Halina nichts wusste.

Gegen sechzehn Uhr läutete das Telefon auf dem Schreibtisch des Hauptkommissars. Fuß, der gerade damit beschäftigt war, noch einmal seine Notizen der letzten beiden Tage durchzusehen, griff missmutig nach dem Hörer. Er hasste es, bei dieser Arbeit gestört zu werden.

Eine ihm unbekannte, aber erregte weibliche Stimme meldete sich fast flüsternd mit „Wilhelmy" und teilte ihm mit, dass sie den Mann auf dem Foto in der *Rhein-Zeitung* in der Stadt entdeckt habe und ihn verfolge.

Fuß schnippte mit dem Finger, machte Liane so auf sich aufmerksam und schaltete das Telefon auf Mithören.

„Ich habe ihn sofort erkannt. Im Moment verlässt er *Saturn* im *Löhr-Center* und bewegt sich auf die Rolltreppe zu."

„Geben Sie mir Ihre Handynummer und halten Sie den Mann im Auge, aber nicht zu auffällig." Fuß notierte sich die Nummer von Frau Wilhelmy. „Ich schicke jemanden zu Ihnen."

Sofort legte er auf. „Bis eine Streife dort ist, sind wir beide zehn Mal schneller drüben!" Er sprang auf und macht Liane ein Zeichen, ihm rasch zu folgen.

Im *Löhr-Center* war um diese Zeit zum Glück nicht allzu viel Betrieb. Da Frau Wilhelmy ihm mitgeteilt hatte, dass der Unbekannte von *Saturn* aus auf die Rolltreppe zugesteuert war, blieben die beiden direkt auf der Parterre-Ebene.

„Langsam!“, befahl Fuß und wählte die Handy-Nummer von Frau Wilhelmy und erhielt die automatische Ansage, dass der Teilnehmer vorübergehend nicht zu erreichen sei. „Scheiße!“, fluchte er laut und drückte die Wahlwiederholung, während er gleichzeitig alle vorbeigehenden *Löhr-Center*-Kunden beobachtete.

„Da!“ Liane deutete auf eine Frau mit zwei Einkaufstaschen, die ein Handy an ihr Ohr hielt und spurtete los.

„Frau Wilhelmy?“

Die Frau drehte sich erschrocken um und nickte. „Da drin ist er.“ Sie deutete mit dem Handy in den kleinen Modeladen.

Fuß, der Liane gefolgt war, griff sofort nach dem Arm der Frau und drückte ihn nach unten. „Auffälliger geht es wohl nicht. Sie sollten doch meinen Anruf abwarten“, zischte er verärgert. „Sie bleiben jetzt mit meiner Kollegin hier. Ich gehe allein rein.“

Der Unbekannte, dessen Gesicht allerdings Fuß sofort wieder bekannt vorkam, stand an einem Drehregal mit Damenblusen. In der einen Hand trug er eine Einkaufstasche der Buchhandlung *Reuffel*. Fuß ging langsam auf den Mann zu, der offenbar in das Betrachten verschiedener Blusen vertieft war und nicht bemerkt hatte, dass man ihm gefolgt war und ihn beobachtet hatte. Fuß überlegte, wie er vorgehen solle. Da Fuß glaubte, das Gesicht des Mannes zu kennen, war ihm dieser möglicherweise im Zusammenhang mit einem strafbaren Delikt begegnet.

Weil der Mann die Tragetasche in der linken Hand trug, entschloss sich Fuß, ihn auch von links anzusprechen, denn dieser Arm war durch das Tragen der Tasche im Fall eines Fluchtversuchs schneller und besser zu greifen.

Fuß zog seinen Dienstausweis aus der Jackentasche und trat neben den Mann, der sich auch sogleich freundlich lächelnd zu ihm umdrehte.

„Kriminalpolizei, Hauptkommissar Fuß, Personenkontrolle. Darf ich bitte Ihren Ausweis sehen?“

Der Mann schaute sich lachend um. „Vorsicht Kamera oder was ist das?“

„Leider nein. Darf ich also um Ihren Ausweis bitten?“

Der Unbekannte warf einen Blick auf den Dienstausweis. Über die Schulter des Mannes hinweg sah Fuß, dass sich Liane breit und einsatzbereit in den Ausgang des Ladens gestellt hatte. Bereitwillig stellte der Mann die Einkaufstasche ab, griff nach seinem Portemonnaie, entnahm ihm den Personalausweis und reichte ihn dem Hauptkommissar.

„Holger Wienpahl, Kaiserslautern ... Darf ich fragen, was Sie in Koblenz machen?“

Der Mann lachte den Hauptkommissar immer noch völlig unbefangen an und Fuß versuchte sich im Schnelldurchlauf zu erinnern, wann ihm ein Holger Wienpahl aus Kaiserslautern schon einmal über den Weg gelaufen war. Ein Gast der Straußwirtschaft schien er nicht zu sein.

„Ich hole gleich meine Töchter fürs Wochenende bei ihrer Mutter ab.“

Fuß betrachtete erneut nachdenklich das Gesicht des Mannes. „Die wohnen nicht zufällig in der Devorastraße?“

Holger Wienpahl lachte erneut herzhaft. „Wie kommen Sie denn darauf. Nein, sie wohnen drüben im Westerwald.“ Er warf einen Blick auf seine Armbanduhr. „Im Moment sind sie noch beim Reiten. Aber da ist zeitlich noch etwas Luft nach oben. Sie können gerne mitkommen, wenn Sie auch noch Elea und Leonie kennenlernen wollen?“ Er schaute sich um und suchte immer noch nach einer versteckten Kamera, weil er hinter dem Ganzen weiterhin einen Scherz seiner Kollegen vom Südwestrundfunk vermutete.

Fuß hielt immer noch Wienpahls Personalausweis in der Hand. „Woher kennen wir uns?“

Erst jetzt stutzte Wienpahl und hatte zum ersten Mal das Gefühl, dass es sich tatsächlich um eine ernste Situation handelte. Denn er hatte durch die Schaufensterscheibe soeben zwei uniformierte Polizisten und einen Mann in Security-Unform des *Löhr-Center*s entdeckt, die inzwischen von Liane zur Verstärkung herbeigerufen worden waren und die Szene abwartend beobachteten.

„Moment mal“, Wienpahls Gesicht wurde ernst, nachdem er nun sicher war, dass es sich nicht um einen Scherz seiner Kollegen handelte. „Sie kennen mich vielleicht aus dem Fernsehen. Ich moderiere dort verschiedene Sendungen, mal die *Landesschau*, mal Sportsendungen, mal das *ARD-Buffet* ...“

Es fiel Fuß wie Schuppen von den Augen. Auch er begann zu lachen und gab dem *SWR*-Journalisten seinen Ausweis zurück. „Tut mir leid. Aber auf diese Idee bin ich nicht gekommen. Trotzdem muss ich Sie nochmals fragen: Waren Sie hier in Koblenz schon einmal in einem Mehrfamilienhaus in der Devorastraße?“

Nachdem sich die Situation als harmlos entpuppt hatte, winkten sowohl Fuß als auch Wienpahl lachend die hinter der Schaufensterscheibe Wartenden zu sich.

„Also, das kann ich Ihnen versichern, ich weiß nicht einmal, ob und wo in Koblenz eine Straße mit einem solchen Namen ist. Wie kommen Sie denn auf mich?“

Zum Glück hatte Liane das Phantombild mitgebracht.

„Und das war in der hiesigen Zeitung abgebildet?“, staunte Wienpahl. „Dann muss ich ja mit weiteren Verhaftungen rechnen. Ich hoffe nur, dass meine Töchter das Bild nicht in der Zeitung entdeckt haben und mich jetzt für einen Einbrecher halten.“

„Schlimmer noch“, gestand Fuß. „Der Gesuchte könnte sogar etwas mit einem Mord zu tun haben.“

Wienpahls Augen wurden groß. „Mord?! Mein Gott, jetzt traue ich mich ja gar nicht mehr aus dem Geschäft.“

Fuß klopfte ihm lachend auf die Schulter. „Sie haben Ihr Auto hier im *Löhr-Center* stehen?“

Wienpahl nickte.

„Dann werden Sie von meinen Kollegen zum Auto begleitet, damit Sie nicht noch einmal belästigt werden. Tut mir leid, aber das Phantombild ist aufgrund der Beschreibung zweier Hausbewohner entstanden. Sie müssen also einen Doppelgänger haben.“

„Oder einen bisher verheimlichten oder verschollenen Zwillingsbruder“, lachte Wienpahl. „Ich werde wohl mal Nachforschungen anstellen müssen.“

Tatsächlich begleiteten die beiden Streifenbeamten den *SWR*-Journalisten zu seinem Wagen. Frau Wilhelmy war einerseits enttäuscht, nicht den Gesuchten entdeckt zu haben, schwatzte Wienpahl aber vor lauter Begeisterung, einen Mann vom Fernsehen kennengelernt zu haben, noch schnell ein Autogramm ab.

9.

Erika amüsierte sich köstlich, als ihr Mann ihr am Abend von der Begegnung mit Holger Wienpahl erzählte. Sie kannte den Fernsehjournalisten natürlich. „Den musst du jetzt mal als Entschuldigung im nächsten Jahr zu uns in die Straußwirtschaft einladen. So, wie ich den einschätze, trinkt der bestimmt gerne einen guten trockenen Roten."

„Unsereiner hat ja keine Zeit, ständig Fernsehen zu gucken", brummte Fuß.

„Du hast doch selbst gesagt, dass dir der Mann bekannt vorkam. Woher kennst du ihn denn, wenn nicht aus dem Fernsehen. Also, ganz so ist es also nicht."

„Eichele!"

„Bitte?"

„Kurt Eichele", wiederholte Fuß. Plötzlich war ihm der Name des Mannes eingefallen, der wie ein Zwillingsbruder von Wienpahl aussah. „Ich wusste es doch! Eichele haben wir vor drei oder vier Jahren verhaftet, damals ging es um Rauschgift und Hehlerei. Die Bewohner haben Eichele gesehen und nicht Wienpahl!" Fuß schlug sich mit der flachen Hand auf die Stirn, setzte sich auf einen Stuhl und begann sein Gesicht zu kneten. Er musste morgen sofort herausfinden, wo sich Eichele aufhielt. Damals konnte man ihm nicht allzu viel nachweisen und er war mit einer geringen Gefängnisstrafe davongekommen. Inzwischen hatte er diese sicherlich abgesessen. Aber was hatte Eichele mit Hartmanns zu tun oder in der Devorastraße zu suchen?

Liane hatte recht schnell die Adresse von Kurt Eichele ausfindig gemacht. Er wohnte inzwischen in Andernach.

„Ich fahre allein“, beschloss Fuß, worauf Liane ihm hinter seinem Rücken die Zunge herausstreckte. Enttäuscht blickte sie ihrem Chef hinterher und ließ sich wütend in ihren Schreibtischsessel fallen. Irgendwann würde sie es ihm sagen. Sie fühlte sich oft zurückgestellt. Irgendwann musste der Schatten Walter Wagners, ihres Vorgängers, weichen. Sie hatte darüber auch schon mal mit Jana Dufkova, Profilerin des LKA, der ehemaligen Verlobten von Wagner und Mutter seines Kindes, darüber gesprochen. Jana hatte ihr geraten, Fuß Zeit zu geben. Doch irgendwann musste sie mal aus dem Schatten treten und wollte akzeptiert werden. Sie wischte sich hastig eine Träne von der Wange, weil es an der Tür geklopft hatte.

Ein uniformierter Kollege von der Wache im Polizeipräsidium öffnete die Tür und ließ Dorothea Hartmann den Vortritt.

„Entschuldigen Sie, aber ich habe einige Male angerufen, es hat aber niemand abgehoben“, erklärte die junge Frau. „Aber es erscheint mir wichtig, deshalb bin ich einfach gekommen.“

Liane bedankte sich bei dem Kollegen und holte für Dorothea einen der beiden Besucherstühle, die vor dem Schreibtisch von Fuß standen.

„Hauptkommissar Fuß musste leider vor fünf Minuten dringend weg. Sie müssen also mit mir vorliebnehmen.“ Plötzlich waren all ihre Gedanken, die sie eben noch gequält hatten, wie weggeblasen. Vielleicht war das jetzt ja ihre Chance zu beweisen, dass sie ihrer Aufgabe gewachsen war.

Auf der Fahrt nach Andernach fiel Fuß ein, dass der ehemalige Pressekollege des Polizeipräsidiums inzwischen als stellvertretender Inspektionsleiter nach Andernach abgewandert war. Irgendwie reizte es ihn deshalb, Ralf Schomisch zu überraschen.

Die Wiedersehensfreude war auf beiden Seiten gleichermaßen groß. Schomisch bot seinem Kollegen sofort eine Tasse Kaffee an, die Fuß auch allein schon wegen des regnerisch-kalten Wetters genoss. Kurt Eichele war auch für Schomisch kein Unbekannter. Bereits mehrfach war er nach seinem Aufenthalt in der JVA zu Vernehmungen vorgeladen worden. Allerdings konnte man ihm in letzter Zeit nie etwas nachweisen.

„Der Kerl ist raffiniert“, stöhnte Schomisch. „Im Moment arbeitet er in irgendeinem Ein-Euro-Job, lebt aber, wie man hört, in Saus und Braus. Woher er das Geld hat, wir wissen es nicht. Er wohnt bei einer Frau, die wohl früher mal im Rotlichtmilieu ihren Lebensunterhalt verdient hat. Aber daher kann das Geld auch nicht kommen.“

Fuß notierte sich sofort den Namen dieser Frau, die in bestimmten Kreisen als Sissy bekannt war, in Wirklichkeit aber schlicht Karin Mayer hieß.

„Wenn du Eichele antreffen willst, mach am besten gleich einen Rundgang durch die Kneipen. Du wirst ihn an irgendeinem Spielautomaten finden“, amüsierte sich Schomisch über die Vorstellung seines Kollegen, Eichele einfach zu Hause zu besuchen. „Warte mal!“ Schomisch stand auf und verließ für einige Minuten sein Büro. Als er zurückkam, klopfte er im Vorbeigehen Fuß auf die Schulter. „Du hast Glück. Einer unserer Streifenbeamten hat Eichele vor Kurzem in der *Bahnhofsgaststätte Gleis 5* gesehen. Wenn du dich beeilst ...“

Fuß bedankte sich, trank seinen Kaffee aus und machte sich auf den Weg zum Bahnhof.

Eichele war nicht schwer zu erkennen. Im Vergleich zu Holger Wienpahl war er etwas kleiner, seine Backenknochen dominierten und mit einem Dreitagebartwuchs sah er eher etwas ungepflegt, wenn auch nicht unsympathisch aus. Die Beschreibung der beiden Bewohnerinnen in der Devorastraße stimmte auch bezüglich der sportlich-lässigen Kleidung überein. Einen Krawattenschal trug er allerdings nicht, sondern ein hellblaues T-Shirt unter dem Jackett, aber ansonsten sah er dem TV-Journalisten Wienpahl bei einer weniger intensiven Betrachtung wirklich erstaunlich ähnlich.

Als Fuß ihm seinen Dienstausweis vor die Nase hielt, stöhnte Eichele laut auf und kippte den vor ihm stehenden Klaren in einem Zug in sich hinein. „Was wollt ihr denn schon wieder von einem braven Bürger?“

An dem Blick seines Gegenübers erkannte Fuß, dass es sich hierbei wohl nicht um das erste Glas Schnaps handelte, das Eichele an diesem Vormittag getrunken hatte.

„Wollen wir das hier besprechen oder soll ich Sie lieber auf die Inspektion laden lassen?“, fragte Fuß und sah, dass sein lauter Ton Eichele offenbar unangenehm war. Der drehte sich um und machte dem Hauptkommissar eine Kopfbewegung zur Tür hin. Fuß blieb ihm auf den Fersen, um bei einer möglichen Flucht schnell zugreifen zu können. Doch Eichele machte keine diesbezüglichen Anstalten.

Draußen zündete sich Eichele als Erstes eine Zigarette an und blies den Rauch grinsend unmittelbar am Gesicht von Fuß vorbei. „Womit kann ich also dienen?“

Fuß zog das Phantombild aus der Tasche und hielt sie Eichele hin. „Das wurde nach Angaben von Hausbewohnern der Devorastraße in Koblenz erstellt. Könnte doch für Sie so etwas wie ein Spiegelbild sein.“

Eichele tat einen weiteren Zug an der Zigarette und grinste immer noch. „Sehe ich wirklich so gut aus? Kein Wunder, dass mir sämtliche Weiber nachlaufen.“

Fuß war nicht dazu aufgelegt, sich in diese Art von Unterhaltung einzulassen. Er steckte das Bild wieder ein und trat dicht an Eichele heran. „Was hatten Sie in der Devorastraße in Koblenz zu suchen?“

„Erstens kenne ich keine solche Straße in Koblenz, zweitens war ich mindestens ein halbes Jahr nicht mehr in der Stadt und drittens sagen Sie mir mal, wann das genau gewesen sein soll und wer glaubt, mich dort gesehen zu haben.“ Sein spöttischer Unterton war nicht zu überhören.

Fuß nahm sein Notizbuch zu Hilfe und nannte Eichele das Datum. Der zog nur, weiterhin grinsend, die Schultern hoch. „Ich sag‘s Ihnen doch, ich war nicht in Koblenz.“

„Wo waren Sie denn an dem Tag?“

Eichele begann, lauthals zu lachen. „Glauben Sie, ich schreibe ein Tagebuch? Es muss Ihnen reichen, wenn ich sage, dass ich seit Beginn der BUGA nicht in Koblenz war."

Fuß ärgerte sich über sich selbst. Was hatte er eigentlich erwartet? Ihm würde nichts anderes als eine Gegenüberstellung bleiben. Er drückte Eichele seine Visitenkarte in die Hand. „Sie rufen mich morgen wegen eines Termins im Polizeipräsidium Koblenz an." Dann drehte er sich wütend um und ließ Eichele einfach stehen.

„Wird mir ein Vergnügen sein, Bulle!", grölte ihm Eichele hinterher.

Dorothea Hartmann hatte auf dem Stuhl Platz genommen, den ihr Liane Esser vor den Schreibtisch gestellt hatte, und wartete ab, bis sich die Kriminalhauptmeisterin gesetzt hatte und sie erwartungsvoll anschaute.

„Ich habe in den letzten Tagen viel nachgedacht. Der Tod von Hanspeter ist mir sehr nahegegangen. Mein Neffe war für mich neben Simone der einzige Lichtblick in meiner Familie. Mit meinem Stiefbruder habe ich mich nie gut verstanden und meine Kontakte innerhalb unserer Patchwork-Familie sind auch nicht positiv und die besten. Simone war es auch, die mich zur Patentante von Hanspeter gemacht hat, obwohl ich damals noch ein Teenager war. Aber, deshalb bin ich nicht gekommen. Ich frage mich die ganze Zeit, was ist passiert?" Dorothea schlug die Beine übereinander und stützte sich mit dem Ellenbogen auf ihrem rechten Oberschenkel ab. „Ich habe heute früh wieder Halina besucht. Sie soll heute entlassen werden und ich habe ihr angeboten, zunächst einmal bei mir zu wohnen. Aber das möchte sie nicht. Sie hat mich gefragt, ob ich mehr über den Tod von Hanspeter weiß, ich konnte ihr keine Antwort geben, weil ich selbst keine Antwort finde. Deshalb bin ich hierhergekommen, um eine Antwort zu finden." Dorothea schaute Liane an. „Geben Sie mir diese Antwort?!"

Da war sie wieder, die Unsicherheit in Liane. Was sollte sie antworten, was durfte sie antworten? Was hatte Fuß bereits Frau Hartmann über das Gift in der Bodylotion erzählt? Das Einzige, was Liane selbst inzwischen ermittelt hatte, war, dass *Aldi* das Produkt von einer Firma *Medizina Natura* aus Wiesbaden geliefert bekommt. Wie und wann das Gift in die Lotion gekommen war, blieb immer noch das große Geheimnis bei der Aufklärung des Falls.

Um weiteren konkreten Fragen zunächst einmal aus dem Weg zu gehen, entschloss sich Liane zum Gegenangriff. „Wer hat Ihrer Meinung nach einen Vorteil durch den Tod Ihres Neffen?“

Mit dieser Frage hatte Dorothea Hartmann nicht gerechnet. Sie blickte Liane überrascht an. „Vorteil?“, wiederholte sie. „Was meinen Sie mit Vorteil? ... Niemand, denke ich. Sie sind sich also absolut sicher, dass es sich nicht um einen natürlichen Tod handelt?“

Liane glaubte, diese Frage problemlos mit „Ja“ beantworten zu können, auch ohne zu wissen, was ihr Chef an Informationen in der Familie Hartmann bereits preisgegeben hatte.

Die Reaktion von Dorothea war nicht eindeutig zu interpretieren. Einerseits hatte Liane den Eindruck, dass die junge Frau mit einem Ja gerechnet hatte und sehr gefasst reagierte, andererseits war sie mit der Beantwortung der Frage im Gesicht schlagartig blass geworden.

„Also nochmals die Frage: Wer kann Interesse an dem Tod Ihres Patenkindes gehabt haben?“

Auf diese sehr konkrete Frage allerdings reagierte Dorothea äußerst heftig. „Mein Gott, wer kann schon Interesse an dem Tod eines Menschen haben. Hanspeter hat doch keinem einen Anlass gegeben, ihn so zu hassen, dass man ihn gleich umbringt. Ich wüsste niemanden, denn Hanspeter war ein sehr auf Harmonie ausgerichteter Mensch. Ich wüsste nicht einmal, dass es je Streit um ihn oder mit ihm gegeben hat.“

„Wie eng war denn Ihr Kontakt zu ihm?“

Dorothea schüttelte verständnislos den Kopf. „Ganz normal. Wir sind uns mehrmals im Jahr begegnet, mal auf Familienfeiern, auch schon mal, vor allem im Sommer, in einem Biergarten, einem Café oder zum Grillen ...“

„Wie war denn sein Verhältnis zu seinem Vater, also Ihrem Bruder?“

„Stiefbruder“, betonte Dorothea sofort und antwortete, ohne zu zögern. „Kennen Sie ihn, haben Sie ihn einmal erlebt? Dann müssten Sie sich die Frage selbst beantworten können. Mit Axel kann man kein normales Verhältnis haben. Er ist ein Versager auf der ganzen Linie und tyrannisiert deshalb Gott und die Welt. Aber seinen Sohn hat er, trotz allem, gemocht. Vielleicht gerade, weil Hanspeter so anders war als er selbst. Ich weiß es nicht.“

In diesem Moment betrat Fuß das Büro, wegen des Ergebnisses der Fahrt nach Andernach schlecht gelaunt.

„Sie hier?“, blieb er neben Dorothea Hartmann stehen und betrachtete ihr blasses, aber sehr hübsches Gesicht. Sie hatte viel Ähnlichkeit mit dem Toten, obwohl sie gar nicht mit ihm verwandt war. „Was veranlasst Sie zu Ihrem Besuch?“

Frau Hartmann stand auf, um annähernd auf Augenhöhe mit dem Hauptkommissar zu kommen. Vielleicht betrachtete sie es auch als unhöflich, sitzen zu bleiben.

„Wie ich bereits Ihrer Kollegin sagte, ich finde keine Antwort auf die Frage, warum Hanspeter sterben musste. Ich bin immerhin seine Patentante und mir ist in den letzten Tagen bewusst geworden, dass ich als solche eigentlich die Pflicht habe, eine Antwort zu finden.“

Damit hatte Fuß nicht gerechnet. Es gab also offenbar immer noch Menschen, die darin auch eine echte Verpflichtung empfanden. Und das erstaunte ihn.

„Behalten Sie doch bitte Platz.“ Fuß schob einen Aktenordner beiseite und setzte sich mit dem halben Hintern auf Lianes Schreibtisch. Dabei konnte er Lianes grimmigen Blick nicht sehen, die es gar nicht gerne hatte, wenn der Chef ihren Schreibtisch als Sitzgelegenheit benutzte.

„Wenn ich richtig informiert bin, kommen Sie im Moment für die Kosten der Familie Sokolowski auf. Gehört das auch sozusagen zu den Pflichten als Patentante?“

„Darüber habe ich noch nicht nachgedacht“, gestand Dorothea. „Ich habe das bisher mehr als eine Selbstverständlichkeit angesehen, nachdem mein Stiefbruder ...“ Sie beendete den

Satz nicht und blickte den Hauptkommissar nur wortlos an. Fuß wusste genau, was sie sagen wollte. Axel Hartmann wäre wohl nie auf die Idee gekommen, den Polen einen längeren Aufenthalt zu ermöglichen, selbst unter den gegebenen Umständen nicht.

„Und Ihre Schwägerin?"

„Simone?" Dorothea spitzte etwas spöttisch die Lippen. „Sie sitzt immer zwischen zwei Stühlen. Ich bewundere sie, dass sie nicht schon längst einen Schlussstrich unter ihre Ehe gezogen hat. Vielleicht tut sie es jetzt, nachdem Hanspeter ..." Erneut vollendete sie ihren Satz nicht. Stattdessen stand sie auf und streckte Fuß ihre Hand entgegen. „Ich muss jetzt leider gehen. Weiß man schon, wann Hanspeter beerdigt werden kann."

„Die Leiche ist zur Beerdigung freigegeben worden", kam Liane ihrem Chef zuvor. „Der Termin hängt jetzt von Halina Hartmann ab. Am besten, Sie setzen sich mit ihr in Verbindung."

Am Nachmittag erhielt Liane tatsächlich einen Anruf von Dorothea, die ihr mitteilte, dass Hanspeter übermorgen auf dem Koblenzer Hauptfriedhof beigesetzt würde. Fuß beauftragte Liane daraufhin, an der Trauerfeier teilzunehmen. Er selbst würde sich um die Gegenüberstellung von Eichele und den Hausbewohnern kümmern, denn dies erschien ihm im Moment als die wohl erfolgversprechendste Spur.

„Merkwürdig!"

Fuß schaute überrascht zu Liane Esser hinüber, die dieses eine Wort unerwartet und willkürlich von sich gegeben hatte. Als sie seinen Blick sah, stand sie auf und setzte sich auf den Stuhl vor dem Schreibtisch ihres Chefs.

„Was ist merkwürdig?"

„Ich habe gerade nochmals alle Ermittlungsprotokolle durchgelesen und dabei über Dorothea Hartmann nachgedacht. Schon am Tag der Hochzeit ergreift sie die Initiative einer kleinen Nachfeier, dann kümmert sie sich um die Familie Sokolowski, will sie zum Flugplatz bringen, nimmt sie dann vorübergehend bei sich auf und jetzt übernimmt sie die Aufenthaltskosten. Dafür muss es doch einen Anlass geben. Was macht diese Frau eigentlich beruflich und woher nimmt sie die Zeit und das Geld?"

Fuß musste sich eingestehen, dass er sich diese Frage noch nicht gestellt hatte. Liane hatte recht. Man sollte vielleicht auch mal überprüfen, wie stark die Patentante bereits bisher ins Leben von Hanspeter eingegriffen hatte. „Sie werden der Frau ja übermorgen auf der Beerdigung begegnen. Fragen Sie sie doch einfach." Aber, würde Liane eine ehrliche Antwort bekommen? Weiter kam er in seiner Überlegung nicht, es klopfte an der Tür und Hauptkommissar Schäfer streckte den Kopf herein.

„Neuigkeiten!", rief er in den Raum, schloss die Tür hinter sich und setzte sich auf den Stuhl, den Liane ihm sofort freigemacht hatte. „Da ist etwas Merkwürdiges passiert. Ich bin eben zur Wohnung des Mordopfers gefahren und wollte die Siegel entfernen. Aber irgendjemand hatte die Siegel bereits entfernt und ... die Wohnung wurde einer gründlichen Reinigung unterzogen. Es sieht jetzt darin wie in einer Möbelhausausstellung aus."

„Hast du ...?"

„Natürlich habe ich sofort bei allen Hausbewohnern geläutet. Keiner hat etwas gesehen oder bemerkt. Nur die Witwe Klose glaubt, in der vergangenen Nacht etwas gehört zu haben. Sie dachte aber, dass der Schichtarbeiter Specht, der unter ihr wohnt, nach Hause gekommen sei. Sagt sie zumindest. Frau Specht hat mir aber versichert, dass ihr Mann heute zur Frühschicht erst kurz vor sechs das Haus verlassen hat."

„Wer hat denn Interesse, das Siegel aufzubrechen und die Wohnung zu säubern?", stöhnte Fuß erstaunt.

„Eben!" Hauptkommissar Schäfer zog aus einem mitgebrachten Umschlag zwei Fotos, die er noch schnell auf dem Weg zu Fuß am Computer ausgedruckt hatte. Beide zeigten ziemlich genau die gleiche Perspektive eines Blicks in das kleine Badezimmer.

Fuß betrachtete eine Weile die Fotos. „Und?"

Auch Liane war herangetreten und schaute Fuß über die Schulter. Ihre Augen wanderten hin und her. „Die eine Aufnahme wurde erst nach der Säuberung gemacht“, stellte sie mit einem kurzen Blick zu Schäfer fest.

„Sehr richtig, Frau Kollegin. Die andere Aufnahme haben wir gemacht, als wir im Badezimmer diese Körperlotion gefunden haben. Da sind unsere Spuren noch deutlich zu erkennen. Aber das ist nicht der maßgebliche Unterschied. Schauen sie sich mal den Spiegel des Badezimmerschranks genau an.“

Fuß beugte sich dicht über das Foto, sodass Liane die Sicht versperrt war. Dabei stieß er einen leisen Pfiff aus und reichte es dann Liane, die sofort sogar zwei Dinge entdeckte. Zum einen zeigte der Spiegel der linken Hängeschranktür ein geringfügig anderes Spiegelbild, was man an den Fliesenfugen der gegenüberliegenden Wand erkennen konnte und zum anderen hatte eine der Fliesen bei der anderen Aufnahme einen matten Fleck.

„Gut beobachtet“, lobte Schäfer. „Die Frau hat ein gutes Auge!“

Liane wurde rot und Fuß hob den Daumen der geballten Faust nach oben. „Du wirst uns das erklären“, brummte er.

Schäfer amüsierte sich heimlich, dass Fuß einerseits das von ihm ausgesprochene Lob bestätigte, andererseits aber sauer war, dass er offenbar zumindest einen der beiden Unterschiede nicht entdeckt hatte.

„Also, ich habe mich bemüht, exakt denselben Aufnahmewinkel beizubehalten. Deshalb sieht man deutlich, dass jemand die Spiegeltür nicht nur gereinigt, sondern auch den Spiegelschrank geöffnet und die Tür nicht wieder ganz geschlossen hat. Und tatsächlich hatte die eine Fliese an der Wand gegenüber bei der ersten Aufnahme eine matte Stelle, die jetzt beim Säubern entfernt wurde, was wir eindeutig übersehen hatten.“ Trotzdem schien Schäfer dieser Umstand wenig zu ärgern. Im Gegenteil, es schien ihn zu amüsieren, denn er zog aus dem Briefumschlag eine kleine Plastiktüte, in der sich ein mehlähnlicher Staub befand. „Die matte Stelle ist durch eine fettige Substanz entstanden und beim Säubern wurde etwas davon in die Fugenmasse verschmiert. Bei der fettigen Substanz handelt es sich eindeutig um die vergiftete Körperlotion.“ Schäfer strahlte über das ganze

Gesicht und schaute abwechselnd erwartungsvoll zwischen Fuß und Liane hin und her. „Ich sollte vielleicht noch erwähnen, dass sich diese Fliese in etwa ein Meter sechzig Höhe befindet.“

„Und?“ fragten Fuß und Liane fast im Chor.

Schäfer freute sich königlich beim Betrachten der ratlosen Gesichter. „Es gibt nach meinen Überlegungen nur eine Lösung!“

„Nun spann uns nicht auf die Folter, wir wissen ja, dass du ein Genie bist“, brummte Fuß wieder und tat so, als interessiere ihn die Antwort überhaupt nicht. Stattdessen lehnte er sich in seinem Sessel zurück, zog sein kleines Notizbuch aus der Innentasche seines Jacketts und begann, willkürlich darin zu blättern. Dabei rasten ihm seine Gedanken auf der Suche nach einer Lösung wie wild durch den Kopf. Aber er kam nicht drauf.

Schäfer genoss die Situation. Meist war es ja Fuß, der für viele Dinge eine Erklärung hatte. Heute aber war er sich sicher, dass weder Fuß noch Liane die Lösung finden würden.

„Also was ist?!“ Fuß klappte das Notizbuch zu und warf es ungeduldig vor sich auf den Schreibtisch.

„Es ist eine Theorie, die ihr noch verifizieren müsst.“ Schäfer schob die kleine Plastiktüte samt Fotos wieder in den braunen Umschlag. „Sicher ist, dass der Körper des Toten das Gift über die Haut aufgenommen hat, eben durch die vergiftete Lotion. Ich stelle mir vor, das Opfer hat geduscht oder gebadet und sich dann ausgiebig eingecremt. Und was macht man meist, wenn man sich Bein oder Füße eincremt? Man stützt sich irgendwo ab. Das hat auch Herr Hartmann getan, dabei ist der Fettfleck entstanden.“ Schäfer merkte, dass die von ihm offerierte Lösung zwar Zustimmung, aber keine besondere Erregung bei Fuß und Liane hervorrief. Etwas enttäuscht setzte er seine hieraus gezogenen Erkenntnisse fort. „Ich möchte wetten, dass der Mörder die Siegel aufgebrochen hat, um zu sehen, ob wir die Körperlotion entdeckt haben. Dafür hat er die Spiegelschranktür öffnen müssen. Er weiß also jetzt, dass sich der Inhalt des Schranks, einschließlich der Lotion, bei der KTU befindet. Dann hat er den Fleck entdeckt und schnell entfernt, in der Hoffnung, dass wir bisher das Gift in der Lotion noch nicht entdeckt haben. Wir sollten deshalb diesen Umstand vorerst für uns behalten und genau beobachten, wer sich diesbezüglich auffällig oder verräterisch verhält. Ich habe übrigens den gesamten Inhalt des Spiegelschranks wieder zurückgeführt und sogar eine neue Lotion gekauft und etwa auf die gleiche Füllmenge gebracht, wie die vergiftete“, zwinkerte er den beiden zu. „Falls die Witwe die Täterin ist, soll sie ja nicht merken, dass wir alles untersucht haben und fündig geworden sind.“

Kurz nach fünfzehn Uhr meldete sich Halina Hartmann am Telefon. Sie berichtete Fuß, dass Sie aus dem Krankenhaus entlassen worden sei, sich im Moment noch bei Dorothea Hartmann aufhalte, aber am nächsten Tag gerne wieder in ihre eigene Wohnung gehen würde. Nachdem Schäfer die Wohnung nicht wieder versiegelt hatte und auch aus seiner Sicht nichts dagegen sprach, gab es keine Einwände. Trotzdem empfahl Fuß Halina, doch vorerst bei Dorothea Hartmann zu bleiben, da es sicherlich unter den gegebenen Umständen nicht leicht für sie sei, allein in dieser Wohnung zu leben. Doch Halina ließ sich nicht davon abbringen. Eine Nacht werde sie bei Dorothea bleiben, aber am nächsten Tag wolle sie unbedingt nach der Beerdigung von Hanspeter in ihre Wohnung zurück. Fuß spürte, dass er keine Chance hatte, die junge Witwe davon abzubringen. Dabei kam ihm plötzlich eine Idee.

„Haben Sie wenigstens schon die Heizung in der Wohnung wieder angemacht? Nicht, dass Sie sich noch eine Erkältung zuziehen.“

Halina reagierte sofort. „Oh, das ist lieb, dass Sie an so etwas denken. Ich werde noch heute auf dem Weg zu meinen Eltern in die Wohnung fahren und die Heizkörper höher drehen.“

„Vielleicht hat das auch schon Dorothea oder jemand anderes aus Ihrer Familie oder Hausbewohner gemacht“, warf Fuß ein, um so eventuell zu erfahren, wer das Siegel an der Wohnungstür bereits aufgebrochen hatte.

„Das glaube ich nicht. Von den Hausbewohnern hat doch keiner einen Wohnungsschlüssel. Aber ich werde Doro fragen und auch noch mit meiner Schwiegermutter telefonieren. Ich kann es mir allerdings nicht vorstellen."

Etwas enttäuscht legte Fuß auf.

„Negativ?", fragte Liane, ohne von ihrer Arbeit aufzublicken.

Als Antwort kam wieder einmal ein Brummen. Vielleicht lag es auch nur daran, dass Fuß mit seinen Gedanken schon ganz woanders war.

Auf der Fahrt nach Hause machte der Hauptkommissar einen kleinen Umweg und besuchte noch einmal kurz Frau Klose und Frau Specht, um mit ihnen eine Gegenüberstellungstermin zu vereinbaren. Um das Gespräch nicht zweimal führen zu müssen und schnell auf den Punkt zu bringen, läutete er erst bei Familie Specht, ging aber gleich weiter eine Etage höher zu Frau Klose. Fast gleichzeitig wurden beide Wohnungstüren geöffnet.

„Ach Frau Specht, können Sie bitte einmal heraufkommen", beugte sich Fuß über das Geländer. Allerdings entdeckte er, dass Herr Specht die Tür geöffnet hatte und in den Flur getreten war. „Guten Abend, Herr Specht, mein Name ist Hauptkommissar Fuß. Kommen Sie bitte mit Ihrer Frau nach oben, dann können wir alles schnell gemeinsam mit Frau Klose besprechen."

Frau Specht musste gleich hinter der Wohnungstür gestanden haben, denn noch bevor sich Fuß Frau Klose zugewandt hatte, hörte er bereits Schritte die Treppen hinaufkommen. Frau Specht war etwas kurzatmig, als sie oben ankam. Ihr Mann trug noch einen blauen Overall und entschuldigte sich sogleich, weil er sich noch nicht umgezogen hatte.

„Kommt alle rein", übernahm Frau Klose das Kommando.

Nachdem sich alle in dem Wohnzimmer eingefunden hatten, befreite die Witwe rasch erst einmal das Sofa von den vielen Plüschtieren, um für alle einen Sitzplatz zu schaffen.

„Machen Sie sich keine Umstände", bat Fuß, der nicht die Absicht hatte, aus seinem Besuch eine größere Veranstaltung zu machen. Trotzdem nahm er neben Herrn Specht auf dem Sofa Platz und konnte es auch nicht verhindern, dass Frau Klose sofort vor jeden ein Glas hinstellte und in der Küche verschwand. Er nutzte ihre Abwesenheit, um mit Herrn Specht über seine Hilfe beim Einrichten der Wohnung zu sprechen. Specht war allein vom Aussehen her Typ Handwerker und der Singsang seiner Stimme konnte seine Kölner Herkunft nicht verleugnen.

„Enä, ich han keine Schlössel mih. Et es jo och ald en Zigg her", bestätigte er die Aussage seiner Frau. „Ich han nor de Spölbecke un de Badebüdd engebaut, mih nit."

Frau Klose kam mit einer Flaschenauswahl zurück. Specht entschied sich für ein Bier, alle anderen ließen sich ihr Glas mit Mineralwasser füllen. Fuß entschuldigte sich für die Umstände, die er der Witwe bereitete, hatte aber das Gefühl, dass es ihr gar nicht so unangenehm war, ein paar Gäste zu haben.

Specht ließ das Glas stehen und setzte gleich die Flasche an.

„Sie haben bereits mitbekommen, dass Hanspeter Hartmann morgen um zehn Uhr auf dem Hauptfriedhof beigesetzt wird?", begann Fuß. Doch reihum sah er nur erstaunte Gesichter. „War Frau Hartmann heute noch nicht hier. Sie wollte doch die Zimmer heizen, weil sie ab morgen wieder hier wohnen will."

Die drei Bewohner wechselten untereinander Blicke und schüttelten den Kopf. „Also, ich habe heute niemanden gesehen", erklärte Frau Klose und ich war den ganzen Tag zu Hause. Und morgen früh muss ich zum Onkel Doktor."

Specht setzte die Bierflasche ab. „Un ich han morje Fröhscheech."

Fuß sah, dass Frau Specht verlegen zu Boden schaute. Er sah ihr an, dass sie wenig Lust hatte, alleine auf den Friedhof zu gehen. Möglicherweise gab es auch einen anderen Grund. Aber sie richtete sich sofort erleichtert auf, als Fuß die beiden Frauen bat, am Vormittag zu einer Gegenüberstellung ins Präsidium zu kommen.

„Wie lange wird Ihr Arztbesuch wohl dauern?"

„Wenn ich gleich um acht Uhr gehe, bin ich in der Regel spätestens nach einer Stunde dran und dann geht es eigentlich recht schnell. Wenn es Hilde passt, können wir uns auf elf Uhr oder so festlegen."

Hilde Specht stimmte sofort zu.

Fuß nahm die Gelegenheit wahr und stand rasch auf. „Das wär es dann schon. Vielleicht schauen Sie bitte in den nächsten Tagen ab und zu nach Frau Hartmann. Sie hat es im Moment nicht leicht, in der neuen Wohnung und dann so allein.

Die drei sicherten dem Hauptkommissar zu, dass dies für sie eine Selbstverständlichkeit sei. Außerdem sei Familie Hansen aus dem Urlaub zurück und somit auch ein Arzt im Haus.

Vom Auto aus rief Fuß seinen Kollegen Schomisch in Andernach an und hatte Glück. Er bat ihn, morgen gleich in der Früh einen Streifenwagen zu Eichele zu schicken und ihn nach Koblenz ins Präsidium bringen zu lassen. „Ich werf euch auch mal wieder einen Stein in den Garten, wenn‘s bei euch eng wird.“

10.

Liane hatte vor Aufregung die halbe Nacht nicht geschlafen. Gegen zwei Uhr in der Nacht hatte ihr Freund Oliver leise fluchend die gemeinsame Liege verlassen und es sich mit dem Bettzeug auf der Couch im Wohnzimmer bequem gemacht. Als er deshalb mit schlechtem Gewissen gegen sechs Uhr aufwachte und durch den Türspalt ins Schlafzimmer sah, dass Liane endlich tief und fest zu schlafen schien, bereitete er das Frühstück vor und schaltete danach seinen Laptop ein und begann, im Internet zu surfen.

Kurz vor sieben Uhr kamen Geräusche aus dem Schlafzimmer. Liane rief nach ihm.

„Gott, wo bist du?“, fragte sie noch halb verschlafen. „Wieso bist du denn um diese Zeit schon auf?“

Oliver, der inzwischen allen nächtlichen Groll bereits wieder vergessen hatte, drückte ihr einen Kuss auf die Stirn und ließ dabei seine Hand unter die Bettdecke gleiten.

„Nicht jetzt!“, richtete sich Liane auf, denn sie hatte die von einem kleinen Funkwecker an die Decke projizierte Uhrzeit gesehen und wusste, dass sie für Zärtlichkeiten oder sogar mehr keine Zeit hatte, wollte sie pünktlich im Präsidium sein.

„Musst du nicht erst um zehn Uhr auf der Beerdigung erscheinen?“ Oliver drückte ihren Oberkörper wieder sanft in die Kissen zurück.

Mit einem Mal war Liane hellwach. Oliver hatte recht, sie hatte noch Zeit, genügend Zeit. Mit Schwung umfasste sie mit beiden Armen den Oberkörper ihres Freundes und zog ihn durch eine gekonnte Drehung zu sich aufs Bett. Ebenso geschickt befreite sie ihn von seinem T-Shirt und sich vom Oberteil ihres Flanell-Pyjamas. Den Rest an Entkleidung übernahm Oliver, während Liane nach der Nachttischschublade tastete, sie öffnete, ein stets bereitliegendes Kondom angelte und die Hülle mit Hilfe ihrer Zähne aufriss.

Eine Stunde später saßen beide am Frühstückstisch. Liane überflog, wie jeden Morgen, die *Rhein-Zeitung*, um sich vor allem zu informieren, was darin über Polizeieinsätze und Straftaten und an sonstigen Mitteilungen und Berichten stand, die mit ihrem Beruf zu tun hatten. Kurz nach acht legte sie die Zeitung beiseite und konzentrierte sich auf die tägliche Folge *SWR1-ABC-Champion*, die sie sonst nur im Autoradio auf der Fahrt ins Präsidium verfolgen konnte. Heute moderierte Michael Lueg und als Schiedsrichterin assistierte Sandra Karch von der Verkehrsredaktion. Gespielt wurde um den Buchstaben E. Liane und Oliver verfolgten eifrig mitratend, wie es eine Hörerin aus Bad Sobernheim trotz großer Aufregung auf sechzehn korrekte Begriffe schaffte. Liane hätte sogar einen siebzehnten Begriff gewusst, während Oliver bei der Frage nach der Band des Liedes *Desperado,* ebenso wie die Hörerin, passen musste.

„Das ist unfair“, regte er sich auf. „Wer denkt bei E schon an ein Wort, dessen Anfang englisch I ausgesprochen wird.“

Liane freute sich königlich, Oliver übertrumpft zu haben, und lauschte dem Musikwunsch der Hörerin *Hilf mir* von *Ich & Ich*. Dabei fiel ihr ein, welche Aufgabe auf dem Friedhof auf sie wartete. Sie schmiegte ihren Kopf an Olivers Schulter und fragte wie ein kleines, schüchternes Mädchen: „Würdest du mich heute zu der Beerdigung begleiten?"

Erstaunlich schnell hatten sie gleich in der Nähe des Eingangs zum Hauptfriedhof an der Beatusstraße einen Parkplatz gefunden. Erfahrungsgemäß bedeutete das, es würden also nicht allzu viele Trauergäste an der Beisetzung teilnehmen. Doch die Anzahl war noch geringer, als Liane vermutet hatte. Vor der Friedhofskapelle standen nur insgesamt vierzehn Personen in drei Gruppen, wie Liane sofort registrierte. Halina Hartmann stand mit ihren Eltern, Simone und Dorothea Hartmann bei dem Priester. Dabei handelte es sich, wie sich herausstellte, um den Pfarrer von St. Josef, in dessen Pfarrei die Eltern des Toten wohnten. Etwas abseits bildeten Jolanta Król, Hans Rödler und Prof. Dr. Hünenberger eine zweite Gruppe und schließlich gab es noch die dritte, bestehend aus vier schwarz gekleideten Mitarbeitern des Bestattungsunternehmens und einem jungen, langhaarigen Mädchen im Trauergewand einer Messdienerin.

Liane stellte ihrerseits Oliver vor, allerdings bewusst ohne darauf hinzuweisen, dass es sich um eine private und keine berufliche Begleitung handelte.

„Mein Mann kommt später, er muss heute Morgen an einer dringenden Sitzung im Rathaus teilnehmen", erklärte Simone die Abwesenheit ihres Mannes.

Merkwürdig, dachte Liane, was konnte so wichtig sein, dass man am Tag der Beisetzung seines einzigen Sohnes vorher noch an einer Sitzung teilnahm?

Der Pfarrer warf zunächst einen Blick in Richtung Eingangstor, dann auf seine Uhr. „Trotzdem sollten wir aber pünktlich beginnen, ich muss anschließend noch ins Stift zu einem schwer kranken Patienten."

„Dann fangen wir doch an", entschied Dorothea in ihrer nüchternen Art so laut, dass alles es hören konnten. Fast jeder schaute noch einmal in Richtung Eingang, dann betrat man die Kapelle. Dabei beobachtete Liane, dass die Gruppe von Jolanta, Rödler und dem Professor den Pfarrer kurz beiseite nahm und einige

Worte mit ihm wechselte. Worum es ging, würde sie später Oliver fragen müssen, der kurz stehen geblieben war und dadurch den Inhalt des Gesprächs möglicherweise mitbekam.

Der Blumenschmuck entsprach der Anzahl der anwesenden Trauergäste. Die drei großen Kränze stammten von Familie Hartmann, Familie Sokolowski und der Patentante, wie die Schleifen erkennen ließen. Daneben gab es noch zwei unterschiedlich große Schalen, die Liane aber nicht zuordnen konnte. Auf dem schwarzen Tuch über dem Sarg lag eine einzelne rote Rose. Ein letzter Liebesgruß von Halina.

Die allgemein übliche Trauerzeremonie verlief für Lianes Gefühl recht schnell, aber diesbezüglich hatte sie noch wenig Erfahrung. Vielleicht war das bei den Katholiken so. Zum einen war sie evangelisch und zum anderen hatte sie bisher erst an sehr wenigen Beerdigungen teilgenommen. Während der kurzen Feier überlegte sich Liane, welche Fragen Fuß ihr wohl stellen würde und was sie an Beobachtungen liefern konnte. Ihr fiel dazu wenig ein, stattdessen wuchs in ihr schon wieder die Befürchtung, zu versagen und ihre Aufgabe nicht erfüllen zu können.

„Einige der Anwesenden haben mich gebeten, noch ein paar Worte sagen zu dürfen." Der Pfarrer trat beiseite und machte den so Angesprochenen ein Zeichen.

Als Erster trat Hans Rödler vor. Er verbeugte sich vor dem Sarg, dann drehte er sich mit ernstem Gesicht und feuchten Augen zu der Trauergemeinde hin.

„Liebe Halina, liebe Familie Hartmann, liebe Familie Sokolowski. Wir alle haben einen Menschen verloren, der uns sehr nahe stand. Halina und Ihnen sicherlich noch mehr als mir. Hanspeter war jedoch nicht nur ein Kommilitone von mir, sondern auch ein langjähriger Freund. Mir fehlen die Worte, zu beschreiben, wie es mir ergangen ist, als ich von seinem plötzlichen Tod erfahren habe. Und ich kann mir auch heute noch nicht vorstellen, wie es ohne ihn sein wird." Seine Stimme wurde mit jedem Wort leiser und belegter. Vorsorglich zog er aus der rechten Anoraktasche ein Taschentuch, das er aber in seiner Faust behielt. „Deine Kommilitonen und viele deiner Freunde haben dich, Hanspeter, immer nur Schängel genannt. Und du warst ein echter Schängel. In Koblenz geboren, mit französischen Vorfahren, immer gut aufgelegt, manchmal auch rotzfrech und hast auf manches gespuckt, was dir über den Weg lief. Du hinterlässt eine tiefe Lücke, die nicht zu schließen ist. Wir alle werden dich nie vergessen." Er drehte sich wieder kurz zum Sarg um und machte erneut eine Verbeugung.

Es folgte Prof. Dr. Hünenberger. Es gelang ihm nicht, seinen beschwingt tänzelnden Gang der Situation einer Trauerfeier anzupassen, wie Liane feststellen musste, die sich nur schwer beherrschen konnte, um nicht laut zu lachen. Während seiner recht kurzen Rede wippte der Professor ständig von den Fersen auf die Spitze, wobei er seine Hände vor dem Bauch verschränkt hielt.

„Liebe Halina, verehrte Angehörige, liebe Trauernde. Hanspeter Hartmann oder einfach Schängel, wie mein Vorredner ihn nannte, war ein Student voller Hoffnung und der Chance auf ein erfolgreich abgeschlossenes Studium, das in wenigen Wochen zu Ende gewesen wäre. Im Namen unseres Präsidenten, unserer Vizepräsidenten, unserer Kanzlerin und aller meiner Kolleginnen und Kollegen versichere ich, dass wir mit Ihnen fühlen und mit Ihnen trauern. Am kommenden Montag wird auf dem *Campus Koblenz* eine Trauerfeier stattfinden, zu der ich Sie hiermit alle herzlich einladen darf." Nach einem leichten Kopfnicken zu Halina und den Verwandten, tänzelte Hünenberger wieder auf seinen Platz zurück.

Weinend und leicht schwankend trat nach einer kurzen Unterbrechung Jolanta, die erst noch versuchte, sich etwas zu fassen, an den Sarg. Mit der rechten Hand stützte sie sich leicht an ihm ab und sprach in erster Linie zu Halinas Eltern gewandt, die ziemlich regungslos und fast apathisch versuchten, dem Geschehen zu folgen. Jolanta hielt ihre Rede auf Polnisch, wodurch Liane nur mitbekam, dass auch in ihrer Rede mehrfach der Begriff „Schängel" fiel. Sie schloss daraus, dass Jolanta es in erster Linie als ihre Aufgabe ansah, das bisher Gesagte zu übersetzen und den Schwiegereltern des Toten das Gefühl zu geben, auch zu den direkt betroffenen Trauernden zu gehören.

Während sie sprach, löste sich etwas die Starre in den Gesichtern von Halinas Eltern. Sie nahmen sich tröstend in die Arme und begannen, leise vor sich hin zu weinen. Als Jolanta ihre Rede beendet hatte, ging sie auf die beiden zu und umarmte sie.

Liane hatte erwartet, dass spätestens beim Verlassen der Kapelle Axel Hartmann auf dem Vorplatz stehen würde. Doch auch während sich die Trauergemeinde langsam auf den Weg zur Grabstätte machte, tauchte Hanspeters Vater nicht auf. Die Kriminalhauptmeisterin und ihr Freund blieben in einigem Abstand, sodass sie sich leise unterhalten konnten.

„Merkwürdige Veranstaltung", meinte Oliver und legte den Arm um Liane. „Ich hoffe, dass meine Beerdigung irgendwann einmal etwas stilvoller sein wird. Und der Vater muss ja ein ganz großes Arschloch sein."

„Da fehlen einem die Worte", stöhnte Liane. „Ist dir sonst irgendetwas aufgefallen, was merkwürdig oder ungewöhnlich ist? Ich kann doch nicht mit leeren Händen ins Büro fahren."

„Hast du die Witwe beobachtet?", fragte Oliver. „Mich hat gewundert, dass sie dafür, dass sie am Hochzeitstag gleich auch Witwe wurde, meiner Meinung nach völlig absonderlich da gesessen hat. Keinerlei Regung, fast so, als habe sie mit dem Toten und all dem um sie herum nichts zu tun."

Der Trauerzug bog nach rechts in einen Gang ein. Ein ausgeschaufeltes Grab wurde in einigen Metern Entfernung sichtbar. Liane und Oliver blieben stehen und beobachteten schweigend, wie der Pfarrer das Grab segnete, offenbar ein Gebet sprach und dann der Sarg von den Helfern hinabgelassen wurde. Danach verabschiedete sich der Pfarrer auffallend schnell und eilte mit der Messdienerin an Liane und Oliver vorbei den Weg, den sie gekommen waren, zurück.

Nach etwa einer Minute folgten Rödler und der Professor. Der Rest der Trauergemeinde verharrte noch eine Weile am

Grab und kam dann geschlossen den Weg herab. Liane ging auf Familie Sokolowski zu, reichte beiden nacheinander die Hand und kondolierte. Jolanta übersetzte sofort, ohne dass Liane sie darum bitten musste. Erst dann reichte sie auch Halina und Simone Hartmann die Hand. Beide hatten verquollene Augen und dicke Tränen rannen ihnen über die Wangen, wie sie erst jetzt aus der Nähe sehen konnte. Offenbar hatte sich Oliver bei der Beobachtung von Halina getäuscht.

„Mein herzliches Beileid." Die Worte kamen nur sehr leise und schwer über Lianes Lippen. Immerhin konnte sie nicht ausschließen, dass sie einem Mörder oder einer Mörderin kondolierte. Bei diesem Gedanken lief es ihr wieder einmal kalt den Rücken hinunter. Als Letzte reichte sie Dorothea die Hand. Dabei zog diese sie näher an sich heran und flüsterte: „Haben Ihre Ermittlungen etwas ergeben?"

Liane trat einen Schritt zurück und dabei Oliver, der dicht hinter ihr stand, fast auf die Füße. Eine solche Frage hatte sie in dieser Situation und an diesem Ort nicht erwartet. Ohne eine Antwort drehte sie sich deshalb um, hängte sich bei Oliver ein und es war nicht zu übersehen, dass sie damit ihre Anwesenheit als beendet betrachtete.

Frau Klose und Frau Specht standen wie zwei aufgeregt schnatternde Enten im Foyer des Polizeipräsidiums, als Fuß den Aufzug verließ. Der Pförtner hatte sie auch schon als „zwei verrückte Hühner" angekündigt. Als sie Fuß entdeckten, eilten sie ihm entgegen und taten ihm als Erstes kund, dass sie sehr aufgeregt seien. Diesen Hinweis hätten sie sich durchaus sparen können, es war nicht zu übersehen.

Kurt Eichele war schon vor gut einer Stunde von einem Streifenwagen aus Andernach gebracht worden, saß zusammen mit einem Polizeibeamten in einem der Vernehmungszimmer und maulte ständig vor sich hin, er wisse überhaupt nicht, was man von ihm wolle und er habe seine Zeit auch nicht zu verschenken. Polizeimeisteranwärter Holger Vieten saß geduldig auf seinem

Stuhl und las in einem reichlich zerfledderten Taschenbuch. Er hatte es in den beiden ersten Jahren gelernt, in solchen Situationen so zu tun, als höre und sehe er nichts.

Die Tür öffnete sich und während Fuß den Raum betrat, knüllte Vieten das Buch in die Seitentasche seiner Uniform und stand auf. Der Hauptkommissar ging auf Eichele zu, reichte ihm ein schwarzes Täfelchen mit der weißen Nummer *3* darauf. „Sie kennen das Spiel ja schon. Der Kollege bringt Sie zu den anderen.“ Er machte Vieten ein Zeichen, der daraufhin Eichele auf den Flur begleitete, wo bereits vier andere Männer in Zivil jeweils mit ihren Nummerntäfelchen warteten.

Fuß beobachtete wie die Gruppe in einem der Nachbarräume verschwand. Dann eilte er raschen Schrittes in sein Büro und holte die beiden Frauen ab. Zuerst brachte er Frau Specht in den Vernehmungsraum, in dem bisher Eichele gewartet hatte, und führte Frau Klose in den Raum hinter dem Venezianischen Spiegel und schaltete das Licht im Nachbarraum ein.

„Sie müssen keine Angst haben“, versicherte Fuß. „Die Männer können Sie nicht sehen, bleiben Sie also ganz ruhig und konzentrieren sie sich.“ Er hatte den bisherigen Vormittag weitgehend damit verbracht, möglichst ähnlich aussehende Kollegen zu finden, die auch Eichele einigermaßen glichen und war vor allem in der Kantine fündig geworden.

Frau Klose stand fasziniert hinter dem Einwegspiegel mit dünner Metalloxidschicht und starrte die fünf Männer an.

„Lassen Sie sich Zeit und nur wenn Sie ganz sicher sind, den Mann erkannt zu haben, der Ihnen im Treppenhaus begegnet ist, dann nennen Sie mir die Nummer, die er trägt. Wir können auch zur Beurteilung die Männer sich seitlich drehen oder näher vortreten lassen.“

Fuß setzte sich auf einen Stuhl und beobachtete das Gesicht der Frau. Er konnte deutlich sehen, wie ihre Augen ständig hin und her wanderten. Auch sie selbst wanderte schließlich hinter dem Spiegel hin und her, bis sie plötzlich stehen blieb und den Hauptkommissar anschaute. „Ich bin mir ziemlich sicher, es ist die Nummer drei. Aber er soll sich mal nach rechts und links drehen."

Fuß stand auf und drückte den Knopf der Sprechanlage. „Die Nummer drei dreht sich bitte erst mal langsam nach links und dann nach rechts."

Man sah Eichele an, dass ihn die ganze Sache nervte oder er bereits wusste, was jetzt auf ihn zukommen würde. Fuß hatte schnell den Sprechknopf wieder losgelassen und wollte so verhindern, dass eine Äußerung von Frau Klose in den Nebenraum drang.

„Ja, ich bin mir absolut sicher!", kamen die erlösenden Worte von Frau Klose. „Es war die Nummer drei."

Fuß bedankte sich, öffnete die Tür und bat den wartenden Vieten, Frau Klose in sein Büro zu bringen. Als beide außer Sichtweite waren, holte er Frau Specht aus dem Vernehmungsraum und wiederholte mit ihr die Gegenüberstellung. Frau Specht war inzwischen weniger aufgeregt, ließ sich aber trotzdem Zeit, die einzelnen Männer genau zu betrachten. Doch dann fiel mit fester Stimme ihre Entscheidung. „Es war die eins!"

Diese Feststellung traf Fuß wie ein Blitz. Er stand von seinem Stuhl auf und stellte sich neben Frau Specht. „Sind sie absolut sicher?", versuchte er, Zweifel in ihr zu wecken.

„Absolut. Er ist ja ganz dicht an mir vorbeigegangen. Die anderen Männer können es nicht gewesen sein."

Fuß wagte einen letzten Versuch. „Was an der Nummer eins macht Sie so sicher?"

„Alles, die Größe, das Gesicht, die ganze Figur. Er war zwar ganz anders gekleidet, aber wer trägt schon jeden Tag das Gleiche?"

Fuß gab auf, es hatte keinen Zweck. Freundlich lächelnd öffnete er die Tür. Vieten war bereits zurück und wartete auf weitere Anweisungen.

„Unser Gast kann gehen", meinte Fuß achselzuckend. „Veranlassen Sie das bitte. Die Andernacher Kollegen sitzen in der Kantine." Er packte Frau Specht vorsichtig am Arm und nahm sie mit in sein Büro, wo Frau Klose ungeduldig auf ihre Nachbarin wartete.

„Gell, Hilde, es war die drei!“, begrüßte sie freudestrahlend Fuß und ihre Nachbarin, als die beiden den Raum betraten.

„Die eins war‘s, die eins!“, widersprach ihr Frau Specht empört.

Fuß ahnte sofort, dass ein Gewitter über ihn hereinbrechen würde. Hastig griff er nach dem Telefonhörer und forderte einen Begleitbeamten an, um die beiden Frauen zum Ausgang bringen zu lassen.

Dann holte er tief Luft und erhob seine Stimme laut und deutlich. „Meine Damen, bitte! Es wäre nicht das erste Mal, dass Zeugen unterschiedlicher Meinung sind. Eine von Ihnen hat den unbekannten Besucher richtig erkannt und es spielt überhaupt keine Rolle, wer von Ihnen das ist. Den Rest zu erledigen, ist unsere Aufgabe und dabei haben Sie uns sehr geholfen. Ich darf mich bei Ihnen bedanken und werde, falls es nötig ist, nochmals bei Ihnen vorbeischauen. Und vergessen Sie nicht, sich etwas um Frau Hartmann zu kümmern. Sie wird wahrscheinlich jetzt in ihrer Wohnung sein, wenn Sie nach Hause kommen.“

Tatsächlich war es ihm gelungen, die beiden Frauen zur Ruhe zu bringen. Aber er war sich auch sicher, dass diese nur ein begrenztes Haltbarkeitsdatum hatte, und deshalb froh, als es an seine Bürotür klopfte und die Frauen abgeholt wurden.

11.

Liane sah recht erschöpft aus, als sie im Büro auftauchte.

„Sie sehen ja nicht sehr glücklich aus“, platzte sie heraus, als sie das missgelaunte Gesicht ihres Chefs sah.

„Das kann man so sagen“, knurrte Fuß und versuchte durch Kneten und Massage seine Mimik zu verbessern. „Hätten wir alle Mitbewohner der Devorastraße zur Gegenüberstellung gerufen, hätten wir gleich vier sicher erkannte, nur leider verschiedene Personen. Damit können wir Kurt Eichele ebenso wie den großen Unbekannten aus dem Treppenhaus komplett vergessen.

Vielleicht sah er in Wirklichkeit aus wie Ottfried Fischer", grinste er gequält.

Liane wusste, dass sie mit ihrem Bericht von der Beerdigung die Laune des Hauptkommissars wohl kaum verbessern konnte. Lieber jetzt gleich, dann ist alles in einem Aufwasch gemacht, dachte sie und setzte sich vor seinen Schreibtisch.

„Ich war auch wenig erfolgreich. Eine merkwürdige Beerdigung. Das Wichtigste vorweg: Axel Hartmann hat nicht daran teilgenommen. Laut Aussage seiner Frau, sollte er später kommen, weil er an einer sehr wichtigen Sitzung teilnehmen musste ... aber er kam gar nicht." Sie berichtete, wer auf dem Friedhof gewesen war. Fuß notierte sich die Namen auf seiner Schreibtischunterlage. „Ich hatte meinen Freund gebeten mitzukommen", gestand Liane. Fuß würde es so oder so herausbekommen. „Uns ist beiden aufgefallen, dass Dorothea das alles äußerst gefasst aufgenommen hat, obwohl auch Halina und Simone Hartmann zumindest anfänglich teilnahmslos wirkten. Aber da reagiert wohl jeder Mensch anders."

„Und sonst war niemand auf der Beerdigung?", vergewisserte sich Fuß noch einmal. „Aber der tänzelnde Ulkprofessor! Dem werde ich wohl nochmals auf seine weiße Weste schauen müssen. Der hat doch irgendeine Leiche im Keller."

Liane konnte wieder einmal ein empörtes „Chef!" nicht zurückhalten. Aber so war er halt nach all den Dienstjahren. Dann fiel ihr aber noch etwas anderes ein. „Übrigens, die Uni Koblenz veranstaltet am Montag eine interne Trauerfeier für Hanspeter Hartmann."

„Und was ist mit den Polen?"

Liane zog die Mundwinkel nach unten. „Keine Ahnung. Ich vermute, sie befinden sich bereits auf dem Weg zum Flughafen. Ich habe mich schnell verabschiedet, nachdem Dorothea Hartmann sich mitten auf dem Friedhof nach dem Stand der Ermittlungen erkundigte. Das fand ich in diesem Moment unpassend."

„So sind sie nun mal, die Menschen!", seufzte Fuß und legte unter den missbilligenden Blicken seiner Assistentin die Füße auf seinen Schreibtisch. Dabei verschwand für Liane sein Gesicht hinter Schuhgröße neunundvierzig. „Am liebsten würde ich jetzt mit meiner Alten nach Griechenland fliegen. Da kenne ich lauter nette Leute, guten Wein und leckeres Essen, da ist es schön warm, da muss ich mich um kein Verbrechen kümmern und da fragt auch keiner nach Ermittlungsergebnissen."

Liane stand auf. „Träume sind Schäume", lachte sie. „Stattdessen steht wohl leider anderes auf dem Programm!"

Fuß gähnte ein herzhaftes „Nääämlich?" über die Schreibtische hinweg. Frau Esser warf einen Blick auf ihre Schreibtischunterlage, auf der sie immer ihre Spontangedanken festhielt, damit diese nicht in Vergessenheit gerieten.

„Sie wollten aus diesem Professor nochmals etwas herauskitzeln, dann steht sicherlich ein ausführlicheres Gespräch mit Halina Hartmann an, nachdem wir wissen, wie ihr Mann ermordet wurde. Außerdem stellt sich offenbar immer noch die Frage, wer war der Unbekannte, den man im Treppenhaus gesehen hat, und ganz aktuell sollte man vielleicht einmal herausfinden, was das heute für eine wichtige Sitzung im Rathaus war, an der Axel Hartmann unbedingt teilnehmen musste. Meiner Meinung nach eine Ungeheuerlichkeit und Menschenverachtung, an der Beerdigung des eigenen Sohn nicht teilzunehmen."

Fuß riss die Füße von seinem Schreibtisch, schoss in seinem Sessel empor und schnippte mit den Fingern. „Da bringen Sie mich auf eine Idee! War Hanspeter überhaupt der leibliche Sohn von diesem Arsch?"

Liane starrte Fuß an. Auf diese Idee, die möglicherweise vieles in der Verhaltensweise von Axel Hartmann erklärte, war bisher niemand gekommen. „Wer macht also was?", fragte sie und wibbelte plötzlich auf ihrem Sessel herum.

Fuß überlegte nicht lang. „Sie rufen bei der *Rhein-Zeitung* oder dem *SWR*-Studio Koblenz an. Einer von denen war sicherlich auf dieser Sitzung und kann uns dazu etwas erzählen. Fragen Sie aber nicht im Rathaus nach. Möglicherweise bekommt das Hartmann spitz und das möchte ich nicht, noch nicht", betonte er. „Ich werde mit Halina sprechen und Sie werden sich mal den Professor vornehmen. Vielleicht hören Sie als Frau mehr heraus und ich kläre die Vaterschaft von Hartmann."

Liane traute ihren Ohren nicht. Sie sollte ein Gespräch mit Hünenberger führen. Stolz wuchs in ihr. Endlich bekam sie mehrfach Gelegenheit, bestimmte Aufgaben alleine anzugehen. Offenbar hatten die wenigen Eindrücke, die sie vom Friedhof mitgebracht hatte, dem Vertrauen nicht geschadet, das ihr ihr Chef zunehmend entgegenbrachte.

„Dann mal ran!", rief sie fast fröhlich aus und griff gleich zum Telefon.

Frau Klose hatte hinter der Wohnungstür gelauert. Davon war Fuß überzeugt. Denn noch bevor er bei Halina läuten konnte, öffnete sich die Wohnungstür gegenüber und ein völlig unnötiges „Pssst!" nötigte ihn, sich zu der Witwe umzudrehen. Die hatte ihren Zeigefinger auf ihre Lippen gepresst und winkte dem Hauptkommissar zu, ihr leise in die Wohnung zu folgen.

„Glauben Sie mir, es war die Nummer drei. Die Hilde hatte ihre Brille vergessen. Ich bin sicher, dass es die drei war."

Fuß legte beschwichtigend seine große Hand auf die Schulter der Frau. „Beruhigen Sie sich, wir klären das schon noch. Sagen Sie mir lieber, was sie von da drüben wissen." Er deutete hinter sich in Richtung Wohnungstür.

Das war für Frau Klose das Signal alles loszuwerden, was sich in den letzten Stunden abgespielt hatte. „Also, als Hilde und ich zurückkamen, uns hat ja so ein netter junger Polizist nach Hause gebracht, war alles ruhig im Haus. Oskar war auf der Arbeit und Frau Hartmann wohl noch auf dem Friedhof. Sie kam aber etwa eine Stunde später zusammen mit ihrer Schwiegermutter und der jungen Frau, die schon öfters hier war ..."

„Schlank, Mitte dreißig, brünett?"

„Eher jünger! Ich hörte dann eine Zeit lang die Witwe weinen und immer wieder beruhigende Worte von einer der beiden Frauen. Dann ging ein Handy, aber ein Signal, das ich hier noch nie gehört habe. Die Angerufene ist offenbar in die Diele gegangen, um ungestört sprechen zu können. Leider konnte ich nichts verstehen. Unmittelbar danach öffnete sich die Wohnungstür und die Mutter des Toten verließ fast fluchtartig das Haus. Ich habe sofort aus dem Fenster geschaut. Sie hatte sich ein Taxi kommen lassen und schien sehr aufgeregt."

„Dann müsste jetzt noch außer Halina Hartmann die Tante ihres Mannes in der Wohnung sein."

„Die Tante?! Sie meinen also die andere ..."

„Die Tante!", wiederholte Fuß recht unwirsch. War es denn so schwer, die Zusammenhänge zu begreifen, zumal wenn man ständig mit einem Auge am Türspion hing, lauschte und tratschte? Er tippte mit dem Zeigefinger zum Abschied an die Stirn und verließ die Wohnung, um nicht mit weiteren Fragen oder Hausklatsch bombardiert zu werden.

Tatsächlich war es Dorothea Hartmann, die ihm mit einer Zigarette in der Hand die Tür öffnete. Fuß durchstieß hastig die Rauchwolke, die die Frau in der Diele hinterlassen hatte und ging geradewegs auf die Wohnzimmertür zu.

„Guten Tag!", rief Dorothea hinter ihm her und konnte schnellen Schrittes gerade noch verhindern, dass Fuß ihr die Wohnzimmertür vor der Nase zuschlug. „Hoppla!", lachte sie gequält. „Nicht so stürmisch, junger Mann!"

„Von wegen junger Mann, alter Hase auf der Jagd!", spottete Fuß zurück und betrachtete Halina, die mitgenommen und erschöpft in einem Sessel saß. Sie hatte verweinte Augen und hielt, leicht zitternd, ein volles Glas mit perlendem Inhalt in der Hand. Neben ihr auf dem Couchtisch stand eine angebrochene Flasche Mineralwasser.

Fuß beugte sich zu Halina hinab und legte seine Hand auf ihren Arm. „Wie geht es Ihnen?"

„Es geht", drang es leise an sein Ohr. „Wenn der heutige Tag erst einmal vorbei ist ..."

„Sitzen kostet nichts extra", hörte Fuß Dorothea hinter sich sagen.

Ihre Bemerkung zauberte ein leichtes Lächeln in Halinas Gesicht. Doch es verschwand ebenso schnell, wie es gekommen war. Die Witwe griff vorsichtig nach der Hand des Hauptkommissars. Der blickte in flehende Augen und überlegte, was ihm Halina wohl sagen wollte. Als sich ihr Kopf seitlich neigte und ihre Augen langsam an ihm vorbei wanderten, um so die hinter ihm stehende Frau sehen zu können, glaubte Fuß, verstanden zu haben.

Er richtete sich auf und drehte sich um. „Ich bin eigentlich gekommen, um mit Frau Hartmann allein zu sprechen. Wenn Sie mir dies ermöglichen würden?“, fragte er betont höflich. Doch wer Fuß kannte, hätte ganz klar den spöttischen Unterton herausgehört.

Egal wie, Dorothea hatte verstanden, so oder so. Sie schob Fuß elegant beiseite, beugte sich über Halina und verabschiedete sich mit einem Kuss rechts und links. „Wenn etwas ist ... du hast ja meine Telefon- und Handynummer. Außerdem sehen wir uns am Montag auf dem Campus.“

Als man hörte, dass die Wohnungstür zugezogen wurde, schloss Halina die Augen. „Danke!“

Fuß zog sich einen Sessel nahe an den von Halina heran und ergriff ihre fiebrig heiße Hand. „Wenn es Ihnen recht ist, würde ich gerne ein paar Fragen stellen.“

Fuß glaubte ein zaghaftes Nicken zu erkennen. „Ich muss leider noch einmal auf Ihren Hochzeitstag zu sprechen kommen. Glauben Sie, dass Sie dem gewachsen sind?“ Auch das war Fuß. Er konnte seine oft raue Schale und derbe Art abstreifen und sehr feinfühlig sein, ohne die oft wenig mitfühlende und harte Aufgabe als Kriminalbeamter zu vergessen.

Wieder schien Halina zu nicken, dabei öffnete sie die Augen und blickte Fuß an. „Fragen Sie, es muss ja sein.“

„Es reicht, wenn Sie nicken oder den Kopf schütteln. Ich werde die Fragen so einfach wie möglich stellen.“ Er zog das Phantombild aus der Tasche, dass aufgrund der Beschreibung ihrer Nachbarinnen angefertigt worden war. „Wer ist dieser Mann?“

Halina betrachtete das Bild sehr lange. „Ist das nicht jemand aus dem Fernsehen?“

„Sie haben recht. Er sieht einem Moderator ähnlich, ist es aber mit Sicherheit nicht“, erwiderte Fuß und dachte an die peinliche Begegnung mit Holger Wienpahl. Dabei wurde ihm auch wieder das chaotische Ergebnis der Gegenüberstellung bewusst. „Gibt es jemand mit einer gewissen Ähnlichkeit, den Sie kennen. Lassen Sie sich Zeit.“

Die Polin deckte mit einer Hand mal die Haare, mal das Kinn auf dem Phantombild ab und zögerte. „Es ... es könnte einer meiner Kommilitonen sein. Aber ich kenne seinen Namen nicht. Er hat mir vor einigen Tagen Unterlagen einer Vorlesung vorbeigebracht, an der ich nicht teilnehmen konnte.“

„Hierher?“

Halina nickte.

So schnell und einfach hatte er sich das Ermitteln des großen Unbekannten nicht vorgestellt. Glück musste man haben. Fuß steckte das Bild wieder ein und rückte etwas näher an Halina heran. „Wir gehen davon aus, dass Ihr Mann nach Ihrer Rückkehr von der Hochzeitsfeier gebadet oder geduscht hat. Stimmt das?“

Wieder nickte Halina nur.

„Hatte das einen bestimmten Grund?“

„Wir haben meist geduscht, bevor wir ...“ Obwohl Halina den Satz nicht zu Ende brachte, wusste Fuß, was sie damit meinte.

„Sie haben also auch geduscht?“

Wieder nickte die junge Frau.

„Unser Rechtsmediziner geht davon aus, dass ihr Mann sich anschließend eingecremt hat.“

„Er neigte zu einer sehr trockenen, schuppigen Haut, deshalb!“, hauchte Halina.

„Aber Sie haben sich nicht eingecremt?“

Halina schüttelte den Kopf.

„Nie oder nur an dem Abend nicht?“

„Sonst eigentlich immer. Aber ich habe an dem Abend aufgeräumt und unsere Hochzeitsnacht etwas ... vorbereitet. Dann habe ich im Bett auf ihn gewartet.“

Fuß sah die Veränderungen in Halinas Gesicht. Er verzichtete deshalb auf weitere Fragen. Das Wichtigste hatte er erfahren, den Rest würde er sich für ein anderes Mal aufheben. Vor allem wollte er nicht, dass Halina aus seinen Fragen Rückschlüsse auf die Ermittlungen zog.

Fuß betrachtete eine Weile Halinas Gesicht. Sie hatte die Augen wieder geschlossen und schien sich langsam in Gedanken wieder von dem Abend zu lösen.

„Ihre Schwiegermutter war hier und hat sich nach einem Anruf ein Taxi kommen lassen. Wissen Sie, wer angerufen hat?"

„Simone hat uns nichts gesagt, war aber sehr aufgeregt nach dem Anruf."

Fuß bedankte sich. „Wenn Ihnen noch irgendetwas einfällt oder Sie Hilfe brauchen, rufen Sie mich an", verabschiedete er sich mit leiser Stimme und legte Halina dabei beruhigend seine Hand auf die Schulter.

Liane Esser hatte zunächst die *Rhein-Zeitung* angerufen, aber die Redakteurin, die an der Sitzung im Rathaus teilgenommen hatte, war unterwegs und hatte ihr Handy abgeschaltet. Als Nächstes rief die Kriminalhauptmeisterin beim *SWR*-Studio an und erfuhr, dass der Reporter Andreas Krisam der Sitzung beigewohnt hatte, aber ebenfalls unterwegs war. Liane erhielt seine Handynummer und erreichte ihn auch sofort.

„Hartmann?", überlegte Krisam, nachdem er seinen Wagen an den Straßenrand gelenkt und den Motor abgeschaltet hatte. „Sie meinen diesen Axel Hartmann?", vergewisserte er sich. „Den habe ich auf der Sitzung nicht gesehen, zumindest saß er nicht auf dem Podium und ist meines Erachtens auch in keiner Form aufgetreten. Ich kann natürlich nicht ausschließen, dass er unter den Zuhörern saß. Außerdem wüsste ich nicht, was er vom Thema her bei der Sitzung hätte beitragen können."

„Aber es muss sich doch um eine äußerst wichtige Sitzung gehandelt haben", versuchte Liane etwas mehr zu erfahren.

Krisam lachte herzhaft. „Wenn Sie meinen. Obwohl ich mich bemüht habe, aber für einen Bericht im *SWR* hat es nicht gereicht. Für mich war es vertane Zeit."

Frau Esser, die mit den Trauergästen auf dem Friedhof auf Axel Hartmann gewartet hatte, machte einen letzten Versuch irgendetwas herauszufinden, damit das Gespräch nicht ganz umsonst war. „Von wann bis wann war denn die Sitzung?"

Der Reporter überlegte kurz. „Angesetzt war sie auf zehn Uhr, hat aber erst verspätet angefangen. Ich bin kurz vor elf gegangen als ich merkte, dass dabei für mich nichts rauskommt."

„Das heißt aber, Hartmann könnte später noch ..."

Sie wurde sofort von Krisam unterbrochen. „Kaum, denn alle Tagesordnungspunkte waren besprochen und es wurde nur noch rumgequatscht."

Liane gab auf. Sie bedankte sich und machte eine kurze Aktennotiz über das Gespräch. Danach rief sie bei der Uni an und erreichte sogar Prof. Hünenberger am Telefon. Obwohl er nicht erfreut schien erneut Besuch von der Kriminalpolizei zu bekommen, erreichte sie eine Zusage. „Allerdings müssen Sie sich tummeln, ich habe in einer Stunde Vorlesung oder es geht erst morgen Nachmittag."

Liane beeilte sich und hatte auch Glück im Verkehr, kein Stau und keine Baustelle.

Schon wie Prof. Hünenberger sie bei der Begrüßung betrachtete, fand Liane als unangenehm bis peinlich. Sie war sich sicher, dass er sie sich nackt vorstellte, was durch die dicken Brillengläser noch ekelhafter aussah. Sofort beschloss sie, sich Hünenberger auf Abstand zu halten und nahm deshalb auch nicht, wie von ihm angeboten, neben ihm Platz, sondern zog es vor, den unbequemeren Stuhl zu nehmen, der eigentlich nur als Reservesitzgelegenheit diente, wenn mehrere Studenten gleichzeitig den Professor aufsuchten.

Trotzdem oder vielleicht gerade wegen dieses Eindrucks von dem Professor setzte Liane auf den Faktor Sex. Sie versuchte ein möglichst verführerisches Lächeln aufzusetzen und geschickt beim Verschränken ihrer Arm unterhalb der Brust die Bluse so zu straffen, dass ihre Formen sichtbarer wurden. Zu gerne hätte sie noch einen Blusenknopf mehr geöffnet, dies schien ihr jedoch zu auffallend.

„Ich habe als Mitarbeiterin von Hauptkommissar Fuß die bisherigen Ermittlungsergebnisse durchgearbeitet, sozusagen einmal aus weiblicher Sicht. Denn oft spielen ja bei Mord Eifersucht zwischen den Geschlechtern und bei Giftmord vor allem Frauen eine nicht unerhebliche Rolle."

Sie beobachtete jede Veränderung und Regung ihres Gegenübers genau. Hünenberger hatte einen Brieföffner in die Hand genommen und hantierte spielerisch mit ihm, indem er ihn mal durch seine Würstchenfinger gleiten ließ oder mit dem Daumen über Klinge oder Schaft strich. Dabei waren seine Augen aber immer auf Liane gerichtet, die sich inzwischen entschlossen hatte, in die Vollen zu gehen. Mehr als rausschmeißen konnte er sie nicht.

„Nach allem, was ich so als Frau empfunden habe, gehe ich davon aus, Ihnen war die Studentin Halina Sokolowski, heutige Hartmann, nicht gleichgültig. Sowohl als Studentin als auch als junge, hübsche Frau."

Hünenberger ließ den Brieföffner auf die Schreibtischplatte fallen, beugte sich vor und stützte sich mit den Ellenbogen auf diese. „Ganz schön unverschämt, was Sie da sagen!", zischte er und spuckte dabei auf die hochglanzpolierte Fläche vor sich.

„Unverblümt, nicht unverschämt", lächelte Liane ihn an. „Wir sind doch hier unter uns oder ist dieser Raum verwanzt?"

Dieser Gedanke schien Hünenberger noch nie gekommen zu sein, denn unwillkürlich irrten seine Augen hin und her, bevor sie sich wieder auf Liane richteten.

Die war sich bereits jetzt sicher, auf der richtigen Fährte zu sein. Deshalb fuhr sie sogleich fort. „Ich gehe sogar soweit zu behaupten, Sie hatten mit der Studentin ein Verhältnis, wobei ich nicht unterstelle, dass dies von Ihnen ausging", warf sie ihm als Bonbon zu.

Um sich weiterhin in Gewalt zu behalten und seine Erregung zu verdecken, legte der Professor seine Hände ineinander und lehnte sich langsam wieder zurück in seinen Sessel. „Ich gebe Ihnen insofern recht, dass es immer wieder Studentinnen gibt, die versuchen auf bestimmte Weise, wie sie es andeuten, Einfluss auf die Leistungsbeurteilung zu nehmen."

„Und Halina gehörte dazu!", schoss Liane sofort ihren nächsten Pfeil ab. Plötzlich wuchs sie über sich hinaus, was sie später auf der Rückfahrt selbst wunderte und sogar erschreckte.

„Dem kann ich nicht unbedingt widersprechen", antwortete Hünenberger, der langsam begann, seine Fassung wiederzufinden.

„Und Sie sind dieser ...", Frau Esser kniff die Augen etwas zusammen, „... Verführung unterlegen. Da bin ich mir sicher." Sie konnte deutlich sehen, wie Hünenberger schluckte. Man hätte es auch als Würgen bezeichnen können. Gewonnen!, tobte das ihr bis dahin unbekannte Teufelchen in ihr vor Freude.

Der Professor starrte Liane sprachlos an und es dauerte ziemlich lang, bis er tief Luft holte, zum ersten Mal die Augen von Liane abwandte und seinen Blick vor sich auf den Schreibtisch richtete. „Sie haben recht!" Die drei Worte kamen leise und fast wie eine Entschuldigung über seine Lippen.

Liane konnte sich nur mit Mühe ein lautes Lachen verkneifen, denn in diesem Moment musste sie an seinen stets tänzelnden Gang denken. Sie war überzeugt, dass der Professor jetzt, müsste er aufstehen, gekrochen wäre. Ein Siegerlächeln in ihrem Gesicht war jedoch nicht zurückzuhalten. „Dann erzählen Sie mal, von wann bis wann und wie intensiv diese Beziehung war."

Nur mühsam richtete Hünenberger wieder seinen Blick auf die Kriminalhauptmeisterin. Dann nahm er die Brille ab und massierte eine Zeit lang seine Nasenwurzel. Ohne seine Brille sah er weniger geil und gierig aus, empfand Liane. Irgendetwas wie Mitleid kam in ihr hoch. Vielleicht litt der Professor sogar unter seiner Veranlagung und seiner nicht unbedingt attraktiven Erscheinung. Doch sehr schnell hatte sie auch wieder ihr Ziel vor Augen. „Also!", ermahnte sie ihn.

Das nachfolgende Geständnis erfolgte zögernd und leise und wurde von Kurzatmigkeit begleitet. Obwohl Hünenberger vorgab, alles sei von Halina ausgegangen, widersprachen einige Dinge dieser Darstellung. Halina war wohl dem Professor zunächst vor allem wegen ihrer unbefangenen und offenen Art und ihrem Ehrgeiz aufgefallen. Dadurch kamen sich die beiden näher. Dabei entdeckte Hünenberger wohl auch das schöne Gesicht und die reizvolle Figur der jungen Frau. Er behauptete, was ihm Liane auch durch Nachhaken nicht widerlegen konnte, dass es nur insgesamt zwei Mal zu einem sexuellen Kontakt gekommen sei. Er habe das aber alles sofort beendet, als er erfuhr, dass Halina Hanspeter kennengelernt habe. Dabei blieb er auch, als Liane ihm unterstellte, dass es wohl umgekehrt gewesen sein könne. Immerhin hatte er sich auch dadurch verdächtig gemacht, dass er, wie aus den Ermittlungsakten hervorging, sowohl an der Trauung als auch an der Beerdigung teilgenommen hatte. Und es würden bei näherer Untersuchung auch sicherlich Hinweise zu finden sein, dass es weitere Versuche gegeben hatte, mit Halina in Kontakt zu bleiben.

„Sie waren eifersüchtig!“, warf Liane ihm an den Kopf, nachdem er sein Geständnis beendet hatte.

Hastig setzte Hünenberger seine Brille wieder auf und starrte sie eindringlich an. „Ich habe mit dem Tod von Hanspeter Hartmann nichts zu tun!“, kam es ebenso heiser wie erschöpft über seine Lippen. Dann sank er völlig hilflos in sich zusammen.

Nach einer Weile beiderseitigen Schweigens erhob sich der Professor schwerfällig aus seinem Sessel, beugte sich abstützend auf der Schreibtischplatte und wortlos zu Liane hin und streckte ihr als Zeichen der Verabschiedung seine vollfleischige Hand entgegen. Auch Liane erhob sich, verzichtete aber auf ein Siegerlächeln und den Händedruck und drehte sich um. Beim Weg zur Tür hatte diesmal sie einen beschwingt tänzelnden Gang.

Auf dem Weg nach unten begegnete dem Hauptkommissar Dr. Hansen im Treppenhaus, der ebenfalls gerade das Haus verlassen wollte.

„Immer noch bei Ermittlungen?“, erkundigte er sich eher beiläufig.

„Mehr ein privater Besuch“, wich Fuß der Frage aus. „Aber es geht Frau Hartmann offenbar den Umständen entsprechend gut. Außerdem weiß ich ja einen Arzt in ihrer Nähe.“

Dr. Hansen blieb stehen und drehte sich zu dem Hauptkommissar um, der drei Stufen hinter ihm folgte. „Weiß sie, wie und was?“

Auch Fuß hielt zwangsläufig inne. „Aus ermittlungstechnischen Gründen haben wir uns noch nicht zu Details geäußert. Und ich bitte deshalb auch Sie, unser Gespräch vertraulich zu behandeln und vorerst eine Erweiterung Ihrer ärztlichen Schweigepflicht walten zu lassen.“

„Sicher, sicher. Das habe ich auch mit meiner Frau so abgesprochen. Sie wird auch regelmäßig nach Frau Hartmann schauen, ebenso ich. Davon dürfen Sie ausgehen.“

Fuß trat dicht an das Geländer und überzeugte sich durch einen Blick nach oben, dass niemand im Treppenhaus zu sehen war. Er machte Hansen ein Zeichen, etwas näher zu kommen.

„Wenn Sie mit Frau Hartmann sprechen“, bat er den Arzt leise, „versuchen Sie doch bitte herauszubekommen, was sie von der Krankheit ihres Mannes wusste.“

Dr. Hansen winkte ab. „Das kann ich Ihnen auch so sagen: nichts. Der junge Hartmann hatte mich gleich bei seinem ersten Besuch in meiner Praxis eindringlich gebeten, niemandem etwas von seiner Krankheit zu sagen. Offenbar fürchtete er Nachteile, Mitleid oder andere Dinge, die er nicht wollte. In der Richtung war er eher ein Damit-muss-man-selbst-fertig-werden-und-leben-Mensch, Sie verstehen?“

Fuß nickte nachdenklich. Diesen Satz musste er sich einprägen. Das Vibrieren seines Handys in der Jackentasche beendete rasch diesen Gedanken. Die Einsatzleitstelle meldete sich. Kriminalhauptkommissar Ewalt bat um dringenden Rückruf über Handy. Fuß ließ sich dessen Nummer durchgeben und zweimal wiederholen, bis er sich sicher war, sie auswendig eintippen zu können. Nur mit einem kurzen Kopfnicken verabschiedete er sich hastig von Dr. Hansen, drängte sich an ihm die Stufen abwärts vorbei und eilte auf der Straße in Richtung seines Dienstwagens, während die Verbindung zu Ewalt hergestellt wurde.

Erst auf der Moseluferstraße setzte Fuß den funkelnagelneuen Stroboskopblitzer während der Fahrt aufs Dach, den er erst kürzlich gegen die alte Blaulicht-Rundumleuchte ausgetauscht bekommen hatte, und schaltete das Martinshorn ein. Auch mit Orchester und Showbeleuchtung rechnete er mit gut zwanzig Minuten Fahrtzeit. In Höhe Kobern-Gondorf wechselte er von der B 49 auf die B 416 auf der anderen Moselseite und bog dann, nach einem riskanten Überholmanöver in die Maifelder Straße, die sich dann als L 122 die Eifel hinaufschlängelte. Nachdem er die A 48 erreicht hatte, konnte er schon etliche Blaulichter sehen, die sich bereits auf dem inzwischen gesperrten Parkplatz Schnackenborn eingefunden hatten.

Kollege Rolf Ewalt erwartete ihn schon und winkte ihn zu sich. „Ich habe mir gleich gedacht, dass dich das interessiert. Hinter dem Gebüsch, auf einem parallel verlaufenden Feldweg, liegt die Leiche. Schäfer ist auch schon da. Fundort ist aber nicht Tatort."

Nach knapp zwanzig Metern hatten sie den Feldweg erreicht. Man hatte den Toten zugedeckt und die SpuSi-Männer waren eifrig dabei, alle möglichen Spuren zu sichern.

Schäfer, der das Eintreffen von Fuß mitbekommen hatte, eilte auf seinen Kollegen zu. „Zweifelsohne ist es Axel Hartmann, auch wenn man alles getan hat, um ein Identifizieren zu erschweren. Man hat in der sogenannten Ticket- oder Billetttasche des Sakkos den Mitgliedsausweis eines Fitnessstudios übersehen, ausgestellt auf Axel Hartmann. Alles andere ist sorgfältig entfernt und mitgenommen worden. Keine Brieftasche, kein Schmuck, selbst das Etikett aus dem Sakko hat man herausgeschnitten, nur die Mitgliedskarte wurde übersehen. Zum Glück!", strahlte er. „Erspart uns Arbeit."

„Wer hat ihn gefunden?", war die erste Frage von Fuß.

Ewalt deutete hinter sich auf den Parkplatz. „Ein älteres Ehepaar. Die Frau wollte sich wohl hinter die Büsche schlagen. Sie steht unter Schock, der Notarzt kümmert sich um sie und um die Ehefrau des Toten."

„Simone Hartmann?" Ungläubig schaute Fuß seinen Kollegen an. „Wie kommt die denn so schnell hierher?" Doch schon während er die Frage stellte, baute sich vor ihm ein Zeitpuzzle auf. Frau Hartmann hatte nach einem Anruf fluchtartig die Wohnung von Halina verlassen und war in ein Taxi eingestiegen. Auf dem Parkplatz hatte Fuß in der Nähe des Rettungswagens ein Taxi entdeckt. Er würde jede Wette eingehen ...

„Das heißt, die Leiche wurde etwa vor zwei Stunden entdeckt?"

Ewalt schaute Fuß verwundert an. „Hellseher oder hast du zugestochen?"

„Eher das Erstere", grinste Fuß. Immerhin wusste er nun schon, wie Hartmann umgebracht worden war. Trotzdem wollte er sich persönlich ein Bild von der Leiche machen, denn er würde mit Sicherheit auch diesen Fall übernehmen.

Der oder die Täter hatten tatsächlich ganze Arbeit geleistet, um die Identifizierung zu erschweren. Man hatte das Gesicht durch mehrere Schnitte kreuz und quer mit einem scharfen Messer unkenntlich gemacht. „Da müssen aber eine große Wut und Hass dahinterstecken", meinte Fuß und wandte sich ab. Er hatte schon vieles gesehen, aber dieser Anblick reichte an die Grenze des Erträglichen.

„Wir haben frische Reifenspuren und im Gebüsch ein Paar Handschuhe entdeckt", meldete Schäfer. „Doch wir sind erst am Anfang. Von uns aus kann aber die Leiche abtransportiert werden. Allerdings sollte auch sie sofort in die Rechtsmedizin. Vielleicht kann man über die Einstichkanäle und deren Winkel etwas über die Mordwaffe und die Größe des Täters sagen."

Fuß nickte zustimmend und machte sich auf den Weg zurück zum Parkplatz. Der Notarzt hatte Frau Hartmann eine Infusion gelegt. Er stellte sich als Dr. Leiendecker vor.

„Sie steht unter einem schweren Schock. Die beiden anderen Herrschaften sind etwas besser dran. Sie sitzen dort drüben in dem Auto mit dem Münchner Kennzeichen. Ich habe ihnen eine Spritze gegeben. Sie dürfen aber auf keinen Fall mit dem Auto weiterfahren."

„Wissen das die Kollegen?"

„Ich habe dem Hauptkommissar die Wagenschlüssel gegeben."

Fuß klopfte dem ziemlich klein geratenen Notarzt mit dem buschigen Oberlippenbart anerkennend auf die Schulter. „Gut, der Mann!" Dann stieg er zu Frau Hartmann in den Rettungswagen. Sie hatte die Augen geschlossen und schien sein Kommen auch nicht zu bemerken. Eine Zeit lang beobachtete Fuß die regelmäßig fallenden Tropfen der Infusion und überlegte, ob es Sinn machte, darauf zu warten, dass er Frau Hartmann Fragen stellen konnte. Vor allem schien ihm eine Frage äußerst wichtig: Wer hatte sie angerufen? Halina und Dorothea konnten es nicht gewesen sein, sie waren zusammen mit ihr in der Wohnung. Der Zentralnotruf und die Einsatzleitung konnten es ebenso wenig gewesen sein. Woher sollten sie die Handynummer von Simone Hartmann haben? Liane hätte ihn sofort informiert, wenn sie von dem Auffinden der Leiche erfahren hätte. Außerdem hatte man Ewalt informiert und zum Fundort gerufen, also war Liane bereits unterwegs zu Prof. Hünenberger gewesen. Plötzlich hatte Fuß das Gefühl vor einer unüberwindbaren Rätselwand zu stehen.

Ein leises Klopfen an der Fahrzeugwand beendete seine Überlegungen. Er entdeckte Dr. Leiendecker, stand auf und stieg aus dem Fahrzeug.

„Ich bin kein Rechtsmediziner, aber ich bin mit Ihrem Kollegen übereingekommen, dass der Tod vor etwa vierundzwanzig Stunden eingetreten sein muss, also heute Nacht. Hier abgelegt wurde der Tote aber erst in den frühen Morgenstunden, denn heute Nacht hat es zum ersten Mal seit Tagen stark geregnet und unter der Leiche ist die Erde aufgeweicht. Dieses Zeitfenster lässt sich auch durch die Reifenspuren bestätigen. Außerdem", er deutete in den Wagen hinein, „wenn die Infusion zu Ende ist, kann die Frau nach Hause gefahren werden. Es sei denn, Sie wollen sie noch befragen. Eine Einweisung ins Krankenhaus scheint mir nicht erforderlich."

Fuß bedankte sich und stieg zurück in den Rettungswagen. Wenn diese Zeitangaben zutrafen, wieso hatte Simone Hartmann auf dem Friedhof behauptet, ihr Mann verspäte sich durch eine wichtige Sitzung. Wenn er zu diesem Zeitpunkt bereits tot war, musste sie ihn doch bereits Stunden vorher vermisst haben ...

12.

Als Erika ihren Mann die Treppe hinaufkommen sah, ahnte sie gleich, was für einen Tag er hinter sich hatte. In der Zeit, in der die Straußwirtschaft geöffnet war, konnte er sich nach Feierabend wie eine Schlange häuten. So empfanden es alle immer, die ihn kannten. Er zog dann seine grüne Winzerschürze mit dem aufgenähten Fußabdruck an und streifte damit gleichzeitig die Probleme des Tages als Kripobeamter von sich ab. Dann sorgte er dafür, dass die Kühlschränke wieder mit ausreichend Wein gefüllt waren, mischte sich unter die Gäste, ließ da und dort einen seiner oft derben Sprüche los und sorgte dafür, dass alle Gläser wieder gefüllt waren. Außerhalb der Saison ging man ihm an bestimmten Tagen am besten erst einmal aus dem Weg.

Ein solcher Tag war heute. Seine Gesichtshaut war grau und faltig, seinen Augen fehlte der ihm angeborene Schalk und sein Gang war schleppend.

Wortlos stellte Erika ihm das Abendessen auf den Tisch. Obwohl sie ihm mit knurrendem Magen und großer Selbstbeherrschung eines seiner Lieblingsgerichte zubereitet hatte, Rouladen mit Rotkohl, stocherte er nur auf seinem Teller herum und schob ihn nach einer Weile noch halb voll beiseite.

Seine Frau saß ihm gegenüber und häkelte für die Frühjahrssaison an kleinen Deckchen für die Tische in der Straußwirtschaft. Von Zeit zu Zeit warf sie einen Blick zu ihrem Mann hinüber, der die Augen geschlossen hatte und dessen Kopf langsam auf die Brust sank. Obwohl es sie an anderen Tagen ärgerte, wenn er am Tisch einschlief, war sie an solchen „Dreckstagen", wie er diese immer nannte, froh, dass er so zur Ruhe kam. Nicht einmal das Glas Wein, das sie ihm hingestellt hatte, war leergetrunken. Sie legte ihr Häkelzeug beiseite, stand auf und räumte leise den Tisch ab.

Wenig später, als sie gerade die Spülmaschine einräumte, hörte sie Schritte hinter sich. Ihr Mann sah sie mit müden Augen an und öffnete den Kühlschrank. „Ich brauch jetzt einen Schnaps." Mit einer Obstler-Flasche in der Hand ging er zum Küchenschrank, goss sich ein Stamperl voll und kippte den Schnaps stehend in einem Zug hinunter. Erika stellte die Flasche zurück in den Kühlschrank und wusch das Glas aus, während ihr Mann zurück zur Essecke ging, sich wieder setzte und sein Gesicht zu kneten begann.

Immer wieder versuchte er, die Ungereimtheiten des Tages zusammenzuführen. Am meisten irritierte ihn das Verhalten von Simone Hartmann, auf die bisher in Bezug auf den Tod ihres Sohnes keinerlei Verdacht fiel. Da ihr Mann bereits in der Nacht getötet worden war, konnte er nicht zu Hause gewesen sein. Es sei denn ..., seine Gedanken erschreckten ihn. Es sei denn, sie hatte ihn umgebracht und die Leiche am frühen Morgen neben dem Parkplatz an der Autobahn abgelegt. Dann war sie eine hervorragende Schauspielerin und kaltblütige Mörderin, die ihrem Mann, warum auch immer, die Schuld am Tod ihres Sohnes gab. Ein anderes Motiv konnte es nach dem derzeitigen Stand der Ermittlungen nicht geben.

Mit dem festen Vorsatz, gleich am nächsten Morgen einen Durchsuchungsbeschluss ihrer Wohnung zu erwirken und ihren Wagen von der KTU untersuchen zu lassen, schlossen sich seine Augen und sein Kopf sank wieder auf seine Brust.

Bereits vom Auto aus hatte er zunächst Liane angerufen, die meist sehr früh an ihrem Schreibtisch saß, und über die neue Situation informiert. Anschließend rief er Schäfer auf dessen Handy an, der noch beim Frühstück war, und erfuhr, dass auch dieser ähnliche Überlegungen angestellt hatte. Deshalb hatte man den Wagen noch am Abend beschlagnahmt und zur KTU gebracht und würde ihn am Vormittag auf Spuren untersuchen.

Kurz nach zehn Uhr lag der Durchsuchungsbeschluss für Simone Hartmanns Wohnung vor ihm auf dem Schreibtisch. Fuß informierte die Spurensicherung, erreichte aber nur einen Mitarbeiter von Schäfer, der bereits mit der Untersuchung des Wagens von Frau Hartmann beschäftigt war. Fuß bat seinem Kollegen auszurichten, er möge sich zunächst die Wohnung vornehmen, da der Wagen sichergestellt sei, man bei der Wohnung aber unter Umständen mit dem Beseitigen von Beweismitteln rechnen müsse.

Fuß hielt Liane den Beschluss hin. „Fahren Sie gleich rüber in die Mainzer Straße und geben Sie Schäfer den Beschluss, damit er sich mit seinen Leuten die Wohnung vornehmen kann.

Frau Esser ließ sich das nicht zweimal sagen. Der Auftrag gab ihr die Möglichkeit, angespornt durch ihren Erfolg bei Prof. Hünenberger, nun auch Frau Hartmann selbstständig befragen zu können. Doch das verschwieg sie Fuß und beeilte sich aus dem Büro zu kommen. Denn sie hatte ihren Bericht vom Gespräch mit Hünenberger noch am späten Nachmittag geschrieben, der Fuß beim Lesen möglicherweise auf den gleichen Gedanken brachte und dann würde er sicherlich selbst zu Frau Hartmann fahren.

Schäfer und seine Leute waren gerade vorgefahren, als Frau Esser in der Mainzer Straße Ausschau nach einem Parkplatz hielt.

„Kann einer Ihrer Leute für mich eine Parklücke suchen. Ich wäre gerne von Anfang an dabei?!“, rief sie dem SpuSi-Hauptkommissar zu.

Schäfer winkte einen seiner Mitarbeiter zu sich und gab ihm eine kurze Anweisung. Daraufhin kam dieser auf Liane zu, die sofort ausstieg und ihm mit einem freundlichen „Dankeschön!“ den Wagen überließ.

Immer noch roch das Treppenhaus stark nach Bohnerwachs. Frau Hartmann stand bleich und mit verheultem Gesicht im Türrahmen, an dem sie sich festhielt und blickte erschrocken auf die unerwartete Besuchergruppe, die, angeführt von Schäfer und Esser, die Treppe hinaufkam.

Liane hielt ihr den Durchsuchungsbeschluss hin und machte im selben Moment den Mitarbeitern von Schäfer ein Zeichen, dass sie die Wohnung betreten können.

„Was soll das?“, entrüstete sich Frau Hartmann, machte aber keine Anstalten, die SpuSi-Männer zurückzuhalten.

„Reine Formsache“, mischte sich Schäfer beruhigend ein, der sicher war, dass Liane erstmals eine Durchsuchung anführte. „Es dient zu Ihrer eigenen Entlastung.“

„Entlastung?“

„Können wir miteinander reden?“, fragte Liane schnell.

Immer noch unter leichtem Schock, drehte sich Frau Hartmann um, führte Liane in ihr Wohnzimmer, steuerte den nächststehenden Sessel an und ließ sich hineinfallen. „Was soll das alles. Habe ich die letzten Tage und Stunden nicht genug mitgemacht? Sie glauben doch nicht ...“

„Genau deshalb sind wir hier“, versuchte Liane die Frau zu beruhigen. „Es muss doch auch Ihnen klar sein, dass jeder der Familie unter Verdacht steht. Und die Durchsuchung ist so etwas wie ein Ausschlussverfahren, also wirklich nur zu Ihrer Entlastung. Denn es gibt einige Merkwürdigkeiten!“

Frau Hartmann schaute auf. „Merkwürdigkeiten?!“

„Mich beschäftigt eine ganz bestimmte Frage, zu der ich gerne eine Erklärung von Ihnen haben möchte. Dann bin ich schon wieder weg.“

Schweigend verfolgte Frau Hartmann, wie sich Liane auf das Sofa setzte, ein kleines Diktiergerät aus ihrer Umhängetasche nahm und es einschaltete. Sie diktierte zunächst Datum, Uhrzeit und Ort. „Vernehmung von Frau Simone Hartmann durch Kriminalhauptmeisterin Liane Esser“, schloss sie die vorgeschriebenen Richtlinien. „Frau Hartmann, Sie persönlich haben gestern anlässlich der Beerdigung Ihres Sohnes Hanspeter mir und anderen Zeugen gegenüber geäußert, dass Ihr Mann Axel wegen einer wichtigen Sitzung später kommen würde. Damit haben Sie den Anschein erweckt, dass Ihr Mann wie üblich morgens das Haus verlassen habe und zu dieser Sitzung gefahren sei. Nun steht aber fest, dass Ihr Mann gar nicht zu Hause gewesen sein kann und zwar schon die ganze Nacht. Man müsste also von einem Vermissen seiner Person ausgehen. Haben Sie ihn nicht vermisst und wann haben Sie Ihren Mann das letzte Mal lebend gesehen?"

„Muss das sein?", stöhnte Frau Hartmann und warf der jungen Beamtin einen flehenden Blick zu.

„Ja!", antwortete Liane laut und sehr nüchtern, obwohl ihr innerlich die Frau leid tat. Aber sie fühlte sich immer noch von ihrem Erfolgserlebnis bei Prof. Hünenberger beflügelt. Das gestrige Gespräch hatte sie einiges gelehrt.

Frau Hartmann brauchte eine ganze Weile, bevor sie schließlich antwortete. Dabei knüllte sie ständig in ihrer linken Hand ein Taschentuch und wischte sich immer mal wieder Tränen aus den Augen. „Die Erklärung ist ganz einfach", begann sie leise aber mit erstaunlich fester Stimme, wie Liane bemerkte. „Unsere Ehe ist schon lange nicht mehr das, was man unter einer Ehe versteht. Axel war mein zweiter Mann, Hanspeter stammte aus erster Ehe mit einem Franzosen. Jean-Pierre ist im Urlaub bei einem Hotelbrand ums Leben gekommen, ich selbst, damals im sechsten Monat schwanger, hatte eine leichte Rauchvergiftung. Sehr schnell wurde mir bewusst, dass der Junge einen Vater brauchte. Außerdem hatte ich nach dem Studium gleich eine ausgezeichnete Anstellung gefunden, die ich nicht aufgeben wollte. Hanspeter war deshalb dauernd bei meinen Eltern. Kurz, ich lernte Axel kennen, der mir auch sogleich den Hof machte und sich anfänglich auch sehr um Hanspeter bemühte. Aber bereits sehr schnell nach der Hochzeit wurde alles anders. Axel hielt sich für den Mittelpunkt der Welt, obwohl er alles andere war: ein Versager, ein Frauenheld und ein Haustyrann. Ich habe wegen meines Sohnes nichts gesagt, aber gelitten, glauben Sie mir! Und ich war in den letzten Jahren jedes Mal ehrlich froh, wenn er abends nicht nach Hause kam, sich mit anderen Frauen amüsierte und auch schon mal mit ihnen in Urlaub fuhr. Ich verdiene genug, bin finanziell also abgesichert und Hanspeter war inzwischen so alt, dass er den Vater nicht mehr brauchte, vor allem keinen solchen Vater."

Zum ersten Mal machte sie eine Pause und schnäuzte sich.

„Ich glaube, damit ist Ihre Frage eigentlich schon beantwortet. Ich nahm an, Axel übernachtete wieder einmal bei einer seiner Frauen und habe ihm auch zugetraut, nicht zur Beerdigung zu kommen, da Hanspeter nicht sein eigener Sohn war. Aber ich habe mich geschämt. Die Ausrede mit der Sitzung fiel mir ein, weil er sie auch mir gegenüber oft genug verwendet hat. Ich weiß nicht einmal, ob es eine Sitzung gab. Dorothea und ich haben dann nach der Beerdigung Halina nach Hause gebracht. Wir wollten sie an diesem Tag nicht allein lassen. Dann erhielt ich einen Anruf von der Polizei, ich möge bitte umgehend zu einem Autobahnparkplatz namens Schnackenborn an der A 48 kommen. Der Anruf war so kurz, dass ich nicht einmal fragen konnte, was das Ganze zu bedeuten hatte. Der Polizeibeamte wiederholte immer nur den Namen des Parkplatzes, dann wurde eingehängt. Zum Glück erfuhr der Taxifahrer über Funk von einem Kollegen, wo dieser Parkplatz war."

Liane stoppte Frau Hartmann mit einer Handbewegung, denn was nun folgen würde, war für die Ermittlungen nicht mehr von Bedeutung. Es gab nur noch eine Frage, die geklärt werden musste.

„Auch das ist reine Routine, was haben Sie vorgestern zwischen zwanzig Uhr und dem Morgen danach gemacht, bis Sie zum Friedhof fuhren?"

Simone Hartmann schreckte erneut auf und blickte die Kriminalhauptmeisterin feindselig an. „Ist das die Zeit, in der mein Mann ermordet wurde? Halten Sie mich für die Mörderin?"

„Reine Routine", wiederholte Liane beruhigend.

Frau Hartmann wippte nachdenklich mit dem Oberkörper hin und her, bevor sie antwortete. „Also gut. Den Abend habe ich mit einem meiner Kunden verbracht, der mich zum Essen eingeladen hat. Eigentlich wollte ich den Termin wegen dem Tod meines Sohnes und der Beerdigung am nächsten Tag absagen. Aber es ging um eine Vertragsverlängerung und für mich um einen sehr gut bezahlten Auftrag. Also ging ich hin. Wir waren im Restaurant *Alt Koblenz* am Plan auf neunzehn Uhr verabredet. Dort waren wir bis etwa zweiundzwanzig Uhr. Ich hatte Herrn Plickert nichts vom Tod meines Sohnes gesagt, aber er hat wohl gemerkt, dass ich anders war als sonst. Vielleicht deshalb und weil wir über die Verlängerung handelseinig wurden, hat mich Plickert noch ins *Weinhaus Hubertus* auf eine Flasche Sekt eingeladen, weil es ihm dort für den Anlass passender und insgesamt gemütlicher erschien. Wir sind, glaube ich als Letzte gegangen. Ich habe nicht auf die Uhr geschaut, aber es war nach Mitternacht, als ich zu Hause ankam. Dann bin ich natürlich sofort ins Bett. Immerhin war am nächsten Tag Hanspeters Beerdigung."

„Diesen Herrn Plickert, wo kann man ihn erreichen? Sie werden verstehen, dass wir Ihre Angaben gegebenenfalls überprüfen müssen. Natürlich mit dem entsprechenden Fingerspitzengefühl."

Frau Hartmanns Gesicht ließ erkennen, dass ihr diese Überprüfung sehr unangenehm war. Trotzdem gab sie Liane bereitwillig die Adresse und Telefonnummer von Herrn Plickert.

Enttäuscht nahm Liane den Telefonhörer vom Ohr. „Bei diesem Plickert hängt nur ein Anrufbeantworter dran. Danach ist er auf Dienstreise im Ausland und derzeit nicht zu erreichen."

„Die lügt, dass sich die Balken biegen!" Fuß schlug wütend mit der Faust auf den Schreibtisch, als Liane ihm das Verhör vorspielte. „Vielleicht hat sie deshalb so bereitwillig von dem Treffen erzählt, weil sie genau wusste, dass wir es nicht nachprüfen können. Und selbst, wenn die Verabredung mit dem Mann zutrifft, woher soll die Notrufleitstelle ihre Handynummer gehabt haben? Außerdem wusste bis zum Auffinden der Mitgliedskarte in seinem Sakko durch die SpuSi-Leute niemand, wer der Tote war."

„Ich habe Frau Hartmann zur Unterschrift unter das Protokoll für den Nachmittag ins Präsidium bestellt", versuchte Liane ihn zu beschwichtigen. „Da können Sie ihr diese Vorhaltungen machen. Das mit der Notrufleitstelle ist mir leider durchgegangen, das andere habe ich nicht gewusst."

„Trotzdem, gute Arbeit, Liane. Sparen Sie sich aber vorerst das Abtippen der Aufnahme, da kommt noch einiges hinzu. Ich habe auch den Bericht Ihres Gesprächs mit dem Professor gelesen. Auch hier meine Gratulation, hätte keiner besser machen können."

Liane strahlte über das ganze Gesicht und wäre am liebsten ihrem Chef um den Hals gefallen. Vielleicht würde sich auch Oliver über ihren Erfolg freuen, dann konnte sie die Befriedigung dieses Bedürfnisses bei ihm nachholen.

Erst jetzt hatte Fuß Zeit, Liane über seine Gespräche und die Geschehnisse des gestrigen Tags zu informieren. Allerdings ersparte er ihr die Beschreibung des Zustands der Leiche von Hartmann. Er selbst hatte das Bild, das sich ihm geboten hatte, noch nicht verdaut.

„Wer könnte denn der Anrufer gewesen sein? Der immer noch Unbekannte aus dem Treppenhaus, vielleicht doch Eichele?", fragte Liane.

„Der Unbekannte aus dem Treppenhaus scheint geklärt, wahrscheinlich ein Mitstudent von Halina. Und der Anrufer? Der ist mir auch noch ein Rätsel ... zumindest bis jetzt", fügte Fuß mit einem leisen Seufzer hinzu und erwischte sich bei dem Versuch, sein Gesicht zu kneten. Es hatte schon oft Fälle gegeben, in denen völlig außenstehende Personen plötzlich zu Hauptverdächtigen wurden und auch als Täter ermittelt werden konnten.

Plötzlich kam Fuß eine Idee, über die man bisher noch nicht diskutiert hatte. Es war auch durchaus möglich, dass Simone Hartmann den Anruf der Einsatzleitstelle nur vorgetäuscht hatte. Vielleicht hatte sie einen völlig harmlosen Anruf bekommen und spontan die Gelegenheit genutzt, zu behaupten, es sei die Polizei gewesen. In Wirklichkeit war es ein anderer, harmloser Anruf. Immerhin hatte sie sich in die Diele begeben, damit weder Dorothea noch Halina das Gespräch mitbekamen. Er entschloss sich, auf jeden Fall auch diese Möglichkeit bei den weiteren Ermittlungen in Erwägung zu ziehen.

Um sich auf die Vernehmung von Frau Hartmann vorzubereiten, versuchte Fuß eine Stunde später, Schäfer zu erreichen. Dieser war allerdings noch mit der Durchsuchung der Hartmannschen Wohnung beschäftigt und hatte sein Handy abgeschaltet. Die gesamte Mannschaft der Spurensicherung, die in den Fall involviert war, rotierte. Denn in unmittelbarer Nähe des Autobahnparkplatzes hatte man üppige Beute gemacht, die nun einzeln auf einen möglichen Zusammenhang mit der Leiche untersucht werden musste. Auch das Ergebnis der Fahrzeuguntersuchung lag noch nicht vor. Dafür überraschte Rechtsmediziner Dr. Wehlen Fuß mit einem kurzen Fax.

... Da Sie es ja immer eilig haben und nie abwarten können, nachfolgende Informationen, die auf den Täter hinweisen können. Die drei Stiche in den Rücken wurden dem Opfer mit einem etwa 25 cm langen Stilett zugefügt. Bei einem der drei Stiche war die Stoßrichtung ziemlich genau ein rechter Winkel, die beiden anderen Stiche erfolgten von oben in einem Winkel von 45°. Für den Tathergang ergibt sich daraus die Wahrscheinlichkeit, dass das stehende Opfer zunächst von hinten durch zwei Stiche verletzt zu Boden ging und der dritte, rechtwinklige Stich gezielt erfolgte und die rechte Herzkammer traf. Der Täter dürfte aufgrund des Einstichwinkels etwa die gleiche Größe wie sein Opfer haben. Die Schnittwunden im Gesicht stammen von der gleichen Tatwaffe und lassen eine Willkür in der Schnittfolge vermuten. Genaueres in den nächsten Tagen ...

Fuß versuchte sich den Tathergang vorzustellen. Wut oder Hass schienen dabei eine große Rolle zu spielen und das Opfer musste am Tatort sehr viel Blut verloren haben. Wut und Hass konnte man Simone Hartmann unterstellen, aber war sie zu einer solchen Tat fähig? Noch einmal ließ er alle Personen an sich vorüberziehen, die als Täter infrage kamen. Doch außer der Ehefrau blieb im Raster niemand hängen. Plötzlich hatte der Hauptkommissar das

Gefühl, eine völlig falsche Spur zu verfolgen oder bisher etwas übersehen zu haben.

Irgendwer hatte Schäfer erreicht und ihm mitgeteilt, dass Fuß versucht hatte, ihn anzurufen. „Worum geht's?", wollte Schäfer wissen.

Fuß berichtete ihm von dem ersten vorliegenden Untersuchungsergebnis der Rechtsmedizin.

„Eines ist sicher", meinte Schäfer, „die Wohnung von Frau Hartmann ist nicht der Tatort und andere Dinge, die Hinweise auf die beiden Morde liefern könnten, haben wir bis jetzt auch nicht gefunden. Allerdings haben wir den Computer von Hartmann beschlagnahmt, denn wir haben auf die Schnelle darauf ein paar interessante Dateien gefunden. Aber vor morgen ist da nichts zu machen."

Bevor das Gespräch zu Ende war, erfuhr Fuß von Schäfer, dass Frau Hartmann sich ein Taxi bestellt und bereits in Richtung Polizeipräsidium abgefahren war.

„Die Hartmann ist unterwegs!", informierte Fuß seine Assistentin. „Ich gehe schon mal in den Vernehmungsraum." Er schnappte sich die Akte, um sich dort ungestörter vorbereiten zu können.

Von Simone Hartmann war jeglicher Glanz wie weggeblasen. Die sonst stattliche Frau wirkte hilflos und abgespannt. Sie war ungeschminkt und ihr Gesicht war maskenhaft verquollen. Sie zeigte sich verwundert, dass es ein neuerliches Verhör geben solle. „Ich habe Ihrer Kollegin doch schon alles gesagt", meinte sie, als sie begleitet von Liane den Vernehmungsraum betrat.

Fuß betrachtete sie eine Weile, während er das Mikrofon ausrichtete, das Aufzeichnungsgerät einschaltete und die Verhördaten aufsprach.

Liane nahm neben Fuß Platz. „Aus Ihrer Aussage von heute Vormittag ergeben sich einige Fragen, die Hauptkommissar Fuß noch mit ins Protokoll aufnehmen will", erklärte sie.

„Dann fragen Sie, wenn es unbedingt sein muss."

„Dieser Herr Plickert“, begann Fuß, „bei ihm meldet sich immer nur ein Anrufbeantworter. Was macht der Mann eigentlich?“

Bereitwillig gab Frau Hartmann die gewünschte Auskunft, aus der auch hervorging, dass der Mann mit Lizenzen handelte und deshalb ständig durch die ganze Welt reiste. Sie wusste auch, dass ihr Auftraggeber am nächsten Tag nach Asien unterwegs war, aber nicht, wann er zurückkommen würde.“

Fuß blätterte bewusst in der vor ihm liegenden Akte, als suche er etwas. „Irgendwie kann ich im Moment Ihre Handynummer nicht finden.“

Ohne groß aufgefordert zu werden, nannte Frau Hartmann die Nummer, die Liane sofort notierte.

„Wissen Sie zufällig noch, wem von uns Sie die Nummer schon mal gegeben haben?“ Dieses Mal blickte er allerdings sein Gegenüber an und hatte den Eindruck, Simone Hartmann denke tatsächlich über die Antwort nach.

„Soweit ich mich erinnern kann, hat mich noch niemand danach gefragt. Ich wüsste auch nicht wozu.“

Sofort heftete sich der Blick von Fuß fest an die Augen der Frau. „Das sehe ich auch so. Aber verraten Sie mir dann bitte, wieso Sie in der Wohnung Ihrer Schwiegertochter von der Polizei angerufen werden konnten.“

Auch wenn er anderes erwartet hatte, war sich Fuß sicher, dass sich Frau Hartmann diese Frage bisher nicht gestellt hatte und völlig überrascht war.

„Ich ... ich weiß ...“, begann sie und endete dann leise, „... Sie haben recht, das ist mir gar nicht bewusst geworden.“

Fuß war für einen Moment ebenso überrascht und sprachlos. Seine Gedanken fingen zu galoppieren an. Sagte die Frau die Wahrheit, wer hatte sie dann angerufen und an den Fundort gelockt und warum? „Können Sie sich noch erinnern, was man Ihnen am Telefon gesagt hat?“

Simone Hartmann versuchte, sich zu konzentrieren. „Wörtlich weiß ich das natürlich nicht. Der Anrufer meldete sich irgendwas mit Polizei. Ich glaube sogar, er hat seinen Namen genannt, aber ..." Sie zog etwas hilflos ihre beiden Schultern hoch. „Und dann sagte er, man habe meinen Mann aufgefunden und ich solle sofort zu diesem Parkplatz kommen. Ich habe ihn gefragt warum und wieso, aber er wiederholte immer nur eindringlich den Namen des Parkplatzes. Dann war die Verbindung beendet. Ich war so aufgeregt."

Fuß beugte sich zu Liane und flüsterte ihr ins Ohr. „Wir haben ja jetzt ihre Nummer. Vielleicht lässt sich feststellen, woher der Anruf kam."

Nachdem Liane den Raum verlassen hatte, blieb es einige Minuten still. Beide hingen ihren Gedanken und den Fragen nach, die sich plötzlich aufgetan hatten. Mehr und mehr schien es Fuß, als habe Frau Hartmann die Wahrheit gesagt. Gleichzeitig tat sich aber in dem Fall ein großes schwarzes Loch auf. Aus dem Kreis bisher möglicher Tatverdächtiger fiel ihm auch niemand ein, der Kenntnisse von der Handynummer haben konnte.

Liane Esser gab den Auftrag an die KTU weiter und begann mit dem Schreiben des Protokolls, für dessen Unterschrift Frau Hartmann ins Präsidium gekommen war. Die kurze Aussage im Vernehmungsraum fügte sie frisch aus dem Gedächtnis hinzu und brachte dann den Protokollausdruck zu Fuß. Der hatte inzwischen versucht, ein sehr allgemeines Gespräch mit der Witwe zu führen, um da oder dort vielleicht doch noch einen Ansatz für weitere Ermittlungen zu finden. Doch das Ergebnis war gleich Null. Frau Hartmanns Angaben wirkten alle glaubwürdig, einige ergänzende Informationen untermauerten höchstens die bisherigen Ermittlungen.

Nachdem sie das Protokoll gelesen und unterschrieben hatte, hielt sie bei der Verabschiedung die Hand von Fuß fest. „Bitte klären Sie die beiden Morde auf", bat sie und schaute dabei dem Hauptkommissar fest in die Augen.

„Und, glauben Sie ihr?", wollte Liane wissen, nachdem beide wieder an ihren Schreibtischen saßen.

Auch wenn es Fuß schwerfiel, musste er zugeben, dass sich fast alle Verdachtsmomente gegen die noch vor weniger als einer Stunde Hauptverdächtige in Luft aufgelöst hatten und sie wieder am Anfang ihrer Ermittlungen standen.

„Wir werden wohl alle Aussagen nochmals durchgehen müssen. Es muss doch, verflucht nochmal, irgendwo einen Ansatz geben, der uns auf die richtige Spur führt."

„Es sei denn, entweder haben beide Morde nichts miteinander zu tun, oder das Motiv liegt ganz woanders." Kaum hatte sie es ausgesprochen, sah Liane auch schon den schiefen Blick ihres Chefs. Das mit den beiden Morden, die nichts miteinander zu tun haben, hätte sie wohl besser nicht gesagt. Rasch beugte sie sich über die vor ihr liegenden Unterlagen, denn sie verspürte sogleich eine leichte Rötung in ihrem Gesicht und hoffte, dass Fuß diese Reaktion nicht mitbekam.

So verbrachte jeder für sich den restlichen Nachmittag mit Aktenstudium. Beide machten sich an bestimmten Stellen Notizen, doch die große Erkenntnis ließ auf sich warten.

Liane hatte gerade ihre Umhängetasche für den Feierabend gepackt, als es klopfte. Hauptkommissar Schäfer war gekommen, um über den aktuellen Ermittlungsstand der SpuSi zu berichten. Fuß sah ihm an, dass das Ergebnis nicht unbedingt große, neue Erkenntnisse versprach. Er stand auf und holte aus dem Schrank eine Flasche Rotwein, die er für solche Gelegenheiten immer auf Vorrat hatte, füllte drei Gläser und winkte Liane zu sich und Schäfer an den Schreibtisch.

Nach dem erste Schluck *2008er Alkener Burgberg* Spätburgunder stellte Schäfer langsam sein Glas auf den Schreibtisch zurück und schlug die Beine übereinander. „Zunächst das Wichtigste: Die gefundenen Reifenspuren am Feldweg neben dem Autobahnparkplatz stammen nicht vom Wagen, den Frau Hartmann fährt. Auch in dem Wagen wurde nichts gefunden, was darauf hindeutet, dass die Leiche ihres Mannes mit diesem transportiert wurde. Dafür haben wir aber Fußspuren gefunden, die höchstwahrscheinlich etwas mit dem Fall zu tun haben. Wir haben die

Abdrücke einer bestimmten Schuhsohle genauer unter die Lupe genommen, die Spur rekonstruiert und ein Bewegungsprotokoll des Schuhträgers angefertigt. Das Protokoll belegt, dass die Person auf der Fahrerseite ausgestiegen ist, sich am Kofferraum hin- und herbewegt und dann die Leiche zum Fundort getragen hat, denn von da an sind die Eindrücke in die nasse Erde bedeutend tiefer. Ebenso führt die Spur wieder zur Fahrerseite zurück. Bei den Schuhen handelt es sich um die Schuhgröße zweiundvierzig."

Das Piepsen seines Handy unterbrach seinen Bericht. Schäfer meldete sich und zeigte nach ganz kurzer Zeit Fuß und Liane den nach oben gerichteten Daumen und bedankte sich bei dem Anrufer.

„Das ist ein Ding!", strahlte er. „Unsere Spezialisten haben herausgefunden, Frau Hartmann wurde von einem Handy aus angerufen und wisst ihr, von wessen?"

Fuß, der gerade genüsslich einen Schluck aus seinem Glas getrunken hatte, stellte es hastig ab. „Mach's jetzt nicht spannender als nötig!"

„Es war das Handy von Axel Hartmann!"

„Aber, der war doch um die Uhrzeit längst ...", platzte Liane heraus und wurde sofort wieder vor Verlegenheit rot im Gesicht.

„Dann hat der Mörder also selbst Frau Hartmann angerufen, denn er hat doch alles mitgenommen, was der Tote bei sich hatte." Fuß vergrub sein Gesicht in beiden Händen. Was hatte das schon wieder zu bedeuten?

Fuß, Schäfer und Liane diskutierten noch fast eine halbe Stunde über diese Nachricht, gingen aber dann recht unbefriedigt auseinander, da sie zu keinem Ergebnis gekommen waren. Schäfer hatte sofort versucht, das Handy orten zu lassen. Aber es war ausgeschaltet oder der Täter hatte sogar nach dem Telefonat gleich den Akku entfernt und das Gerät weggeworfen. Er hatte aber trotzdem einen angehenden Polizeimeister, der ihm für ein paar Wochen zur Verfügung stand, beauftragt, die Handynummer regelmäßig alle halbe Stunde anzuwählen und ihn sofort zu informieren, wenn eine Verbindung zustande käme.

Zum Glück hatten sich in Alken einige Freunde der Familie eingefunden, die vorhatten, Erika und ihn zum Essen mitzunehmen. Doch Erika war standhaft geblieben und hatte, trotz Protest, in kürzester Zeit den halben Kühlschrankinhalt angeschleppt und ein Abendessen auf den Tisch gezaubert, zu dem Fuß nur noch Wein aus dem Keller holen musste. So verging der Abend in geselliger Runde und es blieb dem Hauptkommissar erspart, ständig von den Fragen geplagt zu werden, die sich aus den neuen Erkenntnissen ergaben.

Dafür tauchten die Quälgeister die ganze Nacht immer wieder auf. Während Erika leise vor sich hin schnarchte, wälzte sich ihr Mann von einer Seite auf die andere. Eines glaubte er jedoch inzwischen als gesichert, hinter dem „Wer?“ einer jeden Frage, musste ein und dieselbe Person stecken, der Mörder. Er hatte ein Motiv, hatte das Gift in die Lotion getan, Axel Hartmann erstochen, das Handy mitgenommen und Simone Hartmann zu dem Parkplatz gelockt. Aber über allem stand in noch größeren Lettern „Warum?“

13.

Liane hatte sich am nächsten Morgen auf den Weg gemacht, um in der Kantine des Polizeipräsidiums einen Kaffee zu holen. Deshalb nahm Fuß das Telefongespräch an, das auf ihrem Apparat landete. Simone Hartmann meldete sich recht aufgeregt.

„Ich war gerade beim Bestattungsunternehmen und finde bei meiner Rückkehr einen merkwürdigen Kondolenzanruf auf unserem Anrufbeantworter vor. Darf ich Ihnen das Band vorspielen?“

Fuß war froh, den Anruf selbst entgegengenommen zu haben. „Ich bin in einer Viertelstunde bei Ihnen!“, antwortete er, schnappte sich ein leeres Blatt aus dem Schreibtischfach und hinterließ Liane eine kurze Nachricht.

Die krächzende Stimme einer Frau, die wohl auch bereits reichlich dem Alkohol zugesprochen hatte, tönte mit ordinärer Wortwahl aus dem kleinen Lautsprecher des Anrufbeantworters. „Tut mir ja leid für den geilen Sack. Hätte ihm gewünscht, den Löffel beim Ficken abzugeben, hätte besser zu ihm gepasst, haha. Aber so ist nun mal das Leben. Mal ehrlich, haben Sie ihn umgebracht? Schade, wir wollten doch im nächsten Sommer nach Spanien. Scheiße, wird nun nichts. Trotzdem, mein Beileid!“

Simone Hartmann stand heulend neben der kleinen Konsole, auf der das Telefon und der Anrufbeantworter standen. „Ist es nicht furchtbar. Wieso ruft auch dieses Frauenzimmer jetzt noch hier an?“

Fuß antwortete nicht, sondern drückte bei dem Telefon die Listentaste eingegangener Anrufe und notierte sich die letzte Rufnummer. Dann drückte er die Wahlwiederholungstaste. Nach dem zweiten Rufzeichen meldete sich Liane. Er gab ihr die notierte Rufnummer durch und bat festzustellen, wem dieser Anschluss gehöre. „Ich warte hier bei Frau Hartmann auf Ihren Rückruf.“

„Das wird eine dieser Damen sein, mit der Axel es getrieben hat. Allerdings hätte ich ihm mehr Geschmack zugetraut. Bei ihr scheint es sich ja eher um eine Dame aus dem Rotlichtmilieu zu handeln. Ich dachte immer, er hätte Stil.“

Fuß wollte Simone Hartmann nicht widersprechen. Für ihn passte diese Frau nach den wenigen Kontakten durchaus in das Bild, das er von ihrem Mann hatte, eher bestätigte sich sein Eindruck dadurch. Er nahm sich vor Schäfer anzurufen, der Hartmanns Computer beschlagnahmt hatte. Auf die Idee, nach Namen und Adressen dieser Damen zu suchen, war er bisher nicht gekommen. Vielleicht ergab sich ja auf diese Art und Weise der Hinweis auf ein Motiv. Dann allerdings hatten die beiden Morde erfahrungsgemäß nichts miteinander zu tun. Außerdem bestand die Möglichkeit, dass die SpuSi diesbezügliche andere Unterlagen von Hartmann, wie ein Adressbüchlein oder einen Terminkalender, bei der Wohnungsdurchsuchung gefunden hatte.

Durch den Stoff der Jacke des Hauptkommissars drang das Vibrieren seines Handys. Liane hatte Glück. „Chef, ich habe die

Nummer der Anruferin. Sie gehört zu einer Kneipe in der Burgstraße in Koblenz."

Fuß wusste sogleich, wo er nach der Hure suchen musste, denn er sah das Haus vor sich, in dem sich die Kneipe befand. Er verabschiedete sich rasch von Frau Hartmann. Vielleicht hatte er ja Glück und traf die Anruferin dort noch an.

Um diese Uhrzeit war in der düsteren Kneipe noch nicht viel los. Obwohl man wohl am Morgen gelüftet hatte, empfand Fuß die Luft als ekelhaft. Eine Mischung aus Schweiß, minderwertigem Parfüm und Alkohol strömte ihm entgegen. Der junge Mann, der dabei war, gespülte Gläser mit einem Tuch zu polieren, erkannte Fuß sofort und der Hauptkommissar ihn.

„Hallo Fuß", begrüßte Ronny den Besucher, „lange nicht mehr gesehen. Willst mir doch wohl nicht wieder was anhängen und 'ne Acht anlegen?"

Fuß hatte keine Lust auf eine größere Konversation. „Halt keine langen Reden. Seit wann bist du hier?"

Ronny grinste den Hauptkommissar an. „Weißt du doch, gehöre zum Inventar."

„Welche Dame hat heute Morgen hier das Telefon benutzt?"

Ronny deutete auf den Telefonapparat hin. „Weiß ich nicht. Da musst du schon deine Kollegen von der Spurensicherung bemühen, die sich mit Fingerabdrücken auskennen", lachte er hämisch.

Mit einem großen Schritt stand Fuß dicht bei dem jungen Mann und packte ihn mit beiden Händen an seinem Hemd." Wenn du dir das Lachen sparst, hättest du mehr Zeit, meine Frage zu beantworten!", donnerte Fuß los.

Beinahe wäre Ronny ein frisch poliertes Glas aus der Hand gefallen. „Langsam, langsam, Fuß. Man kann doch auch vernünftig mit mir reden!"

„Dann tu es, aber ohne Umschweife. Wer hat also heute Morgen hier telefoniert?"

Ronny versuchte, sich aus dem Griff des Hauptkommissars zu lösen, doch dessen Hände hatten sich tief in den Hemdenstoff verkrallt. „Zwei haben hier telefoniert, Jessy und Leila."

„Wer von beiden hatte schon genug reingeschüttet, wie heißt sie richtig und wo finde ich sie jetzt?" Fuß' Stimme ließ erkennen, dass er nicht zu Späßen aufgelegt war. Der Hemdenstoff begann im Rücken von Ronny bedenklich zu spannen.

„Keine von beiden. Aber als ich mal kurz die leeren Kästen nach draußen geschafft habe, stand DC neben dem Telefon. Die hatte reichlich geladen."

Fuß zerrte den jungen Mann zur Seite und drückte ihn mit dem Rücken kräftig gegen die Wand. Ein Nagel, an dem schon lange kein Bild mehr hing, bohrte sich in den Rücken von Ronny, der vor Schmerz aufschrie.

„Wer ist DC?", brüllte ihn Fuß an.

„Dolce Chianti! Hör auf, ich sag's dir auch so. Irgendetwas sticht verdammt in meinen Rücken."

Fuß ließ den Druck etwas nach.

„Alle nennen sie so, weil süßer Chianti ihr Lieblingsgetränk ist. In Wirklichkeit heißt sie, soviel ich weiß, Rosa oder Roswitha. Den Familiennamen kenne ich wirklich nicht, aber sie wohnt gleich hier um die Ecke in der Weißer Gasse."

„Nummer?"

„Weiß ich wirklich nicht", stöhnte Ronny vor Schmerzen, denn noch immer spürte er den Nagel im Kreuz.

Fuß staunte nicht schlecht, als er beim Absuchen der Haustürklingeln tatsächlich ein kleines Schildchen *DC* entdeckte. Da die Haustür offen war, stieg er hinauf in das oberste Stockwerk. Die Wohnungstür zierte eine riesengroß gemalte Chianti-Flasche und auf dem Etikett waren die Buchstaben *DC* mit hellblauer Acrylfarbe gemalt. Fuß läutete Sturm.

Nach gut einer halben Minute waren endlich Geräusche in der Wohnung zu hören. Fuß schlug mit der flachen Hand laut gegen die Tür, worauf eine krächzende Stimme ertönte, die Fuß sofort erkannte.

„Was ist denn?“

„Aufmachen, Polizei!“

DC fummelte hörbar mit einem Schlüssel und versuchte das Schlüsselloch zu finden, was ihr dann schließlich auch gelang. In der geöffneten Tür stand eine etwa dreißigjährige Frau, deren rotblonde Haarfarbe ihn sofort an Hartmann erinnerte. Nüchtern und in entsprechender Kleidung hätte er die Frau durchaus als hübsch und attraktiv, ja vielleicht sogar begehrenswert eingestuft. Das also war der Typ Frau, auf den Axel Hartmann gestanden hatte, eine Mischung von attraktivem Aussehen und eher ordinärer Hure.

Leicht schwankend hielt DC sich am Türstock fest und versuchte krampfhaft, die Augen offen zu halten. „Was wollen Sie von mir? Ich bin müde.“

„Eher betrunken oder bekifft“, stellte Fuß fest und betrat ungehindert die Wohnung. „Ich komme wegen Axel Hartmann!“

Die Frau stieß einen röhrenden Lacher aus. „Der ist nicht hier, der ist da oben bei den Engelchen.“

„Oder da unten den Teufeln“, spottete Fuß und ging auf die offene Tür zu einem Zimmer am Ende des schmalen Ganges zu, aus dem DC offenbar gekommen war.

DC schwankte hinter ihm her und ließ sich in dem kleinen Raum mit der schrägen Decke sofort wieder auf das zerwühlte Bett fallen. Noch bevor sie zu der etikettlosen Flasche neben dem Bett greifen konnte, hatte Fuß diese bereits geschnappt und gab ihr einen Schubs, wodurch sie unter das Bett rollte.

„Häää, was soll das?“, begann DC zu zetern und schaute den Hauptkommissar mit glasigen Augen an.

Fuß war sofort klar, dass von dem Besuch hier kaum ein positives Ergebnis zu erwarten war. Er überlegte sogar, ob er die Frau vorläufig für eine Ausnüchterung festnehmen und abtransportieren lassen solle. Trotzdem entschloss er sich, erst einmal zu versuchen, ohne diese Maßnahme sein Ziel zu erreichen. „Sie haben heute bei Frau Simone Hartmann auf Anrufbeantworter gesprochen.“

„Wem?“ DC strich sich mit ihren dürren Fingern durch ihre zerzauste Haarpracht und stierte Fuß an. „Ich weiß von nix.“

„Gut, dann werde ich Sie jetzt aufs Präsidium bringen lassen und dort behalten, bis Ihnen dazu etwas einfällt.“

Diesen Satz hatte DC wohl sofort begriffen. „Wie war nochmal der Name?“

„Simone Hartmann, mit deren Mann Sie angeblich im nächsten Sommer in Spanien Urlaub machen wollten.“ Fuß versuchte, sich in Geduld zu fassen, und hoffte, so vielleicht doch noch schnell ans Ziel zu kommen.

„Ach, die!“, nickte DC mit dem Kopf wie ein Wackelhund im Rückfenster eines Autos mit defekter Federung. „Ja, nach Spanien wollten wir, nun ist er tot.“ Bei diesem Gedanken schreckte die Frau förmlich auf. Sie setzte sich mit einem Schwung auf den Bettrand, auf dem sie sich rechts und links abstützte. „Deswegen sind Sie also hier, weil ihn jemand ...“ Sie machte mit der rechten Hand eine Bewegung, als wolle sie sich die Kehle durchschneiden, stützte sich dann aber wieder schnell ab.

„Wie gut kannten Sie Axel Hartmann und seit wann?“

DC zog ihr gesamtes Gesicht in Falten und schloss zum Nachdenken die Augen. „Seit ... puuh ... seit drei, vier, fünf Jahren, was weiß ich. Er konnte nie genug bekommen“, lachte sie auf und öffnete dabei wieder ihre Augen. „Aber ich habe ihn schon seit einiger Zeit nicht mehr gesehen, bis jetzt die Fotos in der Zeitung waren. Schock!“ Sie riss die Arme in die Luft, wodurch sie fast zur Seite gekippt wäre. Dabei verlor ihr Gesicht wieder die kurze Fröhlichkeit. „Hupsala ... wer hat ihn denn auf dem Gewissen? Ich habe ihm ja gleich gesagt, das hättest du nicht machen sollen, hast doch mich und genügend andere.“

Fuß horchte auf. „Was hätte er nicht machen sollen? Was war damals?“

DC wippte mit dem Oberkörper vor und zurück. Langsam schien sie klarer denken zu können. Das wollte Fuß unbedingt ausnutzen.

„Na, das mit dem jungen Ding, die sich so geziert hat ... hätte er nicht machen sollen. Hab ihm gleich gesagt, dass das mit Spanien nix wird, wenn sie ihn anzeigt.“

Fuß kniete sich vor die Frau auf den Boden und packte sie vorsichtig an den Unterarmen. „Meinen Sie eine Vergewaltigung? Wen hat er vergewaltigt?“

DC versuchte, sich aus dem Griff des Hauptkommissars zu befreien, was ihr aber nicht gelang. Eher wurde der Griff von Fuß sogar noch fester. Er spürte, dass er nur noch wenige Zentimeter von einer neuen Erkenntnis war, die seine Ermittlungen weiterbringen würden. „Ging es um Vergewaltigung?“

Mit einem unerwarteten Ruck gelang es DC doch, sich zu befreien. „Jaaa, natürlich. Gebeichtet hat er es mir, weil er Angst vor einer Anzeige hatte und ich sollte ihm helfen.“

„Wie helfen?“ Fuß hatte Blut geleckt.

DC ließ sich wieder rückwärts auf das Bett fallen und starrte zum Dachfenster hinaus, dass sich über ihr befand. „Ich sollte ihm ein Alibi geben. Aber so was mach ich nicht. Nicht bei so etwas. Ficken ... ja, ficken gegen Geld ... ja doch, aber mit Gewalt ... das hat keine Frau verdient, erst recht nicht diese Kleine.“

„Kennen Sie sie, ihren Namen?“

Fuß erhob sich wieder, um das Gesicht der Frau besser betrachten zu können. Sie schien ernsthaft nachzudenken. Er wusste, dass er jetzt keinen Druck auf die Frau ausüben durfte. Langsam drehte er sich sogar um und hielt nach einer Sitzgelegenheit Ausschau, entdeckte aber keine. Außer einem Schrank und einem kleinen Schminktisch stand nur noch eine alte Nähmaschine in dem Raum. Merkwürdig für eine Hure, dachte er. Hier würde sie ihre Freier wohl nicht empfangen.

„Es war etwas Ausländisches“, hörte er DCs Stimme und drehte sich wieder zu ihr um.

„Wo finde ich diese Frau?“

Fast gleichzeitig mit der Antwort fiel es Fuß wie Schuppen von den Augen.

DC hatte ihren Kopf zu ihm gedreht. Ihr Blick war immer noch glasig und ihr benebelter Zustand unübersehbar, aber was sie sagte, war klar und deutlich zu verstehen. „Die musste doch sein Sohn heiraten, als Axel erfuhr, dass die Kleine schwanger war."

Nachdem Fuß seinen Bericht beendet hatte, herrschte teils überraschtes, teils betroffenes Schweigen im Raum. Liane hatte auf seine Anweisung hin Schäfer und Erasmus und die drei Mitarbeiter der Pressestelle Müller, Zirfas und Loser, sowie Hauptkommissar Ewalt zusammengetrommelt, um alle gleichermaßen auf den neuesten Stand der Ermittlungen zu bringen.

Ewalt war es auch, der sich als Erster zu Wort meldete. „Damit gibt es endlich ein Licht am Ende des Tunnels", begann er. „Nur, ein Täter ist noch nicht ermittelt. Fakt ist, dieser Arsch hat seine zukünftige Schwiegertochter vergewaltigt, die ihn deshalb anzeigen wollte. Ob sein Sohn von der Vergewaltigung erfahren hat, wissen wir nicht. Aber er kommt als Mörder seines Vaters ja auch nicht infrage. In jedem Fall hat nach Bekanntwerden der Schwangerschaft dieser Hartmann erreicht, dass sein Sohn die Studentin geheiratet hat, vielleicht sogar in dem Glauben, das Kind sei von ihm. Aber wer den Sohn dann vergiftet hat und warum, bleibt ebenso ungeklärt wie die Frage nach dem Mörder des Vaters."

Bereits während Ewalts Ausführungen hatte Schäfer die Hand gehoben. „Mir ist da ein Gedanke gekommen, ich weiß nicht, wie andere hier im Raum das sehen. Wenn alles so war, wie es sich jetzt darstellt, gibt es für die junge Witwe kein ersichtliches Motiv mehr, ihren gerade angetrauten Ehemann umzubringen. Dies wiederum lässt den Schluss zu, dass möglicherweise sie das Opfer sein sollte."

Liane konnte den kurzen, aber unüberhörbaren Überraschungsaufschrei nicht rechtzeitig unterdrücken, was alle Anwesenden zu einem mitfühlenden Lächeln veranlasste.

„Entschuldigung!" Liane hätte sich wieder einmal am liebsten in das hinterste Mauseloch verkrochen, zumal sie auch sofort die aufsteigende Röte in ihrem Gesicht spürte.

„Aber das würde bedeuten, dass eigentlich nur Axel Hartmann an ihrem Tod ein Interesse haben konnte“, versuchte Fuß schnell, seiner Assistentin zur Seite zu springen. „Nur warum erst so spät. Das ergibt doch keinen Sinn. Denn nach außen war doch alles in Ordnung.“

„Das sehe ich als Frau nicht so“, meldete sich Claudia Müller zu Wort. „Ich versetze mich in die Lage dieser Frau. Ein ganzes Leben lang mit dieser Lüge zu leben, ständig diesem Vergewaltiger ausgeliefert zu sein und meinem Mann die wahre Vaterschaft zu verschweigen ... Ich würde das nicht durchhalten. Es kommt doch ständig vor, dass sich Frauen erst nach Jahren überwinden können und ihr Schweigen brechen. Dieses Damoklesschwert hätte doch immer über dem Schwiegervater gehangen. Und so wie er mir beschrieben wurde, ist er nicht der Typ gewesen, der ein solches Risiko eingeht. Wir sollten unter diesem Aspekt noch einmal alle Protokolle durchgehen, vielleicht sieht jetzt die eine oder andere Sache ganz anders aus.“

„Was ist mit der Presse?“, wollte ihr Kollege Zirfas daraufhin wissen. „Wir sollten das alles noch unter der Decke halten, bis die Sache wasserdicht ist. Denn dann ergibt sich zusätzlich die Frage, wer ist vor uns auf die Idee gekommen, wer der Mörder des Studenten war und damit ... wer ist der Mörder des Mörders?“

Schäfer stand auf und deutete auf seine Armbanduhr. „Kann die SpuSi im Moment zur weiteren Ermittlung noch etwas beitragen? Sonst müssen wir leider wieder an die Arbeit.“

Nachdem es keine Einwände gab, erhob sich auch Erasmus und verließ zusammen mit seinem Chef den Besprechungsraum.

Fuß wartete, bis wieder Ruhe eingetreten war. „Frau Müller hat eigentlich schon gesagt, was wir machen müssen. Ich schlage vor, Frau Esser mailt alle Protokolle und Untersuchungsergebnisse rund und wir treffen uns morgen Vormittag wieder hier.“

„Nachmittag“, widersprach Ewalt. „Ich muss morgen Vormittag zum Zahnarzt, den Termin habe ich schon zweimal verschoben.“

Fuß grinste. „Also gut, vierzehn Uhr!“

14.

Fuß ließ der Gedanke nicht los, der Mörder habe es eigentlich auf Halina abgesehen. Kurz entschlossen verließ er am Nachmittag vorzeitig das Büro, um noch einmal, bewusst unangemeldet, zu Halina zu fahren. Das Risiko sie nicht anzutreffen, ging er ein. Aber er wollte der Frau nicht die Chance geben, sich auf einen angekündigten Besuch einzustellen.

Nachdem er geläutet hatte und ihm die Haustür geöffnet wurde, stieg er rasch die Stufen des Treppenhauses empor, um nicht einem der anderen Hausbewohner zu begegnen und aufgehalten zu werden.

Halina schien nicht sehr überrascht, eher hatte Fuß den Eindruck, dass sie nach der Ermordung ihres Schwiegervaters sogar fest mit seinem Kommen gerechnet hatte. Sie bat den Hauptkommissar herein und führte ihn ins Wohnzimmer. Auf dem Sideboard entdeckte Fuß sofort ein großes gerahmtes Foto von Hanspeter, das Halina mit einem Trauerflor versehen hatte, daneben stand eine kleine Vase mit frischen Blumen, wie er es bereits bei ihrer Schwiegermutter gesehen hatte. Fuß hielt wieder kurz vor dem Bild inne.

„Ich vermisse ihn sehr“, sagte Halina leise. „Es tut so weh ...“ Mit einer einladenden Geste bot sie Fuß einen Sessel an. „Darf ich Ihnen etwas zu trinken geben?“

Fuß lehnte dankend ab und wartete, bis auch die junge Frau sich gesetzt hatte. „Sie sehen besser aus“, begann er und versuchte, locker zu sein und vor allem sein Kommen nicht dienstlich erscheinen zu lassen. „Ich hoffe, Ihr Studium leidet nicht zu sehr unter diesem Schicksalsschlag.“

„Ich habe mich noch nicht entschieden, aber ich glaube, ich werde ein Semester aussetzen. Zumindest hat man mir dazu geraten.“

„Professor Hünenberger?“

Die Reaktion Halinas erstaunte den Hauptkommissar. „Sie wissen es also? Aber es war nicht so, wie Sie vielleicht denken.“

Fuß spielte den Erstaunten. „Was weiß ich und was soll ich nicht denken?“

Die Augen der jungen Frau versuchten, in ihn einzudringen, als wollten Sie ihn durchleuchten, um zu erkennen, ob er wirklich nichts wusste. Aber jetzt gab es für Halina kein Zurück mehr. „Ich will ganz ehrlich sein. Es hat da, bevor ich Hanspeter kennenlernte, eine kurze sexuelle Beziehung gegeben und ich behaupte auch nicht, dass sie allein von ihm ausging. Es hat sich halt so ergeben, wie man so schön sagt.“

Zumindest in diesem Punkt war sie also aufrichtig. Deshalb wagte sich Fuß einen Schritt nach vorne. „Gab es noch andere ... Beziehungen?“, fragte er und fügte, um von seiner eigentlichen Absicht abzulenken, rasch hinzu: „Immerhin suchen wir noch nach einem Mordmotiv.“

Da war sie wieder, diese plötzliche Veränderung in Halinas Gesicht. Nur jetzt wusste Fuß, welches Erlebnis und welche schrecklichen Erinnerungen dahintersteckten.

„Nnnein, wie meinen Sie das?“

„Nun, Eifersucht wäre doch ein klassisches Motiv. Allerdings müssten Sie mir bei der Klärung der Frage helfen, wie das Gift in die Bodylotion in Ihrem Badezimmer gekommen ist. Immerhin gibt es nur einen überschaubaren Personenkreis, der Zutritt zu Ihrer Wohnung hatte. Es sei denn, wir kennen nicht alle Personen.“

Statt einer Antwort, die Fuß erwartet hätte, starrte ihn Halina entsetzt an. „Die ... die Lotion ... Sie sagten doch, es sei in der Körperlotion ... sie steht immer noch im Schrank ... mein Gott“, sie sprang auf und rannte aus dem Zimmer.

Fuß konnte hören, wie sie sich im Badezimmer zu schaffen machte. Als sie wieder das Wohnzimmer betrat, hielt sie mit hochrotem Kopf dem Hauptkommissar die Flasche *Ombia Med* entgegen. „Ich habe sie benutzt“, schrie sie hysterisch. „Muss ich jetzt auch sterben?“

Fuß stand auf, nahm Halina in seinen Arm und ihr die Lotion-Flache aus der Hand. „Beruhigen Sie sich. In dieser Flasche ist kein Gift. Unsere Männer von der KTU haben die Flasche ausgetauscht."

Behutsam führte Fuß die Frau zu ihrem Sessel zurück und nahm ebenfalls wieder Platz. „Wer hat denn die Lotion gekauft?", fragte er nach einer Weile, nachdem sich Halina wieder beruhigt hatte.

„Eigentlich mein Schwiegervater, deshalb auch ein Billigprodukt vom *Aldi*. Angeblich wollte er mir zur Hochzeit eine Freude machen, weil er wusste, dass ich mich nach dem Duschen immer eincreme. Er hatte wohl beim Möblieren der Wohnung gesehen, dass ich noch keine Lotion hatte. Meine Schwiegermutter hat sich unheimlich geschämt, als sie sie mir am Tag vor der Hochzeit überreicht hat, konnte aber natürlich die Lotion nicht einfach unterschlagen. Mein Schwiegervater wäre ausgerastet, wenn er das erfahren hätte. Sie haben ihn ja kennengelernt."

„Aber Ihre Schwiegermutter hat sie Ihnen gebracht?", fragte Fuß ungläubig. Denn was Halina ihm gerade erzählte, konnte natürlich auch bedeuten, dass Simone Hartmann nur behauptete, die Lotion sei nicht von ihr. Aber was für ein Motiv hatte sie, ihre zukünftige Schwiegertochter umzubringen? Am liebsten wäre er sofort aufgestanden und zurück ins Präsidium gefahren, um die neue Situation zu überdenken. „Vielleicht haben Sie jetzt doch ein Mineralwasser für mich?", fragte er schließlich.

Während er alleine im Wohnzimmer war, begann er wieder sein Gesicht zu kneten und seine Gedanke zu ordnen. Er würde am Abend Jana Dufkova anrufen müssen, entschied er schließlich. Sie schien ihm jetzt die Einzige, die vielleicht Ordnung in all das Wirrwarr bringen konnte.

Dufkova hatte ihm in der Vergangenheit bereits mehrmals als Psychologin und Profilerin des LKA in Mainz bei schwierigen Fällen zur Seite gestanden. Nach dem Tod von Lianes Vorgänger, Walter Wagner, von dem Jana ein Kind, Maximilian, zur Welt gebracht hatte, waren sie sich nur noch wenige Male begegnet. Für beide war es zu schmerzlich, an die Ermordung von

Wagner erinnert zu werden. Wenn er sie heute anrief, hatte sie aber sicherlich Verständnis dafür.

Sabrina, Janas Tochter, meldete sich am anderen Ende und war überrascht, die Stimme von Fuß wieder einmal zu hören. „Mama kommt erst in einer halben Stunde“, teilte sie Fuß mit. „So lange musst du mit mir vorliebnehmen.“

Aus Sabrina war ein redegewandter Teenager geworden, wie Fuß schnell feststellen konnte. Sie berichtete freimütig, dass ihre Mutter endlich wieder einen festen Freund gefunden habe, den auch sie und ihr kleiner Bruder ins Herz geschlossen hatten. „Vielleicht wird es ja was“, meinte sie lachend. „Dann wären wir endlich eine richtige Familie.“

Zum Glück kam Jana früher als erwartet nach Hause, denn Fuß brannten so viele Fragen auf den Nägeln. Auch bei Jana kam Fuß nicht umhin, sich erst einmal private Ereignisse und Veränderungen anzuhören. Doch Jana wäre nicht Jana, hätte sie nicht plötzlich gesagt: „Aber das willst du ja eigentlich alles gar nicht wissen. Du hast doch aus einem ganz anderen Grund angerufen.“

Fuß fiel ein Stein vom Herzen und er begann, so kurz es ging, Jana über den Fall und den Stand seiner Ermittlungen zu unterrichten. Er wusste aus der Vergangenheit, dass Jana nie jemanden unterbrach, sich aber immer Stichworte notierte, diese dann überdachte und sich erst danach äußerte. Doch dieses Mal kam es anders. Es dauerte ziemlich lange, bis sie ihn zurückrief. Erika war bereits zu Bett gegangen.

„Ich brauche Einsicht in die Protokolle. Aber, das machen wir wieder mal auf dem kleinen Dienstweg. Ich habe so viele Überstunden, dass ich mir freinehmen kann. Ich muss nur noch sehen, wo ich Maximilian unterbringen kann, und rufe dich dann im Präsidium an. Liane soll mir schon mal alles zusammenstellen, denn allzu lange werde ich nicht bleiben können.“

So war Jana. Fuß verabschiedete sich mit einem schlichten „Danke, gute Nacht!“ und schlich ins Schlafzimmer, um Erika nicht zu wecken.

Fast zwei Stunden saß die Profilerin am Schreibtisch von Fuß und studierte die Akten. Sie hatte den Zettel mit den Stichworten, die sie am Vorabend beim Telefonat mit Fuß gemacht hatte, mitgebracht und hinter den meisten befand sich ein Haken, als sie schließlich alles zusammenpackte und über den Gang zu dem Besprechungsraum schleppte, in dem sich seit gut einer Stunde der Personenkreis vom Vortag wieder eingefunden hatte. Gespannt warteten sie, wie Jana über den Stand der Ermittlungen und das weitere Vorgehen dachte.

Nach dem üblichen Begrüßungsgeplänkel, das sich nicht vermeiden ließ, aber Fuß schon recht nervös machte, weil er wusste, dass Jana möglichst bald wieder nach Mainz zurückfahren wollte, blieb Jana stehen und nahm ihre Notizen zur Hand.

„Ein schwieriger Fall, muss ich eingestehen", begann sie und sah nur zustimmendes Kopfnicken. „Ich glaube aber, sicher sagen zu können, dass beide Morde zusammenhängen. Bei der Durchsicht der Protokolle und verschiedener Notizen habe ich keinen Anhaltspunkt dafür gefunden, dass der junge Hartmann etwas von der Vergewaltigung seiner Frau gewusst hatte, dann wäre die Sache nämlich, so wie ich ihn einschätze, umgehend zur Anzeige gekommen. Vergessen Sie in diesem Zusammenhang nicht, dass Hartmann nicht sein leiblicher Vater war. Das von mir entwickelte Profil von Halina Hartmann erklärt auch sehr schnell, warum sie geschwiegen hat. Da spielt vieles eine Rolle, vor allem verschiedene Ängste. Sie ist Ausländerin ... Polin, sie liebt ihren Verlobten, ihre Verlobung ist möglicherweise durch Bekanntwerden der unbedachten Beziehung zu diesem Professor in Gefahr, sie hat Angst vor ihrem zukünftigen Schwiegervater, ihrem Vergewaltiger, der Macht und psychischen Druck auf sie ausübt, sie will ihr Studium möglichst gut abschließen und ihre konservativen, streng katholischen Eltern nicht enttäuschen und so weiter und so weiter."

Jana schob das oberste Blatt beiseite und warf dabei einen kurzen Blick in die lauschende Runde. Da niemand sich zu Wort meldete, fuhr sie fort: „Ich glaube, warum das Gift nicht Halina sondern ihren Mann tötete, ist hinreichend geklärt. Ich musste mir also die Frage stellen, wer hatte ein Interesse sie zu töten? Es widerspricht zwar der Statistik, nach der Giftmorde überwiegend von Frauen begangen werden, aber in diesem Fall kommt meiner Meinung nach nur eine Person infrage: Axel Hartmann."

Pressesprecherin Claudia Müller nickte zufrieden lächelnd vor sich hin, als sie ihre Überlegung von Jana bestätigt hörte.

„Der Mörder von ihm muss zum gleichen Ergebnis wie ich gekommen sein. Aber ab jetzt wird es bei seiner Profilfindung schwierig. Einerseits muss es jemand aus dem engeren Personenkreis sein, Familie oder Freunde, andererseits haben so ziemlich alle ein Alibi. Ich habe jedes einzelne genau studiert, soweit es mir in der recht kurzen Zeit möglich war, und bin zu dem Entschluss gekommen, es gibt zwei verschiedene Mörder ..."

„Bitte?!", platzte Ewalt heraus, der die Ausführungen von Frau Dufkova mit großem Interesse verfolgt hatte.

Jana blickte zu ihm hin und hob beruhigend lächelnd abwehrend ihre rechte Hand. „Lassen Sie mich ausreden, Herr Kollege. Es gibt theoretisch einen passiven Mörder, wie ich ihn nennen möchte, der auch ein klares Motiv und die notwendigen Kenntnisse zum Morden hat und es gibt einen aktiven Mörder, der die Tat ausführt und dem passiven Mörder somit ein Alibi verschafft."

Sie machte eine Pause und schaute einen nach dem anderen immer noch lächelnd an. Doch dann wurde ihr Gesicht ernst und ihr Blick richtete sich auf Hauptkommissar Fuß. „Aber es gibt dabei ein ganz großes Problem. Die einzelnen Komponenten dieses Mordes sind unter diesen beiden Personen austauschbar. Es gibt aber für mich eindeutige Hinweise, dass derjenige, der das Motiv hatte, auch der tatsächliche Mörder ist. Und auch hier möchte ich einen Schritt weiter gehen, denn die entfernten Gegenstände, Brieftasche, Uhr, Handy und so weiter, dienten meiner Meinung nach nur zur Zeitgewinnung und dazu die Ermittlungen zu erschweren. Für das zur Unkenntlichkeit zerschnittene Gesicht gibt es jedoch eine andere Erklärung: Wut, Hass, Rache. Und damit ist diese Person für mich eindeutig eine Frau!"

„Deine Überlegungen haben uns vor viele neue Rätsel gestellt", stöhnte Fuß, der Jana zum Ausgang begleitete. „Wir werden wohl alle nochmals zu einer Vernehmung vorladen müssen. Im Moment habe ich das Gefühl, im falschen Zug zu sitzen, und wir haben es mit einem ganz anderen Hintergrund zu tun."

Jana nahm Fuß in die Arme und gab ihm einen Kuss auf die Wange. „Du schaffst das schon. Außerdem bin ich mir sicher, dass es sich hier um eine familieninterne Sache handelt. Halt mich auf dem Laufenden. Und wenn du Rat brauchst, telefonisch immer, jederzeit."

Fuß beobachtete, wie Jana in ihr Fahrzeug stieg, und winkte ihr zum Abschied noch einmal hinterher.

Im Besprechungsraum wurde heiß diskutiert. Fuß setzte sich an seinen bisherigen Platz neben Liane und ließ sich von ihr leise berichten, worüber man bisher gesprochen hatte. „Schäfer will noch einmal die Fundsachen vom Parkplatz unter die Lupe nehmen, die Presseabteilung hat vorerst Stillschweigen beschlossen und wir sollen vor allem den Beerdigungstag und den Tag danach, an dem Hartmann ermordet aufgefunden wurde, nochmals rekonstruieren."

Damit war für Fuß eigentlich alles Notwendige gesagt und er wollte so schnell wie möglich genau das tun, was die Kollegen besprochen und auch er sich nach dem Gespräch mit Jana vorgenommen hatte. Er klopfte im Aufstehen zum Abschied mit den Knöcheln der Faust auf den Tisch, um die noch immer laufende Diskussion nicht zu unterbrechen.

Die Aufteilung der Aufgaben zwischen dem Hauptkommissar und seiner Assistentin war schnell erledigt. Dieses Mal entschied sich Liane, Halina aufzusuchen und Fuß machte sich auf den Weg zu Frau Hartmann.

Liane wurde, wie konnte es anders sein, im Treppenhaus von Frau Klose abgefangen. Die Witwe verbrachte wohl die Hälfte des Tages lauschend in ihrer Diele oder an dem kleinen Spion in ihrer Wohnungstür.

„Haben Sie den Mörder?“, flüsterte sie und winkte Liane zu sich in die Wohnung. Glücklicherweise hatte die Kriminalhauptmeisterin aber bereits an der Haustür bei Halina geläutet, die deshalb im gleichen Moment ihre Wohnungstür öffnete.

Liane grüßte die Witwe mit einem höflichen Lächeln und beeilte sich, in die gegenüberliegende Wohnung zu kommen.

Halina hatte einen schicken Jogginganzug an und führte Liane in ihr Wohnzimmer. „Hat Ihr Kommen einen konkreten Anlass?“, wollte sie sofort wissen. Allerdings hatte Liane nicht den Eindruck, dass hinter der Frage eine begründete Angst steckte.

Nach den erfolgreich verlaufenen Gesprächen mit dem Professor und Simone Hartmann hatte Liane sich vorgenommen, diese geradlinige und streckenweise aggressive Taktik erneut zu versuchen. „Wir sind natürlich immer noch mitten in unseren Ermittlungen und haben inzwischen eine äußerst profilierte Kriminalpsychologin des LKA zu Rate gezogen“, bauschte sie den privaten Besuch von Jana Dufkova zu einer offiziellen Diensthandlung auf. Diesen kleinen Bluff würde keiner je erfahren. „Ich möchte mit Ihnen zwei Tage detailliert besprechen, die uns wichtig erscheinen, und gehe davon aus, dass sie sich hierauf konzentrieren, denn ich werde unser Gespräch für ein späteres Protokoll aufzeichnen.“ Sie nahm ihr Diktiergerät und stellte es eingeschaltet auf den Tisch.

„Es geht um den Tag vor der Beisetzung Ihres Mannes und den Beisetzungstag. Versuchen sie sich genau zu erinnern, wie diese Tage abliefen.“

„Oh, Gott!“, jammerte Halina, legte den Kopf in den Nacken und starrte die Decke an. „Ich wurde am Morgen aus dem Krankenhaus entlassen, obwohl ich eigentlich noch ziemlich neben mir stand, wie Sie sich vorstellen können. Aber da war ja am nächsten Tag die Beisetzung, an der ich unbedingt teilnehmen wollte. Es gab eine letzte Visite der Ärzte und irgendwann am späten Vormittag erhielt ich ... sagt man Entlassungspapiere?“ Sie schaute Liane an, die nur kurz zustimmend nickte. „Ich habe dann Doro angerufen, weil ich mir das Taxi sparen und vor allem nicht gleich alleine in die Wohnung wollte. Gerade, als die Schwester mit dem Mittagessen erschien, tauchte auch Doro auf. Ich habe dann noch schnell das Essen heruntergewürgt, irgendwie war mir schlecht."

„Wieso konnte Dorothea Hartmann Sie mitten am Tag und so schnell abholen kommen?", hakte Liane ein.

„Doro kann sich doch ihre Zeit weitgehend einteilen, wie sie will."

„Wieso, ist sie selbstständig?"

„Das nicht, aber als Pharmareferentin ist das offenbar so. Wir haben darüber nie gesprochen. Ist das wichtig?"

„Reine Routinefrage", antwortete Liane, obwohl sie diese Information sofort mit der Frage nach der Giftbeschaffung in Verbindung brachte. „Was haben Sie dann gemacht?"

Halina zog die Beine an und kuschelte sich in ihren Sessel. Liane, die ihren Anorak anbehalten hatte, fiel auf, dass es tatsächlich recht kalt in der Wohnung war.

„Doro ist mit mir in ihre Wohnung gefahren und hat darauf bestanden, dass ich mich noch etwas hinlege, was ich auch getan habe. Sie hat in der Zeit einige Arztpraxen besucht. Nachdem ich sogar etwas geschlafen hatte, habe ich Fernsehen geschaut. Aber fragen Sie mich bitte nicht was. Auf jeden Fall kam Doro so gegen achtzehn Uhr zurück. Sie hat mir ein Abendessen zubereitet und sich danach umgezogen, weil sie noch ein Date mit einem Arzt hatte, der sie auch kurze Zeit später abholte."

„Kennen Sie seinen Namen?"

Halina schüttelte den Kopf. „Aber er sah sehr gut aus", schwärmte sie. „Sie sind dann auch in einem sehr teuren Wagen weggefahren, ich habe sie vom Fenster aus beobachtet. Ich glaube, das war kein beruflicher Termin ..."

„Was haben Sie dann gemacht?"

„Ich habe die Küche aufgeräumt, eigentlich die ganze Wohnung. Doro ist nicht die Ordentlichste und ich musste mich beschäftigen. Sie kam aber recht früh zurück, schien etwas schlecht gelaunt. Wahrscheinlich war der Abend nicht so gelaufen, wie sie sich es erhofft hatte. Aber wir haben nicht darüber gesprochen. Sie hat mir noch einen frisch gepressten Saft gemacht und wir sind dann auch bald schlafen gegangen."

Zusätzlich zu dem Diktiergerät nahm Liane ihren kleinen Block aus der Hängetasche. Es gab zu viele Punkte, die sie sich zusätzlich merken wollte. „Was war dann am nächsten Morgen?" Liane sah, dass Halina zögerte und sich dabei ihre Stirn in Falten legte.

„Das ... das weiß ich nicht mehr so genau. Ich hatte tatsächlich die Nacht durchgeschlafen und Doro hatte es sich auf der Couch bequem gemacht. Ich bin durch laute Radiomusik wach geworden und dachte, sie sei in der Küche. Aber Doro lag in der Badewanne. Ihr Rücken schmerzte, die Couch ... Sie verstehen. Es tat mir sehr leid für sie. Aber sie meinte, der Badezusatz hätte schon viel geholfen. Wir haben gemeinsam gefrühstückt und sind dann zum Friedhof gefahren und waren gerade eingetroffen, als auch Sie mit Ihrem Kollegen kamen. Den Rest wissen Sie selbst."

„Haben Sie sich nicht gewundert, Ihren Schwiegervater nicht anzutreffen?"

„Meine Schwiegermutter sagte, er habe eine wichtige Besprechung und käme nach."

„Aber er kam nicht."

Halina zuckte wortlos mit den Schultern.

„Was geschah, nachdem ich den Friedhof verlassen habe?"

Der restliche Tagesablauf war schnell erzählt. Simone und Dorothea hatten mit Halina einen kurzen Umweg in ein nahe gelegenes Restaurant gemacht und waren dann mit ihr nach Hause gefahren. „Die Stimmung war sehr gedrückt, wie sie sich vorstellen können".

Liane wunderte sich insgeheim, wie gefasst die junge Witwe nach so kurzer Zeit über das Geschehene sprechen konnte. Auch hierzu machte sie sich eine Notiz.

„Simone hatte Kaffee gekocht und ich war dabei, eine Dose Kekse zu öffnen, als ein Handy läutete. Es lag hier auf dem Couchtisch und war das von Simone. Worum es ging, habe ich erst später erfahren, denn sie verschwand während des Gesprächs in der Diele. Als sie zurückkam, hatte sie es sehr eilig, bat Doro, ein Taxi zu rufen, und sagte etwas von der Polizei. Deshalb sind Doro und ich davon ausgegangen, dass Simone von Ihnen oder Ihrem Chef angerufen worden sei und sie aufs Präsidium gerufen worden war. Wir waren mit Doros Wagen gefahren, der von Simone stand noch am Friedhof."

Liane erschrak, weil Halina sich ruckartig in ihrem Sessel aufrichtete.

„Wieso hat man Simones Wagen eigentlich zur Polizei gebracht?"

„Reine Routine!", antwortete Liane kurz. „Mich interessiert noch, was Dorothea Hartmann und Sie den restlichen Tag gemacht und wann Sie vom Tod Ihres Schwiegervaters erfahren haben."

Der misstrauische Blick der jungen Polin sagte ihr, dass sie plötzlich bei der Befragung doch einen Hintergedanken vermutete. Sie sprach langsamer, wählte ihre Worte genauer und wurde in ihrer Aussage weniger präzise. „Wir haben natürlich auf Simones Rückkehr gewartet. Als es dunkel wurde, ist Doro gegangen. Ich war sehr müde und wollte recht früh ins Bett. Nachdem Simone nicht zurückgekehrt war, habe ich mir Sorgen gemacht und sie schließlich angerufen. Sie war sehr verwirrt, heulte und sagte, man habe ihr eine Infusion gegeben. Erst als ich sie fragte, was denn geschehen sei, hat sie mir alles erzählt. Sie können sich nicht vorstellen, was in mir vorgegangen ist."

„Das kann ich sehr gut!", betonte Liane. „Immerhin war Ihr Peiniger tot. Oder hat er Sie auch erpresst?"

Halina war wie erwartet zusammengezuckt und starrte die Kriminalhauptmeisterin an. „Pei... was ... was meinen Sie?"

Jetzt die Nerven behalten, ging es Liane durch den Kopf und sie hielt dem Blick der Frau stand. „Wir wissen alles, Frau Hartmann. Ihr Schwiegervater hat sie vergewaltigt, er ist der Vater Ihres Kindes und er hat sie vermutlich auch erpresst."

Halinas Gesicht verzerrte sich zu einer Grimasse. Ein markerschütternder Schrei drang durch die Wohnung und alle Wände. Liane sprang auf und versuchte, Halina in ihre Arme zu nehmen und sie zu beruhigen. Doch die Polin schlug wie wild um sich, schrie ihr mit hochrotem Kopf wütend auf polnisch ins Gesicht und heulte. Trotzdem war das Läuten an der Wohnungstür nicht zu überhören. Liane rannte in die Diele und öffnete.

Dr. Hansen stand mit einem Arztkoffer vor der Tür. „Was ist passiert?“

„Kommen Sie!“ Liane zog den Arzt schnell am Handgelenk in die Wohnung, denn gegenüber stand auch Frau Klose bereits in ihrer Wohnungstür. „Ein Nervenzusammenbruch“, rief Liane Dr. Hansen hinterher, der an ihr vorbei in das Wohnzimmer unterwegs war.

„Trotzdem müssen Sie mir sagen, was geschehen ist“, bat der Arzt, während er versuchte, so wie eben noch Liane, Halina in die Arme zu nehmen und zu beruhigen.

Fast eine Viertelstunde blieb Liane in ihrem Wagen sitzen. Sie zitterte am ganzen Körper. Dr. Hansen hatte darauf bestanden, Halina mit einem Rettungswagen erneut ins Klinikum *Marienhof* bringen zu lassen. Die junge Kriminalhauptmeisterin machte sich Vorwürfe. War sie zu weit gegangen? Wie würde ihr Chef reagieren, wenn er erfuhr, was geschehen war? Es war wohl ein Akt der Rechtfertigung, dass sie jetzt im Auto begonnen hatte, sich das aufgenommene Gespräch auf ihrem Diktiergerät noch einmal anzuhören und dabei ihre Notizen zu verfolgen.

Nur ganz langsam beruhigte sie sich. Sie öffnete das Seitenfenster und genoss die kühle, frische Luft, die in den Wagen drang. Trotz des dramatischen Endes ihres Besuches bei Halina wuchs zunehmend der Stolz in ihr, dass es ihr gelungen war, zumindest Hartmanns Vergewaltigung seiner Schwiegertochter zu verifizieren. Als letztes Puzzleteil würde noch die Aussage von Simone dienen, bei der Fuß sich derzeit befand.

Fuß saß Simone Hartmann gegenüber. Trotz der großen Probleme mit ihrem Mann und in ihrer Ehe, von denen Fuß inzwischen wusste, sah er ihr die Trauer deutlich an. Sie war wirklich keine

Schönheit, erst recht nicht mit der blassen Hautfarbe und den verquollenen, rot umränderten Augen.

Im Gegensatz zu Liane hatte sich Fuß vorgenommen, behutsam vorzugehen. Immerhin hatte die Frau innerhalb weniger Tage ihren Sohn und ihren Mann verloren. Und darauf, dass sie etwas mit einem der beiden Morde zu tun hatte, gab es bisher keinen Hinweis.

Auch der Hauptkommissar ließ sich von Frau Hartmann detailliert beschreiben, was sie an den beiden fraglichen Tagen gemacht hatte. Wie sich später beim Vergleich der beiden Protokolle herausstellte, gab es nur wenige, meist unbedeutende Abweichungen. Sie erzählte, sie habe zwar gewusst, dass Halina aus dem Krankenhaus entlassen würde, aber ihre Schwägerin habe sie gegen Mittag angerufen und ihr gesagt, sie kümmere sich um Halina.

„Das war mir sehr angenehm, denn es war eine Menge Arbeit liegen geblieben. Ich arbeite derzeit an zwei Wirtschaftsanalysen und einem Gutachten, da braucht man Zeit und Ruhe. Beides hat mir gefehlt und fehlt mir immer noch. Ich war deshalb sehr früh aufgestanden, lange vor meinem Mann. Wir haben noch zusammen gefrühstückt und er ist dann wie immer kurz vor halb acht gefahren."

„Welche Position hatte ihr Mann eigentlich bei der Stadtverwaltung?"

Trotz ihrer Trauer kam Simone Hartmann ein kurzer Lachen über die Lippen. „Position ...? Er hat häufig gewechselt, behauptete immer, gemobbt zu werden. Ich habe das anders gesehen. Zuletzt hatte man ihn als eine Art Verbindungsmann zu Grün und Tod abgeschoben, so nennt man das tatsächlich in der Verwaltung. Ein städtischer Eigenbetrieb für Grünflächen und Bestattungswesen, offiziell nennt er sich EB 67. Axel war die Brücke zwischen Planern und Gärtnern und musste immer vermitteln, wenn es an Geldmitteln fehlte. Die Eigenbetriebe der Stadt müssen sich eigentlich selbst finanzieren. Mehr sollte ich dazu wohl nicht sagen."

„So genau will ich das auch gar nicht wissen", unterbrach sie Fuß. „Mir geht es nur um Ihren Tagesablauf."

Frau Hartmann nahm von einem Stövchen die Teekanne und goss in ihre Tasse heißen Tee nach. „Sie wollen immer noch nicht?“ Sie trank einen Schluck. „Wo war ich stehen geblieben? Beim Frühstück? Ach, ja! Ich habe dann weiter an dem Gutachten gearbeitet und war froh, als Dorotheas Anruf kam und ich die Arbeit ungestört fortsetzen konnte. Nachdem es dunkel geworden war und Axel nicht kam, wusste ich wieder, das er auf Jück ging, wie man so schön sagt. Das klingt schmeichelhafter und harmloser als ‚Herumziehen durch Kneipen und nach sexuellen Kontakten suchen‘. Ich habe dann allein zu Abend gegessen und mir überlegt, wie ich es meiner Schwiegertochter beibringen sollte, dass Axel vielleicht zu spät zur Beisetzung kommen würde. Denn meist endeten solche Nächte mit viel Alkohol. Und meist kam er dann auch zu spät an seinen Schreibtisch, wenn überhaupt. Das brachte ihm auch seine häufigen Versetzungen ein. Stört es Sie, wenn ich eine Zigarette rauche?“

Fuß verneinte. Frau Hartmann stand auf, holte sich aus einem Sekretär ein Päckchen Zigaretten und ein Feuerzeug, zündete sich eine an und genoss den ersten Zug.

„So war es dann auch. Ich habe gefrühstückt, kurz mit Dorothea telefoniert und bin dann zum Friedhof gefahren.“

„Mit Ihrem Auto?“

„Wir haben nur einen Wagen, den Ihre Kollegen von der Spurensicherung fein säuberlich geputzt haben. Sagen Sie denen einen schönen Dank und ich bin deswegen auch nicht mehr verärgert.“

Zum zweiten Mal glaubte Fuß, ein Lächeln zu erkennen.

„Unser Pastor und ich waren die Ersten. Nach und nach tauchten dann die anderen auf, viele waren es ja leider nicht, und schließlich erschienen auch Ihre beiden Mitarbeiter. Die Beisetzung war, wie man Ihnen berichtet haben wird, kurz und wenig feierlich. Der Kommilitone und Trauzeuge von Hanspeter und Halina hat wenigstens ein paar anrührende Worte gesprochen. Mehr kann ich dazu nicht sagen. Sie wollen wissen, wie es danach weiterging?“

Fuß nickte stumm, während Frau Hartmann erneut an ihrer Zigarette zog und den Qualm gegen die Decke blies.

„Wir drei Frauen, also Halina, Dorothea und ich, sind dann mit Dorotheas Auto ins *Moselweißer Bierhaus* gefahren. Es lag auf dem Weg und sollte schnell gehen, was es dann eigentlich nicht tat. Denn die hatten die Küche gerade erst aufgemacht, aber wir saßen trocken und warm und vor allem lenkte das Treiben in dem Lokal etwas von allem ab. Ich habe meine Schwiegertochter bewundert, wie stark sie war. Zum Schluss gab es dann noch ein Malheur. Dorothea hatte schon ihr halbes Essen stehen lassen und dann rannte sie auch noch plötzlich zur Toilette zum Kotzen. Aber nach zwei Schnäpsen ging es ihr wieder besser. Ich habe danach das Auto gefahren. Wir hatten beschlossen, Halina den Nachmittag über nicht alleine zu lassen. Sie war damit sehr einverstanden." Wieder ein Zug an der Zigarette. „Das haben wir dann auch gemacht, bis dieser Anruf kam."

„Ein sehr merkwürdiger Anruf", bestätigte Fuß.

„Mysteriös würde ich im Nachhinein sagen", verbesserte ihn Simone Hartmann. „Immerhin weiß ich inzwischen, dass er nicht von der Polizei kam. Wissen Sie mehr? Eigentlich hätte es mir auffallen müssen, aber an einem solchen Tag ..." Frau Hartmann tat einen letzten Zug und drückte anschließend die nur halb gerauchte Zigarette im Aschenbecher aus. „Zunächst wusste auf diesem Parkplatz keiner etwas mit mir anzufangen. Ich wollte mich schon wieder zurückfahren lassen, da tauchte Ihr Kollege von der Spurensicherung auf, der auch hier die Wohnung durchsucht hat, und teilte mir mit, man habe einen Toten neben dem Parkplatz gefunden und gehe davon aus, dass es sich um meinen Mann handele. Ich wollte den Toten sehen, aber man hat mich zurückgehalten. Irgendwo fiel das Wort ‚verstümmelt'. Vielleicht war das der Grund, warum plötzlich alles um mich herum schwarz wurde. Als ich wieder einigermaßen zu mir kam, hing ich an der Infusion und habe, glaube ich zumindest, Sie gesehen."

„Man hatte mich gerufen", bestätigte Fuß. „Wie verlief dann noch ihr Abend?"

„Ein Streifenwagen hat mich nach Hause gebracht. Der ältere der beiden Beamten hat mich in die Wohnung begleitet und sogar gewartet, bis ich die Tablette genommen hatte, die mir der Notarzt mitgegeben hatte. Ich wollte noch Dorothea anrufen, aber die Tablette zeigte zu schnell ihre Wirkung und ich bin dann sofort ins Bett gegangen. Das war's."

Fuß hatte mal wieder begonnen, sich knetend übers Gesicht zu fahren. Eigentlich hatte Frau Hartmann ihm einen lückenlosen Ablauf der beiden Tage geschildert und er hatte auch das Gefühl, dass sie nichts hinzugefügt oder verschwiegen hatte. Aber was sagte das schon? Doch eine Frage war zwischendurch aufgetaucht, die ihm jetzt nicht mehr einfallen wollte. Und das ärgerte ihn.

Liane startete den Motor und gab Gas. Sie war fest entschlossen, den von Halina beschriebenen Tagesablauf wasserdicht zu machen. Ihr Ehrgeiz hatte über ihre Betroffenheit gesiegt. Schnell fand sie mit ihrem Navigationsgerät auf der Karthause den Drosselgang.

Während sie nach der Hausnummer suchte, sah sie Dorothea Hartmann in der offenen Haustür eines kleinen Einfamilienhauses stehen. Die Frau winkte einem abfahrenden Kleinwagen hinterher, in dem Liane nur noch blonde Haare, halb verdeckt durch die Kopfstütze, erkennen konnte. Dorothea hatte die Haustür wieder hinter sich geschlossen, als die Kriminalhauptmeisterin ihren Wagen einparkte und ausstieg.

„Sie?", fragte die Pharmareferentin und schaute irritiert auf ihre Armbanduhr. „Ich habe aber nicht viel Zeit, ich muss gleich weg."

„Es dauert nicht lange", versicherte Liane und ließ Frau Hartmann mit einem energischen Schritt nach vorne keine Chance, sie abzuweisen.

Dorothea Hartmann schien gut zu verdienen. Ihre Wohnung war sehr geschmackvoll eingerichtet, nicht protzig, aber auch nicht vom Billigen Jakob. Im Vergleich zu Halinas Wohnung war es hier mollig warm. Liane zog ihren Anorak aus.

„Ich habe wirklich nicht viel Zeit“, wiederholte Frau Hartmann, nahm ihr aber den Anorak ab und hängte ihn über eine Sessellehne. Liane legte ihre Umhängetasche dazu und folgte der Frau zu dem Esstisch an der Stirnseite des Raumes. Dorothea Hartmann schenkte sich aus einer bereitstehenden Karaffe ein Glas ein. „Mögen Sie auf die Schnelle auch einen Whisky?“

Liane lehnte ab und nahm unaufgefordert auf einem Stuhl Platz. „Ich komme gerade von Halina. Von ihr habe ich erfahren, was Sie beruflich machen. Für welches Pharmaunternehmen sind Sie tätig?“

„*Pfizer*. Warum fragen Sie?“

„Befindet sich im Programm des Unternehmens auch *E 605*?“

Frau Hartmann begann lauthals zu lachen, stellte ihr Glas, dessen Inhalt sie dadurch beinahe verschüttet hätte, zur Sicherheit auf den Tisch und setzte sich neben Liane. „Wie kommen Sie denn darauf, was soll die Frage? Ich kenne zwar den Geschmacksverstärker E 650 und glaube der wird hauptsächlich in Kaugummi verwendet. Ich weiß auch gar nicht, ob wir den herstellen, außerdem ist er sicher für einen Mord ungeeignet.“ Plötzlich begann sie, aufs Neue zu lachen. „Halina hat mir das von dem Gift in dieser Lotion erzählt, aber Sie glauben doch jetzt nicht, dass ich mein Patenkind vergiftet habe?“

„Noch nicht“, versuchte Liane ihr Glück. „Aber wer konnte denn sonst an das Gift kommen?“

Dorothea Hartmann ergriff wieder ihr Glas und nahm einen kräftigen Schluck. „Dann sollten Sie mal über meinen Stiefbruder nachdenken.“

Dieser Hinweis kam für Liane so unerwartet, dass sie erst einmal tief Luft holen musste. Das gab ihr wenigstens etwas Zeit, um nachzudenken. „Wieso?“

„Der hat doch als Grünflächen- und Friedhofsbeamter Beziehungen zu Lieferanten, da gibt es doch Möglichkeiten, auch an eigentlich verbotene Substanzen zu kommen. Oder glauben Sie, es gibt keine Ratten an Rhein und Mosel? Und unter der Hand bekommt man alles, nicht nur in der Humanmedizin.“

Liane war sprachlos. Das eigentlich als harmlos angesehene Gespräch mit Hanspeters Patin drohte, sie zu überfordern und ihr zu entgleiten. Warum hatte sie sich nicht vorher mit Fuß abgesprochen? Aber, da musste sie jetzt durch!

„Gehen wir einmal davon aus, Sie haben recht und Ihr Stiefbruder konnte sich das Gift beschaffen, warum sollte er Halina umbringen. Weil er sie vergewaltigt hatte, sie von ihm schwanger und er deshalb erpressbar war?"

Klirrend fiel Frau Hartmann das Glas aus der Hand und zersplitterte auf den grauen Fliesen. „Sie ... wissen?"

Jetzt war es an Dorothea, nach Luft zu schnappen und die unerwartete Wende in dem Gespräch schnell zu überdenken.

Liane spürte plötzlich, wie ihr Pulsschlag im ganzen Körper ins Unendliche stieg. Die zunehmende Nervosität von Dorothea Hartmann verlieh ihr Flügel. „Was glauben Sie, was wir seit dem Tod von Hanspeter Hartmann machen? Man nennt das allgemein: ermitteln. Und es ist nur noch ein kleiner Schritt zum Ziel", pokerte sie, denn sie war sich sicher, dass die Frau viel mehr wusste, als die Kriminalhauptmeisterin bisher angenommen hatte.

Frau Hartmann stand auf und begann, vorsichtig die größeren Scherben vom Boden aufzuheben. Seit einiger Zeit breitete sich der Geruch von Whisky im ganzen Zimmer aus. Mit den Scherben in der Hand verließ sie den Raum. Liane hörte, wie das Glas in einen Behälter fiel, wahrscheinlich ein kleiner Mülleimer in der Küche, die von ihrem Stuhl aus nicht einzusehen war. Dann kam Dorothea mit Schaufel und Handfeger zurück und begann, die restlichen Scherben aufzukehren. Liane sah, wie ihre Hände dabei zitterten. Was hatte die Frau so überrascht, die scheinbar das Motiv ihres Stiefbruders kannte und längst ahnte, dass er Halina umbringen wollte, aber durch unglückliche Umstände seinen Adoptivsohn ermordet hatte.

„Ich bring das gleich draußen in die große Mülltonne, sonst ...", erklärte Frau Hartmann und verließ abermals den Raum. Liane spürte den kalten Lufthauch, der beim Öffnen der Haustür durch die Wohnung zog und hörte die sich entfernenden Schritte.

Liane sah sich neugierig im Zimmer um. Dabei entdeckte sie auf einer Anrichte ein Handy. Rasch stand sie auf. Vielleicht konnten die gespeicherten Anrufe der Pharmareferentin zur Klärung noch offener Fragen beitragen. Doch kaum, dass Liane das kleine Geräte eingeschaltet und die Anruferliste aufgerufen hatte, hörte sie, wie Dorothea die Haustür schloss. Hastig legte sie das Gerät in der Hoffnung an seinen alten Platz zurück, dass jetzt niemand anrief und dadurch ihre Neugierde verriet.

Als Dorothea Hartmann das Wohnzimmer wieder betrat, glaubte Liane, sie kaum wiederzuerkennen. Die Erkenntnis, dass die Polizei längst wusste, wer der Mörder von Hanspeter war, hatte die sonst so souveräne Pharmareferentin völlig aus der Fassung gebracht.

Sie holte sich ein neues Glas aus der Vitrine und füllte es diesmal randvoll mit Whisky. Noch im Hinsetzen trank sie es fast zur Hälfte leer, was Liane mit großen Augen beobachtete und sich bei dem Gedanken innerlich schüttelte, so viel Alkohol auf einmal zu trinken.

„Sie wissen, dass Sie sich strafbar machen, wenn Sie Kenntnisse zum Täter und Tathergang verschweigen. Wenn Sie also etwas los werden wollen, dann jetzt und in vollem Umfang."

Frau Hartmann blickte die Kriminalhauptmeisterin von der Seite an. „Und Sie sind kurz vor dem Ziel?"

„Sind wir!", behauptete Liane und versuchte, einen selbstsicheren und überzeugenden Eindruck zu machen. Ob ihr dies gelang, würde sich in Kürze zeigen. „Denn mit der Aufklärung der Ermordung Ihres Patenkindes ist es zur Aufklärung des Mordes an Ihrem Bruder nur ein winzig kleiner Schritt." Liane beobachtete die Reaktion der Frau sehr genau. War das die Brücke, um von ihr auch mehr zu der Ermordung von Axel Hartmann zu erfahren? Sie hoffte es zumindest.

Mit noch größeren Augen sah sie zu, wie Dorothea Hartmann auch den Rest des Whiskys herunterkippte und sofort erneut nach der Flasche griff. Doch Liane war schneller. Eines schien ihr gewiss. Wenn die Frau so weiter soff, würde sie kaum in der

Lage sein, ihre möglichen Kenntnisse über den Mord an ihrem Stiefbruder noch artikulieren zu können. Jetzt zeigte der Alkohol noch keine Wirkung, jetzt war sie noch nüchtern und jetzt musste sie reden.

„Ich brauch das Zeug nicht, ich kann auch Wasser trinken", lachte Dorothea verkrampft und stützte sich auf der Tischplatte ab, um aufzustehen.

Lianes Blicke verfolgten Frau Hartmann auf dem Weg in die Küche. Deutlich waren das typische Geräusch beim Öffnen eines Kühlschranks und anschließend das Füllen eines Glases zu hören. Dann wurden mehrere Schubladen und Schranktüren geöffnet und wieder geschlossen und es folgte leises Knacken, das Liane bekannt vorkam, sie aber nicht zuordnen konnte. Sie würde sehen, was Dorothea Hartmann gesucht und gefunden hatte, wenn sie zurückkehrte. Doch plötzlich schoss es Liane durch den Kopf: Das merkwürdige letzte Geräusch war das Aufbrechen eines Blisters. Mit einem Satz sprang sie auf und rannte in Richtung Küche. Noch gerade konnte sie sehen, wie Frau Hartmann hastig ein großes Glas Mineralwasser leerte. Vor ihr, auf der Küchenanrichte lagen zwei leere, silberne Blisterpackungen.

Liane versuchte die Frau von hinten zu packen. „Spucken Sie die Tabletten aus, verdammt noch mal!", schrie sie.

Doch Dorothea Hartmann war fast einen Kopf größer als die Kriminalhauptmeisterin und vor allem zeigte sich, dass sie über wesentlich mehr Kraft verfügte. Mit einer geschickten Drehung von Dorothea lag Liane mit dem Rücken auf der Anrichte und die Frau beugte sich über sie. Die Kriminalhauptmeisterin blickte in vor Wut und Hass funkelnde Augen.

„Für dieses Schwein gehe ich nicht ins Gefängnis", schrie die Pharmareferentin. „Er hat es verdient. Ja, ich ... ich habe ihn umgebracht! Dieses Schwein! Die Verlobte seines Sohnes vergewaltigen und sie dann auch noch töten wollen, damit er der Saubermann bleiben sollte. Dass es Hanspeter erwischt hat, war keine Strafe für ihn, er hasste Hanspeter, so wie er mich von klein auf gehasst und Simone gequält hat. Ich habe ihm auf den Kopf zugesagt, dass er der Mörder ist."

Plötzlich sah Liane das Blinken eines Messers in der Hand über sich und schrie entsetzt auf. „Bitte, bitte nicht!" Mehr fiel ihr nicht ein, zu mehr war sie nicht fähig.

Die Frau fuchtelte wütend mit dem Messer über Lianes Kopf. „Ich konnte seine arrogante Fratze nicht länger ertragen. Er hat mich hämisch ausgelacht und ich wusste in diesem Moment: er oder ich."

„Lassen Sie uns reden!" Liane versuchte, sich zu befreien. „Noch ist nichts zu spät!"

„Es ist zu spät", brüllte Frau Hartmann. „In wenigen Minuten ist alles vorbei, alles. Und dann ist auch euer Fall gelöst."

Fieberhaft versuchte Liane nachzudenken, wie sie die Situation wieder in den Griff bekommen konnte. Immer noch war das Messer bedrohlich auf sie gerichtet. Wollte die Frau auch sie umbringen? Aber was hatte das für einen Sinn? Sinn!, fuhr es ihr durch den Kopf.

„Was für einen Sinn hat es, jetzt auch noch mich umzubringen?!", schrie sie mit aller Kraft, die ihr noch geblieben war.

Zu ihrem Erstaunen ließ Dorothea Hartmann das Messer langsam sinken. Schließlich hörte Liane, wie es zu Boden fiel. Fast in Zeitlupe löste sich der Oberkörper der über sie gebeugten Frau von ihr und richtete sich auf. Die Frau schwankte bedenklich hin und her.

Lianes Gedanken überschlugen sich. Sie musste ins Wohnzimmer, zu ihrer Tasche, zu ihrem Handy, einen Notarzt rufen. Die Frau musste gerettet werden. Sie eilte hinter Dorothea her, die wieder das Wohnzimmer betreten hatte und sich an einer Stuhllehne festhielt.

Liane sah das Handy auf der Anrichte liegen. Gerade wollte sie danach greifen, als sich Frau Hartmann umdrehte und sofort begriff, was Liane vorhatte. Sie warf sich förmlich auf die Anrichte und begrub das Handy unter sich. „Nein! Es ist aus, es ist zu spät!", brüllte sie. Mit Schwung warf sie das kleine Ding in

Richtung Fenster. Die Scheibe zerbrach klirrend und das Handy verschwand in der Dunkelheit.

Liane schielte zu dem Sessel, auf dem ihre Hängetasche lag. Doch auch diesen Blick hatte Frau Hartmann gesehen und war immer noch imstande zu realisieren, was er bedeutete. Denn sofort stürzte sie sich auch auf den Sessel, ließ sich hineinfallen und begrub so die Tasche unter sich. „Keine Chance!“, lachte sie. „Aber Sie kriegen noch mein Geständnis, keine Bange. Es ist nicht für Sie, es ist für Halina und Simone, nur für die beiden.“

Während Dorothea redete, hatte Liane Zeit nachzudenken, wie sie die Situation und vor allem das Leben der Frau retten konnte. Die Kriminalhauptmeisterin ließ sich auf den nächstbesten Stuhl sinken und schaute Frau Hartmann an, der man inzwischen ansah, dass der Alkohol und die Tabletten ihre Wirkung zeigten. Die Augenlider flatterten von Zeit zu Zeit und die Pupillen hatten sich stark verändert.

„Ich wusste alles von dieser Jolanta, Halinas alter Schulfreundin aus Polen. Ihr allein hatte sich Halina anvertraut. Mit einem Menschen musste sie ja reden, um nicht kaputt zu gehen. Ich hätte Axel schon damals umbringen sollen. Dann wäre alles anders gekommen und vor allem, Hanspeter würde noch leben. Aber wer wird schon gerne zum Mörder? Als ich bei meinem Besuch im Krankenhaus von Halina erfuhr, wodurch Hanspeter gestorben war, wusste ich sofort, dass es eigentlich Halina treffen sollte. Damit wäre für Axel sowohl die Furcht vor einer Anzeige ein für alle Mal aus der Welt gewesen als auch das Kind und das Risiko, dass irgendwann einmal ein Vaterschaftstest alles ans Tageslicht bringen würde. Axel hatte Halina diese Lotion geschenkt, das hat sie mir selbst erzählt und sich darüber sogar gewundert. Aber er wusste, dass sie sich nach dem Duschen immer eincremte, Hanspeter liebte ihre zarte Haut.“ Sie holte tief Luft, was ihr offenbar schwerfiel, und versuchte, sich im Sessel aufzurichten. „Als ich das wusste, wollte ich zusätzliche Beweise suchen und habe die Siegel an der Wohnungstür aufgeschlitzt. Aber meine Suche war vergeblich. Beim Betrachten der Wohnung tat mir Halina leid. Es gab kaum etwas ohne den Grafitstaub der Spurensicherung. Ich entschloss mich deshalb, gründlich zu putzen. Dabei entdeckte ich durch Zufall etwas Verschmiertes an der Badezimmerwand. In der Hoffnung, dass es sich hierbei um die Lotion mit dem Gift handelte, habe ich sie mit einem Taschentuch abgewischt und mitgenommen, um sie in einem Labor untersuchen zu lassen.“ Ihre Atemnot wurde zusehends stärker. „Am Tag vor Hanspeters Beerdigung erhielt ich das Ergebnis und die Bestätigung. Abends habe ich Halina heimlich ein Schlafmittel in ihren Saft getan und mich, nachdem sie schlief, auf die Suche nach Axel begeben. Es war nicht schwer. Ich kannte die Abstauberkneipen, in denen er sich immer herumtrieb. Kurz nach Mitternacht habe ich ihn gefunden. Ich habe ihm auf den Kopf ...“ Dorothea Hartmann verdrehte die Augen, riss die Arme hoch und rang nach Luft.

Liane sprang auf, aber die Frau hielt ihr abwehrend die ausgestreckten Arme entgegen.

„Ich habe ihm gesagt, ich könne ihm den Mord nachweisen und würde ihn anzeigen. Er verlangte das Laborergebnis zu sehen. Genau das war mein Plan, ihn in mein Auto zu locken ... Wir sind rüber auf die andere Moselseite gefahren. Ich weiß nicht warum ... aber plötzlich schien er gemerkt zu haben, dass es eine Falle war. Er verlangte, dass ich auf so einem Supermarktparkplatz anhalte. Er stieg aus, um mich aus dem Auto zu zerren. Das war der Moment, in dem ... ich an das Handschuhfach kam ... das Stilett, das mein ... Papa ... Papa, hilf mir ... das Stilett mir ...“

Liane hatte das Läuten an der Haustür überhört. Jetzt donnerte jemand fest mit einem harten Gegenstand dagegen. Sie sprang auf, rannte durch den Flur und riss die Tür auf. In der Kulisse blauer Blink- und Blitzlichter stand eine mächtige, bedrohliche Gestalt mit Pistole im Anschlag vor ihr.

„Chef!“ Dann verschwamm alles vor ihren Augen, ihr wurde schwindlig und ein schwarzes Loch tat sich vor ihr auf.

15.

Nur langsam kam sie wieder zu sich. Als die Personen um sie herum allmählich scharf wurden, erkannte sie als Erstes Oliver, der neben ihr saß und ihre Hand hielt. Dann erkannte sie auch die anderen, Fuß, Schäfer und Erika. Sie versuchte zu sprechen, aber ihr Hals war trocken und ihre Zunge klebte am Gaumen.

„Wasser!“, war das einzige Wort, was sie herauspressen konnte. Irgendwer reichte ihrem Freund ein Glas und Oliver führte es ihr zum Mund.

„Nicht zu gierig“, vernahm sie seine Stimme.

Oliver half ihr, als sie sich aufrichtete. „Wo bin ich?“, flüsterte sie.

„Im *Marienhof*.“

„Was ... was ist mit Dorothea?“

Als sie in die Gesichter sah, bedurfte es keiner Antwort mehr. Sie hatte den Kampf verloren und Dorothea hatte ihren gewonnen. Vielleicht war es besser so. Liane versuchte ihre letzten Erinnerungen zurückzuverfolgen. Was war mit Halina?

Fuß schob Oliver etwas beiseite und trat an das Bett. „Sie liegt drei Zimmer weiter. Morgen können Sie sie besuchen, wenn Sie wollen. Aber jetzt müssen Sie erst einmal noch ein paar Stunden ruhig liegen.“

Liane klammerte sich an den Arm von Fuß. „Wieso standen Sie plötzlich vor der Tür oder habe ich das alles geträumt?“

Ihr Chef grinste über das ganze Gesicht. „Schäfers Leute haben doch Hartmanns Handynummer ständig angerufen. Und als sie plötzlich feststellten, dass das Gerät wieder eingeschaltet war, hat man sofort eine stille SMS geschickt. So konnte es geortet werden. Wir mussten davon ausgehen, dass es sich im Besitz des Mörders oder, jetzt besser gesagt, der Mörderin befand.“

Dann war es also Hartmanns Handy, das auf der Anrichte lag, ging es Liane sofort durch den Kopf, während Fuß fortfuhr: „Allerdings hatten wir Sie nicht dort erwartet. Das war eine richtige Überraschung. Aber das werden Sie im Büro alles in Ruhe zu Protokoll geben, wenn Sie wieder fit sind.“

„Und dann koche ich Ihr Lieblingsgericht und wir feiern bei uns!“, meldete sich Erika aus dem Hintergrund.

„Und dann wird meine Alte auch wieder so richtig zulangen!“, freute sich Fuß.

„Und woher willst du das wissen?“, stöhnte Erika und verpasste ihm von hinten einen kräftigen Stoß in die Rippen.

„Bei mir grassiert die galoppierende Altersweisheit!“, schmunzelte Fuß.

„Du Dappes, du!“, wurde von einem zweiten noch kräftigeren Stoß begleitet.

Vorsichtig öffnete Liane die Tür. Im Bett zum Fenster hin entdeckte sie Halina. Da diese die Augen geschlossen hatte, schlich die Kriminalhauptmeisterin auf Zehenspitzen durch das Zimmer an das Bett und beugte sich über die Polin. Der Nervenzusammenbruch war wohl schlimmer gewesen, als sie gehofft hatte, denn an einem Ständer hingen gleich zwei Infusionsflaschen und Halinas Gesicht war erschreckend blass und wirkte noch schmaler, als Liane es in Erinnerung hatte.

Die Kriminalhauptmeisterin schaute Halinas Bettnachbarin an, eine ältere Frau, deren neugieriger Blick sie schon die ganze Zeit verfolgt hatte.

„Die schläft nicht, die tut nur so!“, flüsterte die Frau.

Halina zuckte zusammen und öffnete die Augen. Als sie Liane erkannte, lächelte sie die Besucherin an.

„Ich muss mich noch bei Ihnen entschuldigen“, begann Liane und trat dicht an Halinas Bett.

„Entschuldigen, wofür? Sie haben mir eine wichtige Entscheidung abgenommen?“

Was meinte Halina damit? Vorsichtig ließ sich Liane auf der Bettkante nieder. „Was für eine Entscheidung?“, fragte sie überrascht.

Mit der Hand, in der die Infusionsnadel steckte, strich sich die junge Frau über ihren Bauch. „Er hat die Aufregungen nicht überstanden und das ist auch gut so. Damit ist endlich alles Vergangenheit, nichts bleibt zurück!“

Liane wurde es plötzlich ganz heiß. Hatte sie durch ihren Eifer und ihre Hartnäckigkeit bei dem letzten Besuch dazu beigetragen ...? Am liebsten wäre sie aufgesprungen und aus dem Zimmer gerannt, weit, weit weg.

Doch Halina schien Lianes Gedanken gelesen zu haben und packte sie rasch am Arm. „Nein wirklich, es ist gut so. Ich habe damit abgeschlossen. Ich werde mein Studium beenden und wieder nach Polen zurückgehen. Polen braucht mich!“ Sie ließ Lianes Arm los und streckte ihr die freie Hand entgegen. „Wollen wir Freundinnen sein?“

Liane spürte, wie ihre Augen feucht wurden. Die Hand von Halina fühlte sich kalt an. Die Polizistin versuchte sie zu wärmen. Halina hatte die Augen geschlossen, während Liane noch einmal die letzten Tage an sich vorbeiziehen ließ. Ein Geheimnis hatten sie nicht lösen können. Wer hatte Simone Hartmann an diesem Nachmittag angerufen und auf den Parkplatz gelockt? Aber, was spielte das jetzt noch für eine Rolle?

Krimis aus der gleichen Reihe des Autors

Herzflimmern in Simmern
ISBN: 978-3-922929-90-1

Koblenzer Schängel jagt Hunsrücker Bengel
ISBN: 978-3-934524-06-4

Mädchenleiche unter der Hunsrückeiche
ISBN: 978-3-934524-19-4

Der Zirkusclown von Kastellaun
ISBN 978-3-934524-27-9

In die Falle gehen alle
ISBN: 978-3-934524-30-9

Der Mann meiner Mutter
ISBN: 978-3-934524-41-5

Tödliche Träume
ISBN: 978-3-934524-66-8

Fatale Folgen
ISBN: 978-3-934524-86-6

Verborgene Verbrechen
ISBN: 978-3-934524-94-1

Ein Fall für Fuß
ISBN: 978-3-86911-017-2

Mysteriöse Morde
ISBN: 978-3-86911-023-3

Wut tut selten gut
ISBN: 978-3-86911-033-2

Weitere Faction-Thriller und andere Bücher des Autors

Das Kleid der Lüge
Familiendrama um ein Scheidungskind, ISBN 3-935286-08-2

Schwarze Konten, Rote Köpfe, Gold'nes Schweigen
Politsatire zur Kohl-Affäre, ISBN 3-935286-04-X

Heut fall ich über Linda her
Satire um ein Superweib, ISBN 3-935286-21-X

Diana – Das Komplott
Faction-Thriller zum Tod von Lady Di, ISBN 3-935286-39-2

Rachegelüste *)
BLS, Psychothriller

Das Fleisch-Kartell
Faction-Thriller zum Thema Gammelfleisch, ISBN 3-935286-42-2

Mord am Schängel-Brunnen
Live-Krimi in Zusammenarbeit mit der Rhein-Zeitung
ISBN 978-3-935286-77-0

Skrupellos
Faction-Thriller über Embryohandel und Stammzellforschung
ISBN 978-3-941200-02-9

Tibidabo – All das gebe ich dir
Außergewöhnliche Liebesgeschichte, ISBN 978-3-941200-14-2

Blütenpracht
Der BUGA-Bestseller.Krimi, ISBN 978-3-941200-20-3

*) Nur zu beziehen über BLS Buch-Liefer-Service
Fax: 06746/803651, Email: buch-liefer-service@t-online.de

Hörbücher von Heinz-Peter Baecker

Eine feine Gesellschaft
ISBN 978-3-935286-90-0

Diana – Das Komplott *)

Das Fleisch-Kartell *)

Herzflimmer *)

Rachegelüste *)

Tödliche Träume *)

Mädchenleiche *)

Der Zirkusclown *)

Bengeljagd *)

Mann meiner Mutter *)

Fatale Folgen *)

In die Falle gehen alle *)

*) Nur zu beziehen über BLS Buch-Liefer-Service
Fax: 06746/803651, Email: buch-liefer-service@t-online.de

Weitere Informationen zum Autor finden Sie unter

www.Heinz-Peter-Baecker.de